# 아부지와 홍범도

韓國學資料院

# 고려인 기록문학 작품의 가치와 의미

### -문금동의 실록수기 『아부지와 홍범도』를 중심으로-

이 동 순[1]

## 1. 민족서사시 『홍범도』의 집필동기와 전체과정

필자는 2014년 8월, KBS TV의 광복절특집 주말 프로그램 <역사저널-독립투사 홍범도편>에 출연요청을 받고 출연하였다.[2] 방송사로부터 요청을 받게 된 계기는 필자가 지난 2003년에 발간한 바 있는 민족서사시 『홍범도』(전5부작 10권)의 저자였기 때문이다. 녹화 당일 홍범도 장군의 삶과 험난했던 생애를 더듬으며 프로그램을 진행하는 동안 가슴속에는 형언할 수 없는 깊은 감회가 서리었다.

---

1) 영남대 국문학과 교수. 시인. 문학평론가. 동아일보신춘문예 시(1973), 문학평론(1989) 당선. 시집 <개밥풀> 등 14권 발간. 민족서사시 <홍범도>(전5부작10권) 발간. 평론집 <잃어버린 문학사의 복원과 현장> 등 각종 저서 50여권 발간. 분단이후 최초로 백석의 시작품을 수집 정리하여 <백석시전집>을 발간하고 문학사에 복원시켰다.
2) 광복절 기획-항일무장투쟁의 전설, 홍범도, 2014년 8월14일 토요일 밤 9시40분, KBS 1TV. MC 최원정 아나운서, 패널: 신병주 교수, 류근 시인, 스페셜 게스트: 이동순 교수, 신주백 교수, 이다지 교사, 만물각: 노동은 교수.

필자의 작품 『홍범도』는 1983년부터 집필을 시작하여 무려 20년에 걸친 긴 시간동안 집필과 수정을 완료하여 서울의 한 출판사에서 발간하게 되기까지 많고도 많은 우여곡절(迂餘曲折)과 힘든 시간들을 보내야만 했다. 그 우여곡절이란 다름 아닌 출판계의 냉대와 발간 이후 학계, 비평계, 언론계의 무관심이 내포된 말이다. 당시 여러 사람들은 서사시(敍事詩)의 시대가 이젠 지나갔다고 말했다. 서정시의 시대에 서사시를 거론한다는 것이 어딘가 시대에 걸맞지 않다는 취지의 말을 하는 사람도 있었다. 이와 더불어 200자 원고지 분량으로 거의 수천 매가 넘는 방대한 원고더미를 수월하게 하겠노라고 맡아주는 출판사가 없었다. 심지어 서사시작품 <홍범도>의 도입부를 게재했던 유수한 계간지조차도 완성된 작품의 출판에 대해 거부의사를 분명히 밝혔다. 그 후 몇 군데의 명망 높은 출판사 담당자들과도 접촉을 했으나 차가운 반응만 되돌아올 뿐이었다. 그러한 거부의 배경에는 우선 적지 않은 제작비의 소요, 설령 출판을 했다손 치더라도 독자층에게 즉각 수용이 되지 않는 출판물을 쉽게 맡고 싶지 않다는 계산의 작용이 깔려 있었다. 10권 분량의 원고뭉치를 출력하여 가제본(假製本) 시집을 만들고 그것을 소중하게 껴안아 보듬으며 냉담한 세태에 대하여 비분강개한 마음을 느낄 때에 필자의 심정은 중앙아시아로 강제이주 당하던 홍범도 장군의 마음속 풍경과 무엇이 달랐으리오. 마침내 한 출판사를 만나 민족서사시 『홍범도』의 완성본을 대하던 날 밤, 필자의 두 눈에선 감격의 눈물이 두 볼을 타고 흘러내렸다.

돌이켜보면 서사시 작품 <홍범도>를 구상해서 집필에 임하던 1983년의 기억은 흑백사진 앨범의 한 페이지처럼 어렴풋이 떠오른다. 나는 왜 하필 하고많은 문학작품 창작의 테마 가운데서 홍범도 장군을 선정하였던가? 그것은 필자의 조부께서 항시 손자에게 보내주고 계시는 유훈(遺訓) 때문이다. 조부님의 함자(銜字)는 이명균(李明均), 호는 일괴(一槐)이시다. 1863년에 태어나시어 1923년에 세상을 떠나셨다. 경북 김천 상좌원(上佐院) 마을에서 살아가시며 1905년 편강렬(片康烈) 의사와 함께 비밀모의를 하여 당시 테라우치(寺內正毅) 조선총독을 암살하려는 계획을 하다가 실패했고, 만주의 서로군정서(西路軍政署)에서 임명한 경상북도 재무총장 직함으로 독립군자금을 모아서 여러 차례 보내었다. 한국 근대독립운동사에서 유명한 의용단사건(義勇團事件)의 핵심멤버로 열정적인 독립운동을 하시다가 체포되어 대구형무소에서 미결수로 모진 고문을 받던 중 거의 죽음에 다다르자 일제는 병보석(病保釋)으로 석방하였는데, 가택에 돌아오자마자 순국(殉國)하셨다.

필자는 이명균 선생의 직손(直孫)으로 아홉 아드님 중 일곱 번째 아들 현경(鉉璟)의 차남이다. 필자가 태어나기 훨씬 전에 조부님께서는 세상을 뜨셨으므로 할아버지에 관한 이야기는 그저 집안 어른들을 통해서 들을 수 있었을 뿐이다. 소년시절에는 조부님의 활동이 지니는 가치와 의미에 대하여 전혀 알지 못하다가 필자의 나이 입지(立志)를 넘으면서 세상의 물정과 사리분별에 대하여 조금씩 깨달아 알게 되었다. 이 무렵 조부님의 삶과 발자취들이 새롭게 손자의 가슴 속에서 살아나는 것을 느끼었다. 조부님은 경상도의 내륙지방 산촌에서 대토지를 소유한 천석꾼의 부호로서 어떻게 민족운동에 헌신하려는 마음을 품게 되신 것일까? 대개 식민지시절의 지주자본가들은 자신의 기득권을 지키기 위해 제국주의자들과 타협하는 비굴성을 보이는 것이 일반적인 모습이었는데, 조부님은 어떻게 해서 반일사상을 갖게 되신 것일까? 빈번하게 일본경

찰의 가택수색과 문초를 겪으면서도 왜 조부님은 전혀 뜻을 굽히지 않고 끝까지 초지일관(初志一貫) 당신 뜻을 밀고나가다가 기어이 제국주의자들의 감시와 장벽에 부딪치고 말았던 것일까? 테라우치 총독 암살을 함께 비밀 모의하던 편강렬 의사와는 무려 29년이란 연령차이가 있음에도 불구하고 마치 친구처럼 흉중을 털어놓고 같은 길을 걸어갔던 까닭은 무엇일까? 대체 무슨 힘이 그들 둘을 그처럼 굳게 결속시켰던 것일까? 대학에서 국문학을 전공했던 필자는 조부님의 삶과 발자취가 세월이 갈수록 궁금해서 견딜 수가 없었다. 그리하여 하나둘 조부님의 유품, 시작품, 간찰 등의 필적, 증언 따위를 수집하기 시작했다. 그 구체적인 내용은 뒤에 『대한의사(大韓義士) 일괴(一槐) 이명균(李明均) 선생(先生) 약전(略傳)』이란 작은 책자로 발간 정리되었다.3) 뿐만 아니라 조부님께서는 창작과 문학으로 평생의 삶을 꾸려가려는 당신의 손자에게 자주 나타나시어 일깨움을 주셨으니 그것은 학자의 길, 시인의 길에서 자신이 살아가는 삶과 역사를 결코 잊어서는 안 된다는 가르침이다. 조부께서는 바람결에, 구름장에, 혹은 새소리에 묻어서 유촉(遺囑)을 들려주셨다. 서로 얼굴을 대면하지 못했던 조손(祖孫)간이지만 혈육에 대한 무서운 애착으로 마치 생시와도 같이 가르침을 보내주신 것이었다.

　이러한 가르침 속에서 어느 날, 필자의 나이 33세가 되던 봄, 『항일의병장 열전(列傳)』4)을 읽어 가는데, 대부분 선비 지식인 출신의 의병장들 가운데 산포수(山砲手) 출신의 의병장 홍범도(洪範圖) 장군에 대한 기록을 읽게 되었던 것이다. 한 마디로 너무 신

---

3) 『대한의사 일괴 이명균선생 약전』, 일괴이명균선생기념사업회, 문창사, 19　.
4) 김의환, 『항일의병장열전』, 정음문고, 1975.

선하고 정겨우며 놀라움의 존재로 각인되었다. 옳다. 이 분의 방대한 생애를 서사시로 재구성해보자. 이것이야말로 조부님의 유촉을 실천하는 길이 될 수도 있다는 확신을 갖게 되었다. 그렇게 해서 홍범도 장군에 대한 자료를 수집 정리하게 되었는데 시간이 갈수록 다가오는 장벽은 홍 장군의 생애에 관한 자료가 너무도 부족하다는 것이며, 삶 자체가 터무니없이 신화화(神話化)되었다는 점이었다. 어느 지점에 가서 홍범도 장군에 대한 자료의 내용은 거의 천편일률이었다. 부족하고도 왜곡된 자료를 서로 전사(轉寫)하는 야릇한 광경도 확인되어 실소(失笑)를 금할 길 없었다.

1980년대 초반, 필자는 충북대학교 국문과 교수로 재직 중이었는데, 당시 신문에는 고송무(高松茂, 1947~1993) 교수의 기사가 자주 실렸다. 그는 핀란드의 헬싱키대학에 머물면서 소련과 중앙아시아지역을 두루 왕래하며 고려인의 삶과 언어, 문화를 연구하는 한국학 전공학자였다. 그가 중앙아시아 여러 곳에서 발굴해낸 홍범도 장군에 관한 기록이나 사진이 신문에 보도가 되면 마치 어딘가에 홀린 듯이 신문기사에 눈길이 꽂히고 급기야 기사를 가위로 오려서 스크랩하는 일이 빈번하였다. 이분께 도움을 청하기로 하자. 그에게 필자의 충심을 전달하고 도움을 청하면 기꺼이 도와주리라. 두근거리는 가슴을 진정시키며 필자는 고송무 교수와 친교가 있다는 당시 충북대학교의 동료 국어학자 곽충구(郭忠求) 교수의 소개장을 받아서 간곡한 편지를 써서 보내었다. 나의 편지를 받고 고송무 교수가 얼마 뒤 답을 보내왔다. 떨리는 손길로 봉투를 뜯어서 읽었는데, 뜻밖에도 자료도움 요청에 매우 냉담할 뿐만 아니라 자신의 자료들이 많은 비용과 시간과 노력을 쏟아서 입수한 것인데, 거기에 대한 비용을 지불할 뜻이 있느냐는 투의 내용이었다. 그것은 사실상의 거절 답신이었던 것이다. 이에 무척 실망한 필자는 그로부터 국내의 자료들만 가지고 문학적 상상력을 보태어서 홍범도 장군의 출생과 유소년 시절의 삶을 재구(再構)하였고 마침내 전체의 일부를 당시 계간지 <창작과 비평>에 발표하였다. 비평가 시인 고은, 비평가 백낙청, 염무웅, 황광수, 최원식, 작가 김성동, 시인 이시영을 비롯한 여러 분들이 발표작품에 대한 뜨거운 격려와 용기를 보내주었다.

1983년 여름, 이 작품을 본격집필하기 위하여 필자는 청주 근교의 상당산성(上黨山城) 옆 산성리(山城里) 마을에 농가 빈집을 한 채 빌려 거의 무너져가는 집을 개축하고 도배를 한 뒤 탁자 하나를 갖다놓고서 작품 집필에 골몰하였다. 포목상을 운영하던 영감이 소실(小室)을 얻어 차려준 살림집이었는데, 영감은 죽고 여인이 혼자 남아서 삶을 탄식하다가 집을 비워두고 도시로 떠난 집이었다. 뻐꾸기가 우는 낮이면 마당이나 처마 밑으로 뱀이 슬슬 기어다니고, 밤이면 모기가 극성을 떠는 삼복염천(三伏炎天)이었다. 하지만 그해 여름이 지나고 더 이상의 진전은 불가능하였다. 홍범도 장군의 청년기 생애에 관한 자료가 전혀 없었기 때문이다. 이따금 고송무 교수가 언론에 보내오는 기사나 사진들이 실리곤 했다. 하지만 고송무 교수와의 인연은 더 이상 닿지 못하였다. 그런 몇 해 뒤 1994년 신문기사에서 그의 사망소식을 접했다. 그는 중앙아시아의 고려인들을 위해 열정적으로 활동하다가 교통사고로 느닷없이 세상을 떠났다. 참으로 허망했다. 그로부터 서사시 <홍범도>는 집필을 중단한 상태로 덧없이 세월만 보내었다.

1990년에 필자는 영남대학교로 직장을 옮겼고, 2000년에 미국 시카고대학 동아시아연구소의 방문교수로 가서 머물게 되었다. 미국에서는 그 어떤 강의부담이나 규칙적인 일과가 없었으므로 다만 그 대학도서관에 작은 방을 하나 제공받아서 마치 출퇴근하듯 나가서 그동안 읽지 못했던 책을 읽고 북미대륙 전체를 여행하는 계획을 세우고 있었다. 그러던 어느 날 필자의 뇌리에는 불현 듯 쓰다가 팽개쳐둔 상태인 서사시 <홍범도> 작품의 오래된 초고(草稿)를 꺼내어 처음부터 차근차근 읽고 성찰하기를 반복했다. 한국이라면 바쁜 일과에 시달리느라 줄곧 단속적(斷續的) 시간 속에서 작품구상을 꿈에도 꿀 수 없을 터이나, 느긋하고 조용한 미국에서의 도서관생활은 서사시창작에 대한 열망을 차츰 키워갈 수 있도록 하였다. 그러한 꿈은 날이 갈수록 더해갔다. 보다 많은 자료를 입수하기 위해서 자동차를 직접 운전하여 멀리 대서양 연안 보스톤의 하버드대학 동아시아연구소를 찾아가 옌칭(燕京)도서관의 소장도서를 샅샅이 훑었다. 멀리 서부지역의 버클리대학까지도 찾아가서 홍범도 장군에 대한 관련 자료를 탐색하였다. 예상외로 크게 도움 되는 중국, 러시아, 북한쪽 자료들을 다수 찾아낼 수 있었다. 대학도서관에서 대출해온 책들을 무려 100여권 가량 방안에 쌓아두고 집중적인 탐독을 시작하였다. 작품에 도움이 될 만한 글귀나 대목, 증언, 사진자료, 편지, 간찰(簡札), 연표, 논문, 토론, 심지어 노래가사까지도 찾아내어 정리하였다. 그 자료들을 적재적소(適材適所)에 배치하는 작업을 필두로 서사시 <홍범도>의 창작은 다시 활발하게 시동이 걸렸다.

　홍범도 장군이 직접 구술했고 그것을 기록했다는 자료 <홍범도 일지(洪範圖日誌)>는 크나큰 문학적 감흥과 영감을 고조시켰다. 시간적 순서에 따라 내용을 잘게 쪼개어 재배열하고, 이 사이사의의 공백에 문학적 상상력을 발동시켜 틈을 이어나갔다. 말 그대로 불

철주야(不撤晝夜). 이렇게 시 쓰기에 골몰하다 보면 낮밤을 구분하지 못할 때가 많았다. 종일 작품에 매달렸고, 또 밤에도 새벽까지 작품에만 온 정신을 집중하였다. 그러면서도 피로한 줄 몰랐다. 작품에 몰입하는 순간은 행복 그 자체였다. 내 앞의 시간은 소멸되고 오로지 홍범도 장군과의 대면이었다. 작가 자신이 홍범도 장군의 또 다른 작중화자가 되어 장군의 내면으로 들어가 활동하기도 하였다. 험난한 역정을 겪던 시절, 중차대한 결정을 해야 할 순간, 위기와 갈등 속에서 고통을 겪을 때의 심정을 상상하면서 필자 자신이 홍범도 장군의 현신(現身)으로 인식하는 시간이 많았다.

그런 어느 날 놀라운 환각체험(幻覺體驗)까지 생생히 겪게 되었다. 청산리전투가 끝나고 일본군이 사단병력을 동원하여 만주일대의 조선인을 모조리 박멸하듯 청소해하는 불행한 사건이 발생했다. 역사에서는 이를 경신년대참변(庚申年大慘變), 일본사에서는 간도토벌(間島討伐)이라고 한다. 독립군들이 이미 떠나고 없는 빈 곳을 일본군은 보복 심리와 복수심에 불타서 가는 곳마다 불을 지르고 마을을 초토화(焦土化)시켰다. 만주 일대의 무장독립군들은 이러한 낌새를 눈치 채고 미리 연해주의 자유시(自由市, 스보보드니)로 퇴각하였다. 차디찬 설한풍 휘몰아치는 벌판을 걸어서 러시아 땅까지 가야만 했던 독립군들의 처참한 심정은 어떠하였을까. 홍범도 장군도 이러한 고생에서 예외가 아니었을 것이다. 바로 이 대목을 집필해 가는데 미국의 미시건 호수가 바라다 보이는 시카고의 내 집필실 창가엔 눈이 수북하게 쌓였다. 그리곤 눈보라가 줄곧 휘몰아쳤다. 작품속의 고조된 호흡과 급박한 리듬을 잠시 조절하느라 눈 나리는 창밖을 물끄러미 바라보고 있는데, 문득 백마를 탄 홍범도 장군이 미시건 호수 쪽에서 달려와 그 눈보라치는 창밖에 우두커니 서서 나를 말없이 바라보고 있는 것이 아닌가? 장군의 머리와 어깨, 수염, 그리고 백마의 말갈기에도 눈이 수북이 쌓였다. 장군의 얼굴은 고생과 피로로 거무스름하게 찌들었지만 안광(眼光)만은 부리부리하고 광채가 형형(炯炯)했다. 홍범도 장군은 당신의 생애를 언어적 상상력으로 재현해내는 후대의 시인에게 일부러 찾아와 격려와 용기를 주신 것이다. 그 감격이 얼마나 컸던지 온몸이 마치 신들린 듯 한참동안 와들와들 떨리며 진정이 되지 않았다.

  그렇게 뜨거운 창작의 열기를 불태우던 도정(途程)의 끝에서 마침내 민족서사시 『홍범도』의 1차 초벌원고가 완성되었다. 크나큰 기쁨과 뿌듯한 성취감을 과연 무엇으로 필설하리오. 일단 1차 초고가 만들어졌다 할지라도 다시 읽고 또 읽기를 반복하는 동안 나의 시력은 점차 희미하고 혼탁해졌다. 컴퓨터모니터의 활자가 처음엔 겹으로 보이더니 나중에는 그것조차 전혀 보이질 않았다. 피로한 시신경에 휴식을 주려고 잠시 눈을 감은 채 누웠다가 또다시 놀란 것처럼 벌떡 일어나 앉아 작품을 계속 읽었다. 때로는 일부러 소리를 내어 마치 판소리의 창자(唱者)가 하듯 평조, 우조, 계면조 등을 의식하면서 적절한 리듬감을 살리려고 애를 썼다. 그런 나의 모습을 옆에서 누가 지켜보았다면 실로 가관이었으리라. 혼자 신이 나서 일어났다가 앉고, 그렇게 앉았다가 또 다시 벌떡 일어나 분기탱천한 목소리를 내다가 돌연히 슬프고 비장한 음색으로 바뀌기도 했다. 이 과정에서 엄청나게 많은 분량의 퇴고와 수정이 가해졌다. 퇴고의 과정은 작품의 현장감을 고조시키기, 작중화자가 보여주는 화법의 생기로움, 홍범도 장군과 그 주변 인물들의 개성을 낱낱이 살려내기 등등을 일일이 배려하면서 고치고 또 고치기

를 반복하였다.5)

　일단 작품전체의 체격을 모조리 쏟아내는 작업도 험난한 일이었지만 1차적으로 빚어진 작품을 한층 실감나게 가다듬는 수정과 퇴고의 과정은 몇 배나 힘들고 어려웠다. 그러나 이 모든 고통은 오직 홍범도 장군이라는 한 위대한 인물의 상(像)을 재현해내는 활동이었으므로 즐거움과 행복감이 수반되어 고통과 피로는 넉넉히 극복될 수 있었다. 그렇게 미국 시카고에서 일단 완성한 서사시 작품을 들고 귀국하는 필자의 심정은 말할 수 없이 기쁘고 흐뭇하였다. 이제는 끝이 보이는 것이다. 약 1년의 방문교수 생활을 마치고 한국으로 돌아와 평상적 일과에 임하는데, 틈틈이 보는 것은 여전히 서사시 작품이었고, 작품의 효과 살려내기였다. 이듬해 봄, 베트남을 1개월 동안 방문할 일이 있었는데 그때도 작품을 들고 가서 고치고 다듬기를 반복하였다. 무더위와 모기 등의 해충을 견디며 상당한 진척을 이룰 수 있었다. 베트남에서 작품을 다듬을 때는 베트남의 민족영웅 호치민(胡志明, 1890~1969)의 생애와 홍범도 장군의 삶을 비교성찰해보기도 했다. 두 분의 삶은 전혀 다른 것이었지만 자기희생적 정신과 조국을 향한 살신성인의 마음은 하나로 부합된다는 사실을 확인할 수 있었다. 미국에서 돌아온 지 1년 만에 시카고대학에서 다시 초청이 왔다. 백석 시인의 시에 대한 특강을 해달라는 요청이었다. 얼마나 반갑고 기쁜 일인가? 그리하여 필자는 미국에서 1차 원고를 만들었던 서사시 <홍범도> 원고를 들고 또 다시 미국행 비행기에 몸을 실었다. 미국에서의

---

5) 산포수 시절의 구체적 실감을 살리기 위해 수렵관련 자료들을 두루 찾아서 읽었고, 의병대의 산중생활과 이동과정을 묘사하기 위해 백두산 종주와 관련된 등산가, 탐험가들의 기록문학을 찾아서 읽어가기도 했다. 뿐만 아니라 만주의 마적 패를 조사 정리한 외국자료를 찾아서 읽고, 마적단이 즐겨 부르던 노래 가사를 찾아서 작품의 적절한 부분에 삽입하기도 했다.

체류기간은 약 1주일가량이었다. 잠시 동안의 특강일정을 끝내고 나머지 시간은 오로지 시카고대학의 숙소에서 서사시 작품 손질에 매달렸다. 미국에서 돌아오기 하루 전날 드디어 민족서사시 <홍범도>의 완성작품이 나의 손끝에서 이루어졌다. 나는 캔 맥주 하나로 그 밤의 감격을 홀로 되새겼다. 돌이켜보면 무려 스무 해가 넘는 세월동안 나는 홍범도 장군에 대하여 마치 빚진 심정으로 살았었다. 이젠 그 빚을 홀가분히 갚을 수 있게 된 것이다. 당시 가벼운 내 기분은 날아오를 수 있을 것 같았다.

그러나 이젠 방대한 분량의 출판이라는 새로운 과제가 필자의 앞에 산더미처럼 당도하였으니 앞서 말한 바와 같이 출판계의 냉담한 반응 속에서 나는 몇 해 동안이나 서사시 원고를 품에 안은 채로 공허하고 적적한 시간을 보내야만 했던 것이다. 드디어 나의 서사시 작품이 10권짜리 전집형태로 발간이 되었으니 달리 무슨 여한이 있을 것인가. 마침내 서사시 작품 <홍범도>는 필자의 손을 떠났다. 작품을 쓰던 시절의 숨 가쁜 격정과 추억만 아련한 추억으로 남아있을 뿐이다. 그 작품이 지니는 문학사적 가치의 평가나 작품성 및 고유한 의미에 대해서는 오로지 후대 연구자들에 맡겨진 몫이다.


## 2. 문금동의 실록수기 <아부지와 홍범도>에 대하여


필자가 2015년 광복절 특집 프로그램으로 제작된 KBS TV의 역사저널 홍범도 장군 편에 출연한 뒤 여러 지인들로부터 전화와 격려를 받았다. 그런 어느 날 특별한 한 통의 전화를 받았다. 그분은 서울에서 한국교회사문헌연구원을 이끌고 있는 심한보 원장이

다. 홍범도 장군에 관한 고려인 작가 문금동의 수기작품을 직접 지니고 있노라는 충격적인 제보였다. 필자는 곧바로 일정을 약속하고 그 며칠 뒤에 서울로 직접 방문하였다. 심한보 원장은 평생 한국학의 귀중자료들을 출판하고 이를 학계에 제공함으로써 크나큰 공헌을 항상 뒤에서만 해온 분이었다. 서울 불광동에 위치한 그의 사무실에는 그동안 제작한 귀한 자료집들이 발을 들여놓기조차 비좁을 정도로 빼곡히 쌓여 있었다. 워낙 거듭되는 불경기에다 컴퓨터의 보급 등으로 학자, 연구자들도 이젠 예전처럼 자료집을 구입하지 않는 형편이라 한국학 발전을 위한 심 원장의 돈독한 노력은 제 빛을 회복하지 못하고 있었다. 이러한 부친의 사업을 곁에서 도우며 이런저런 번거로운 일들을 보좌하는 갸륵한 영식(令息)의 모습이 고맙고 기특할 뿐이었다.

심 원장은 책상위에 쌓여 있는 어느 두툼한 책 더미로 필자를 안내했다. 검은 표지로 싼 그것은 『인정루』라는 제목의 수기작품이었다. 제목 앞에는 장편소설이라는 장르표시가 되어 있고, 이 작품의 집필에 골몰하는 한 깡마른 노인의 사진이 붙여져 있었다. 사진 속의 작가는 두툼한 뿔테 돋보기를 끼고 원고쓰기에 열중하는 모습이었는데, 그의 등 뒤로는 다리가 불편한 듯 목발 하나가 벽에 기대어져 있었다. 산판에서 벌목공으로 일하다가 사고를 당해서 장애를 입게 된 것이었다. 그는 바로 중앙아시아 타지키스탄의 한 국영농장에 거주하던 고려인 작가 문금동(1912~1992)이었다. 문금동을 국내에 최초로 소개한 학자는 고송무 교수이다. 그에 의하면 문금동의 문학적 재능은 일찍이 연해주로 이주했던 작가 조명희(趙明熙, 1894~1938)[6]의 눈에 띄었고. 각별한 지도를 받았

---

6) 조선에서 태어난 소비에트 연방의 작가이다. 호는 포석(抱石), 필명은 목성(木

던 것으로 보인다.

  조명희의 제자 가운데서 빛을 여태 보지는 못했으나 혼자서 창
작활동을 하고 있는 문금동에 대해서 잠시 소개하고자 한다. 그는
1912년 연해주 뿌질롭까 촌에서 문친일의 아들로 태어나 조합의
청년학교를 나왔다. 조명희가 그에게 작가의 길을 걷도록 권고를
했다. 중앙아시아로 이주되어온 뒤 여러 가지의 일을 했고, 전쟁
후는 타쉬켄트시 부근 끼로브 명칭 꼴호즈에서 일했다. 1963년부
터 타직스탄의 두산베에서 살다가 최근에는 타직스탄 기싸르 구역
에서 살고 있다. 병으로 인해 몸이 불편한 상태이나 장편소설 『인
정루』와 실화기록 『아부지와 홍범도』를 썼다.[7]

  문금동의 이름은 고려인 문학계에서도 거의 알려지지 않았다. 다
만 자전적 단편소설 「솔밭관 토벌」이 뒤늦게 알려졌을 뿐이다.[8]

---

星), 적로(笛蘆). 충청북도 진천군에서 출생하였다. 3살 때 부친을 여의고, 서
당과 진천 소학교를 다녔으며, 서울 중앙 고보를 중퇴하고 북경 사관학교에
입학하려다가 일경에게 붙잡혔다. 3·1 운동에 관계되어 투옥되기도 하였다.
도일 후 도쿄 대학 철학과에 입학하였고 1920년 「김영일의 사」를 발표하여,
희곡무대에서 상연하였다. 귀국 후 1924년 봄 『잔디밭 우에』를 간행했다.
1928년 연해주로 망명하여, 소련작가동맹 원동지부 지도부에서 근무했다. 하
바로브스크의 한 중학교에서 일하며 동포신문인 <선봉>과 잡지 <노력자의 조
국>의 편집을 맡기도 하였다. 1937년 가을 스탈린 정부의 스탈린 숙청 시절
에 '인민의 적'이란 죄명으로 체포되어 1938년 4월 15일에 사형언도를 받고
5월11일 소비에트 연방 하바롭스크에서 총살되었다. 사후 명예회복이 되어서
소련작가연맹회원으로 복권되었다. 우즈베키스탄 타슈켄트의 나보이 기념관에
는 조명희기념실이 만들어져 있다. 또 타슈켄트의 남쪽에는 '조명희 거리'라고
명명된 거리가 있다. 충북 진천군에서는 조명희 탄생 100주년을 기념해 1994
년부터 조명희문학제를 해마다 열고 있으며, 중국 연변에서도 2001년 '포석
조명희문학회'가 설립되고 중국조선족청소년들을 대상으로 하는 '조명희청소
년문학상' 행사가 열리고 있다. 월북한 시인이자 소설가였던 조벽암(趙碧岩,
본명 趙重洽)은 조명희의 친조카이다.
7) 고송무, 『쏘련의 한인들:고려사람』, 이론과 실천, 1990, 179면.
8) 김종회 엮음, 중앙아시아 고려인 디아스포라 문학, 국학자료원, 2010 참조.

그 문금동이 1962년부터 무려 22년에 걸쳐 직접 깨알 같은 글씨로 직접 써서 집필한 도합 여섯 권의 작품집이 바로 장편소설 『인정루(人情樓)』이다.[9] 1권에서 5권까지는 『인정루』이고, 나머지 부록 편으로 표시된 책은 『아부지와 홍범도』란 제목의 수기작품이다. 작품의 전체구성과 전개상의 특징은 조선에서 연해주로 이주한 농민 문용남(문어사) 일가의 삶과 내력에 관한 기록이다. 부록 편 『아부지와 홍범도』는 앞의 『인정루』와 연결되는 성격으로 구성되어 있지만 실상은 별도의 독립된 수기작품이다. 문용남의 후손 문승열이 1912년 두만강을 넘어서 러시아 땅 추풍(秋風, 코르사코프카)의 육성마을(뿌질롭까)로 이주하는 내력에서 이 작품은 출발한다. 연해주 육성촌으로 이주해서 줄곧 반일적(反日的) 성향으로 일관되게 살았던 문승열의 생애를 아들 문금동이 회고형식으로 서술한 내용이다. 전체 작품의 작중화자는 문금동이 과거 어린 시절을 회고하며 부친 문승열과 누나 마리야, 동생 문금석 등과의 슬프고도 험난했던 가족사를 되새기는 방법으로 기술해간다.

문금동의 부친 문승열은 러시아로 이주한 초기에 그곳 토박이 지주 박승관의 집에서 소작인으로 농사를 부치며 살아간다. 하지만 액운을 당하게 되었으니 승열의 아내가 병으로 사망하게 된다. 뿐만 아니라 맏아들 금봉이가 아직 어린 나이였음에도 불구하고 열병으로 죽고 만다. 잇따라 비통한 액운을 겪은 문승열은 현실의 고난에 굴복하지 아니하고 오히려 연해주 육성촌 부근에서 활동하

---

9) 작가 문금동은 1986년 이 작품을 완성하여 출판의 꿈을 안고 모스크바의 소련과학원 동방학연구소를 찾았다. 문금동은 당시 동방학연구소의 연구원 콘체비치를 만나 출판의 뜻을 밝혔으나 목적을 이루지 못하였다. 작품 「인정루」의 전체 규모는 필사형식의 4124쪽(전5권과 공책 1권)의 방대한 분량이었다.

던 조선독립군 부대인 혈성단(血誠團)[10]의 간부 허성환(許星煥)과 비밀연락을 주고받으며 독립군부대에 귀중한 정보를 제공한다. 그 정보란 다름 아닌 일본군부대의 전체 동향에 대한 첩보이다. 당시 일본군부대는 만주 뿐 아니라 연해주의 여러 지역까지 진출하여 군사적 활동을 펼치고 있었음이 이 수기를 통해 확인된다. 이러한 문승열의 소상한 활동은 아들 문금동에 의해 낱낱이 정리 기록되어 수기작품으로 다시 태어나게 되었다. 러시아의 타치아나 심비르체바와 한국의 임경희 두 학자의 공동연구에 의하면 문금동 기록문학 작품의 가치와 의미는 대체로 다음과 같이 정리된다.

1970년만 해도 카자흐스탄의 고려인들 중에 약 64%는 고려어를 모어로 여겼지만, 소련 몰락(1991년) 당시에는 고려어를 모어로 했던 고려인의 수는 그 절반에도 못 미쳤다. 그만큼 고려어 문학의 잠재적인 독자층이 엷어져 가고 있었던 것이다. 문금동과 같은 민족지식인들은 이와 같은 점차적인 고려인들의 동화추세에 대한 위기감 속에서 창작활동에 임한 것으로 추측된다. 문금동이 일찍이 조명희의 영향을 받은 것을 고려한다면 아마도 근는 1920~30년대 연해주 고려인 지식인들의 좌파적인 민족문화 발전론을 계승했으리라 생각할 수 있다. 민족의 자주적 문화건설의 차원에서 '전

---

10) 정식명칭은 대한애국청년혈성단(大韓愛國靑年血誠團). 1920년 11월 만주 흑룡강성(黑龍江省) 오운현(烏雲縣) 배달둔(倍達屯)에서 조직되었는데, 임원은 단장에 김국초(金國礎), 부단장에 김춘일(金春日), 서기에 정태룡(鄭泰龍) 등이며, 서무부, 재무부, 통신부, 사교부의 부서를 두었다. 이 단체는 각지의 청년들을 규합하여 항일무장투쟁을 전개할 목적으로 조직되었다. 청산리전투 이후 각 무장단체가 밀산(密山)에 집결하여 대한독립군단(大韓獨立軍團)을 결성할 때 북로군정서, 대한국민회, 대한신민회, 도독부, 의군부, 야단, 대한독립군 등과 함께 참여하였다. 그 뒤 연해주 이만으로 이동하였다가 자유시(自由市, 스보보드니)로 건너가 자유시참변을 겪은 뒤 만주로 돌아와 활동을 계속하였다. 그 이후의 활동은 기록에 잘 나타나 있지 않으나 1924년 두 명의 단원이 국내로 잠입하여 군자금을 징수한 기록이 보이는 것으로 보아 그 때까지 단체가 존속하였음을 알 수 있다.

통'에 대한 비판적인 계승의식은 중요했다. 아마도 문금동의 『인정루』는 인정과 같은 '아름다운 평민전통'들을 새로운 사회주의적인 이념 속에서 긍정적으로 계승하여 부단히 '민족성'을 지켜내야 한다는 믿음에서 그 창작동기가 찾아져야 할 것이다.11)

다음으로는 실화기록 작품 『아부지와 홍범도』에 관한 분석이다.12) 우리는 이 작품을 통해 연해주 뿌질롭까 주변에 주둔해 있던 일본군부대의 갖은 악행과 군사적 활동의 내용, 조선독립군에 대한 철저한 감시와 조사, 군사훈련의 구체적 내용을 소상히 알 수 있다. 또한 조선인으로 일본군부대에서 일본어 통역으로 일하며 반민족적 삶을 살아가던 통사(通史) 김연학의 악행(惡行)이 유난히 눈에 띤다. 문금동의 부친 문승열은 육성촌에 주둔하는 일본군부대로 잡혀간다. 체포의 이유는 독립군과의 비밀관계에 대한 자백을 받아내기 위함이다. 승열은 모진 고문을 당하여 사지를 못쓰게 될 정도로 고초를 겪다가 풀려나 집으로 돌아온다.

작품의 전개과정에서 문승열의 아들 문금동과 맏딸 마리야, 둘째 아들 문금석이 주요인물로 등장한다. 승열의 장남 문금동은 연해주 육성촌의 일본군대 막사 주변에 있는 '쓰럭이통'(쓰레기장)에서 '투럭이, 축기짝'(헌 양말, 뜨개) 등을 주워서 팔거나 가용(家用)에 보태어서 생계를 보조한다. 때로는 일본군부대의 쓰레기더미 사이에서 터지지 않은 불발탄(폭발탄)을 수습하여 부친에게 몰래 전달하기도 한다. 문금동이 일본군부대 옆의 쓰레기장에서 쓰레기를

---

11) 타치아나 심비르체바, 임경희, 고려인 작가 문금동과 그의 장편소설 『인정루』 소개 및 시론적 고찰, 인하대학교 한국학연구 제35집, 467~468면 참조.
12) 원래 문금동의 이 작품은 정신문화연구원에서 발간한 홍범도 관련 자료집에 <홍범도일지>와 함께 수록될 예정이었으나 그렇게 되지 못하다가 이제 우리 앞에 그 모습을 나타내게 된 것이다.

줍는 척하면서 실질적으로 하는 일은 일본군부대의 전체 동향을 감시하고 파악하는 정탐활동이다. 일본군은 수시로 마을로 내려와 숨어있는 독립군을 체포하여 혹심한 고통을 주었다.

한번은 문금동의 집에 찾아온 독립군 밀사(密使)가 있었는데, 그는 혈성단 단원이었다. 이 사건이 일본군부대에 염탐이 되어서 금동의 부친 문승열은 체포되어 포승줄에 묶인 채로 끌려간다. 가장(家長)을 잃어버린 채 아동들만 남아있는 불쌍한 가정을 이웃집 최영감이 정성스레 돌보며 생활을 보조하는 광경도 눈물겹다. 동포들의 상부상조하는 따뜻한 광경에 관한 증언이다. 문금동은 부친이 일본군에게 잡혀간 뒤로 하루도 빠지지 않고 평상시처럼 일본군부대 옆의 쓰레기장으로 가서 '쓰럭이' 가운데 쓸 만한 물건을 줍는다. 하지만 실제목적은 아버지의 소식과 근황에 대한 염탐이다. 어느 날은 포승줄에 묶이고 족쇄로 채인 채 일본군에 끌려가는 처참한 모습의 아버지를 목격하고 큰 충격을 받는다. 금동의 부친 문승열은 아들 쪽을 보지 않고 일부러 고개를 돌린다. 혹시라도 아들에게 위해(危害)가 가해질까봐 극도로 염려하는 안타까운 부정(父情) 때문이다.

일본군에게 체포되어 고초를 겪고 있는 문승열의 사정을 알고 독립군이 몰래 찾아와 밀린 농사일을 대신해주는 놀라운 광경도 확인된다. 연해주 일대의 독립군부대, 그리고 러시아에 주둔했던 일본군부대, 유랑농민으로 이주해온 동포들의 삶이 서로 깊은 관련을 이루며 다양한 변화를 전개해 나간다. 문승열은 마침내 일본군부대에서 석방되어 피골이 상접한 모습으로 집에 돌아온다. 모진 고문의 경과로 심신의 몰골은 말이 아니게 축이 났지만 문승열의 마음속은 오히려 조국의 독립과 반일사상으로 한층 불타오른다. 위험한 환경 속에서도 불구하고 홍범도부대와 비밀연락을 가지며 독립군부대원들이 깊은 밤에 몰래 문승열의 집을 다녀간다. 그들이 만나고 헤어질 때 반드시 "조선!"이라고 외치면 "독립!"이라고 화답하던 암구호(暗口號)를 실감나게 확인할 수 있는 대목도 보인다.

특히 감격적인 대목은 어느 날 일본군부대와 독립군부대 사이에 치열한 교전이 펼쳐졌는데, 이 전투에서 사망한 일본군이 소달구지와 말이 끄는 수레에 제각기 분산되어 옮겨지는 장면, 조선인 통사 김연학이 치명적인 중상을 입은 채 거의 방치상태로 혼자 탄식하다가 비참하게 죽어가는 광경을 서술하고 있다.


먼데 사람 보일낙 말낙하는 새벽이다 말수레는 말을 채질하여 빨니 모라간다 아츰때되여 말수레와 소수레들은 모두 돌아온다 우리는 길엽헤 나가 술기[13]오는 것을 구경하엿다 수레에마다 일본군인이 장총에 창을 꼽아들고 앉아온다 수레는 열여슷채이다 소수레 다슷채이요 말수레 열한채인데 앞선 말수레에는 죽은 군인들 둘식 셋식 넷식 실어오고 그 다음 말수레에는 중산한 군인 하낫씩도 실고 둘씩도 실고 들어온다 소수레 다슷채에도 죽은 일본군인을 실은 소수레엿다 윈뒤에는 사복한 사람을 실엇는데 그 소수레에는 보초군도 없다 우리는 독립군 죽은 것을 실고오는가 하여 갓가히 가며 보니 독립군은 아니고 통역하던 사람이 총에 맞은 것을 실고 오는데 눈녁여 살피여보니 낯에 점이 박히고 윈 못되냐 하던 통사 인데 아직 죽지는 않엇다 절반 몸둥이는 술기에 담기고 다리는 드리우엇는데 두 다리는 술기에 드리우어 거들거들한다 잇따금 잇따

---

13) 수레를 가리키는 함경도 말.

금 하는 소리 나는 죽소 아이 아이 한다 술기들은 군대안으로 들어간다14)

실록수기작품 『아부지와 홍범도』에서 가장 격정적이며 돋보이는 부분은 바로 전설적 장군 홍범도 대장과 그 부대원들의 내방(來訪)에 대한 서술부분이다. 연해주의 뿌질롭까 지역에 주둔하던 일본군이 모두 철병하고 난 뒤 홍범도 장군은 부대원을 이끌고 문승열의 집을 찾아온다. 아이들만 지키고 있는 집을 둘러보며 옛 감회에 젖는 홍범도 장군은 잠시 뒤 집주인 문승열과 만나 반가운 상봉의 대화를 나눈다. 그 장면의 서술은 감동적이다. 홍범도 장군의 육성을 고스란히 느끼게 하는 실감나는 대목이라 하겠다.

야 이 사람아 이만하여도 자네는 제 색기와 제집에서 그래도 좋은 세상일세 날같은 것은 제 식솔을 다 일본놈들의 불속에 넣고 해외에 나서 동서남북으로 낮이면 수림속에 밤이면 숫풀속에 헤매고 단니니 마음이 좋으면 얼마나 좋을가 그러나 내 죽기 전에 나의 목적을 성공하려 하네 자 - 자네 부어주는 술은 딴술이닛가 동생이 같이 술을 들어 우리가 서로 동생지간 결의하고 긔간 씁씁하게 각거하여 잇던 상봉주닛가 다덜 보시오 하고 한잔 술식 서로 들고 즐기더라15)

---

14) 문금동, 『아부지와 홍범도』, 127~128면.
15) 문금동, 아부지와 홍범도, 184면.
　　이 대목에서 홍범도 장군이 "일본놈의 불속에 넣었다"고 말하는 자신의 식솔은 아내 이옥녀, 맏아들 홍양순, 둘째 아들 홍용환을 가리킨다. 홍범도 장군의 아내는 일본군부대에 잡혀가서 고문을 받다가 사망하였고, 맏아들 홍양순은 의병투쟁의 과정 중 일본군과 교전 중 전사하였다. 막내아들 홍용환은 몸이 약해서 만주의 지인에게 위탁해 있던 중 결핵으로 죽었다. 홍범도 장군의 가족은 이렇게 조국독립투쟁의 간고한 세월 속에서 완전히 해체되고 말았다.

문승열은 반일사상(反日思想)의 노정 속에서 박춘화라는 한 청년과 의형제를 맺게 된다. 이 박춘화가 어느 날 아내 금옥을 데리고 문승열의 집을 찾아와 몸을 숨긴다. 하지만 박춘화의 아내는 이미 병이 깊어 죽음에 이르게 되고, 춘화마저도 아내의 죽음과 오랜 시련으로 인해 병을 얻어 기어이 죽음에 다다르게 된다. 조선의 독립군부대와 교전을 치른 일본군대는 다수의 전사자와 중상자를 남긴 채 전세의 불리로 철병(撤兵)하게 된다. 이 전투가 어느 지역의 전투인지, 연해주지역 무장독립투쟁사에 나타나는 전투였는지는 확실하지 않다.(이에 대해서는 좀 더 자세한 연구가 필요하다) 아무튼 박춘화가 문승열의 집에서 시름시름 앓다가 거의 죽게 되었을 때 홍범도 장군이 부하들을 이끌고 문승열의 집을 찾아오게 된다. 그리곤 초췌한 박춘화와도 대면하게 되는데, 전후곡절을 다 듣고난 홍범도 장군은 문승열, 박춘화 등과 함께 결의형제를 맺는다. 전세계 피압박민족은 스스로 일어나 자립을 쟁취해야 한다는 홍범도 장군의 감동적인 연설장면도 등장한다. 문승열은 홍범도 장군에게 그동안 깊이 숨겨오던 단총(短銃)을 선물로 바친다. 홍범도 장군을 따라온 부대원들은 문승열의 미처 거두지 못한 좁쌀농사를 말끔히 수확하여 추수까지 돕는다. 홍범도 장군은 연해주 지역의 우리 동포들이 원호(元戶)와 누호(累戶)로 나뉘어 분열하고 대립 갈등하는 현실에 대하여 개탄한다. 원호란 볼세비키 통치하에서 소련으로 귀화하여 토지를 배당받았던 지주들이고, 누호란 그들에게 고용되어 원호의 토지를 소작하던 가난한 이주농민들이다. 누호들은 원호의 땅을 소작하면서 원호들로부터 말할 수 없는 유린과 심리적 고통을 같은 동포에게 겪었다.

　문승열은 홍범도 장군과 부대원들이 자신의 집을 방문한 것에 대하여 기쁨을 억제하지 못하고 집에서 기르던 돼지를 잡아 홍범도 장군과 부대원들을 융숭하게 대접한다. 이때 홍범도 장군은 승열에게 선물 받은 단총으로 돼지를 향해 사격하여 단방에 명중시킨다. 과연 소문난 전설적 명사수의 솜씨를 그대로 보여주었다. 그렇게 장만한 돼지고기가 거의 다 익어 가는데 그것을 맛보지도 못한 채 박춘화는 뒷방에서 쓸쓸하게 숨을 거둔다. 춘화의 장례식에 대하여 문승열이 마을의 책임자인 풍장을 찾아가 의논하려 하나 풍장은 오히려 박대하고 냉담하게 응대하였다. 이 광경을 지켜본 홍범도 장군이 풍장을 직접 찾아가서 이 사실을 엄중히 꾸중하고 질책하여 사과와 반성을 받아낸다. 그리하여 춘화의 장례식은 성대히 거행되었고, 그 후 홍범도 장군과 전체 부대원들은 문승열의 집을 떠나간다. 수기작품의 곳곳에서 나타나는 홍범도 장군의 풍모는 부하들에게 한없이 다정다감하고 정겨운 형님의 자세를 보여준다. 사리분별이 엄중하고 대의와 의리를 철저히 지키며, 규범성을 존중하면서도 푸근한 자세를 흩트리지 않는다. 이러한 위인의 모습이 수하들로 하여금 한없는 존경심을 자아내게 한다.

　이것이 『아부지와 홍범도』 전체 수기작품의 전개과정이자 줄거리의 대강(大綱)이다. 구성과 전개 및 문체상의 특징은 시간적 순서에 의한 회고체(回顧體)를 기본으로 유지하되, 당시의 현장성이 생생히 살아나는 문체를 적극 활용하고 있다는 점이 돋보인다. 이 작품의 문학사적 의미와 독립운동사적 가치는 특히 한국의 기록문학적 전통에 있어서 중요인물에 대한 증언 자료나 구체적 실증자료가 현저히 부족하고 결핍된 환경 속에서 특별히 그 중요성은 부각된다고 하겠다. 연해주 지역에 살던 문금동이 이후 스탈린의 강제이주정책에 의하여 중앙아시아 지역으로 옮겨가서 살았는데, 소년시절을 회고하며 쓴 수기작품 형식이다. 그리하여 이 작품은 중앙아시아 고려인문학의 중요한 부분으로 자리매김을 하고 있다는 의미를 지닌다. 식민지 해외무장투쟁의 구체적 경과와 현장성의 생생한 증언을 기록문학 형식에 의탁하여 살려내고 있다는 점에서 우리는 이 작품을 주목할 필요가 있다. 이는 중앙아시아 고려인들의 기록문학작품이 보여주는 참신성으로 확인된다.

더불어 이 작품은 한국근대독립운동사에 있어서도 연해주 지역 무장독립투쟁사에 대한 구체적 증언과 이주민들의 민중생활사를 일목요연하게 보여준다. 이 작품의 작가 문금동이 어린 시절 연해주에서 거주할 때 그곳 일본군부대 주변의 쓰레기장을 뒤지고 다니며 쓸 만한 물건을 수습하여 힘든 생계를 보태는 광경은 눈물겹다. 뿐만 아니라 이러한 활동을 일본군부대의 동향을 파악하고 일일이 감시하는 역할로 연결시키고 있는 광경은 매우 돋보이는 서술대목이다. 작품의 흐름으로 볼 때 문금동의 부친 문승열은 홍범도 장군과 의형제를 맺을 만큼 특별한 관계였다. 소년 문금동의 눈에 포착된 전설적 위인 홍범도 장군의 구체적인 풍모가 수기형식의 자세한 기록문학으로 정리되고 있다는 사실이 놀랍기만 하다. 홍범도 장군과 대한독립군 부대의 활동과 관련된 구체적 자료를 제공하고 있다는 점에서 이 기록문학 작품은 연해주 지역 무장독립투쟁사에 대한 열려지지 않은 역사적 사실을 증언해주고 있다는 중요성을 담보하고 있다.

# 5. 마무리 및 제언

필자가 1983년 민족서사시『홍범도』를 집필할 당시 <홍범도일지(洪範圖日誌)>와 같은 중요자료에 크게 의탁해서 작품성을 강화시켰지만 당시『아부지와 홍범도』같은 매우 구체적이고 실증적인 수기작품을 접할 수 있었더라면 얼마나 창작과정에 크나큰 도움에 되었을까를 다시금 생각하게 된다.[16] 그런 점에서 이 수기작품은 연해주지역 한인독립운동사를 생생하게 증언해주는 자료이자, 두 번 다시 대면하기 힘든 희귀자료로 평가된다. 이 작품을 구체적으로 분석하고 연구하는 과정에서 한국근대독립운동사 서술은 다시 수정되고 보강될 부분이 있을 것이다. 더불어 필자가 완성해서 전 5부작 10권으로 발간한 민족서사시『홍범도』작품도 적절한 부분에서 다시 수정하고 보강할 필요성을 느낀다.

필자는 서사시『홍범도』를 2003년에 발간한 이래로 여러 예기치 못한 사건을 겪었다. 그 가운데서 가장 놀라운 사실 하나를 소개하면 홍범도 장군과 함께 연대하여 봉오동전투를 대승리로 이끌었던 해당지역의 토호(土豪) 최진동(崔振東, 1887~1941)과 관련된 것이다. 그는 홍범도 장군이 두만강을 넘어 봉오동 지역으로 부하들을 영솔(領率)하고 진입해오자 각별한 환대로 맞이한다. 이때 최진동에게는 특별한 계산이 있었던 것이다. 즉 만주의 마적패들로

---

16) 반병률 교수가 정리한『홍범도 장군』(한울아카데미, 2014)도 최근에 발간된 매우 의미 있는 자료이다. 이 책은 <홍범도 일지>의 세 가지 필사본을 모두 참고하여 일지를 현대어 표기로 바꾸고 주(註)를 달아 부연설명을 하고 있다. 또한 홍범도의 독립무장투쟁과 카자흐스탄으로 강제 이주하여 살던 말년의 모습까지 연구한 논문도 담고 있어 홍범도 장군의 전반적인 생애를 살펴볼 수 있는 기회를 갖게 한다. 이 책의 전체 구성은 다음과 같다.
　제1부 홍범도 일지/ 서문 '홍범도 일지'의 판본 검토와 쟁점/ 주해「홍범도 일지」/ 탈초「홍범 두 일지」/ 자료① 이력서/ 자료② 앙케이트/ 자료③ 홍범도 투고/ 자료④ 홍범도의 기고문
　제2부 홍범도의 항일무장투쟁과 말년의 삶/ 1장 홍범도의 항일무장투쟁에 대한 재해석/ 2장 홍범도 장군과 러시아(소련)의 고려인사회

부터 자신의 재산을 안전하게 지키는데 홍범도 장군의 존재와 위력이 절실하게 필요했던 것이다. 그 때문에 봉오동 일대에 홍범도 부대가 주둔할 수 있도록 여건을 제공하고, 군대의 유지비를 제공했다. 봉오동대첩도 이러한 환경의 연장선상에서 파악되고 이해되어야 한다. 그러한 최진동은 봉오동대첩 후 연해주의 자유시로 일본군의 습격을 피해 퇴각한 뒤 홍범도 장군의 가치관과 인식에서 이미 상충되는 행동과 선택을 하고 있었다. 자유시에서 독립군들끼리 자중지란이 일어나 전투가 벌어졌으니 이를 자유시참변, 혹은 흑하사변(黑河事變)이라고 한다. 6.25전쟁과 매우 유사한 동족상쟁의 안타까운 혈투가 연해주의 자유시에서 펼쳐졌던 것이다. 최진동은 흑하사변을 피하여 재빨리 김좌진(金佐鎭, 1989~1930) 등과 함께 만주지역으로 돌아와 봉오동 자신의 본가에 정착하였다. 하지만 이때는 일본군과 경찰의 세력이 만주 일대를 장악 관리하고 있었으므로 그들의 관리체제에 순응할 수밖에 없었다.

봉오동전투의 영웅 최진동이 변절자의 모습으로 바뀐 의혹과 재평가를 받는 것은 바로 이 시기 이후의 일이다.[17] 그로부터 세월이 지나 최진동은 1941년 봉오동에서 사망하고, 그의 자녀들은 중국이 공산화되기 직전, 살던 곳의 적지 않은 부동산을 처분하여 미국으로 이주하였다. 최진동의 아들 최인국은 필자가 발간한 민족서사시 작품 『홍범도』에서 최진동의 변절대목을 읽고 필자에게 자신의 대리인을 시키거나, 혹은 미국에서 직접 전화를 걸어서 공갈과 협박을 가해왔다. 필자의 서사시작품 『홍범도』 전체를 즉시

---

17) 최진동의 변절행각에 대한 조사와 확인은 도올 김용옥 교수에 의해 이루어졌다. 김용옥 교수는 EBS에서 제작한 다큐멘터리 '한국 독립 운동사' 10부작의 제4부 '제4부-청산이여 말하라'를 통해 만주에서의 홍범도 장군과 최진동의 일생과 행적을 현지에서 조사하고 봉오동전투와 청산리전투에 관한 구체적 후일담을 정리한 바 있다.

서점에서 회수하고 폐기시킬 것, 자신의 부친에 대한 불명예스런 서술에 대하여 공개 사과할 것 등을 요구하며 상당한 기간 불편과 심리적 고통을 준 바 있다. 그 최진동의 유해는 중국에서 한국의 대전 국립현충원으로 이장해왔고 정부는 1963년 건국훈장 독립장을 수여한 바 있다. 우리의 독립운동사 서술체계에는 이처럼 왜곡되거나 잘못 기록된 서술들이 적지 않다.

그 대표적인 사례가 바로 홍범도 장군에 대한 국내 여러 자료들의 거의적인 왜곡과 외면이다. 아직도 상당수의 자료들은 홍범도 장군을 한낱 공산주의자로 매도하거나 독립운동사에서 그 공적을 무시하고 냉대한다. 뿐만 아니라 청산리전투(靑山里戰鬪)의 실질적 주인공이 홍범도 장군이었음에도 불구하고 오로지 김좌진 장군과 북로군정서(北路軍政署)의 활동만 부각시키며 홍 장군의 공적을 전혀 도외시하고 있다. 이는 김좌진의 직속 부하였던 이범석(李範奭, 1900~1972)이 집필한 수기 『우둥불』의 기록내용에 전적으로 의존해서 청산리전투를 연구하고 기록하였기 때문이다.[18] 이범석은 자신의 수기에서 청산리대첩에서의 홍범도 장군이란 존재를 아주 소멸시켜버렸을 뿐만 아니라 공산주의자로 매도했다. 이 때문에 청산리대첩에서 홍범도 장군의 역할은 고의적으로 누락되고, 김좌진의 존재만 크게 부각되고 있는 안타까운 현실이 계속 방치되고 있는 것이다.

다행히 여러 자료들이 새로 발굴되어 청산리대첩을 비롯한 만주 연해주지역 항일독립운동사에서 홍범도 장군의 활동과 공적이 속속 확인되고 있으니 만시지탄(晩時之歎)이긴 하지만 그 얼마나 다행스럽고 흐뭇한 일인가. 그런 점에서 문금동의 기록문학작품 『아

---

18) 이범석, 우둥불, 삼육출판사, 1986.

부지와 홍범도』의 출현과 중요성은 아무리 강조해도 지나치지 않다.

 글의 마무리에 이르러 국내의 여러 방송사들에게 제안하고 싶은 것은 홍범도 장군을 테마로 하는 대하드라마나 다큐멘터리를 제작해주었으면 하는 소망이다. 홍범도 장군과 관련된 기존의 숱한 왜곡사실들을 그러한 때에 모두 바로잡을 수 있지 않을까 한다. 그동안 TV를 통해 다수의 민족영웅들을 다루었으나 어쩐 일인지 홍범도 장군과 같은 중요인물은 항상 누락되곤 했다. 뜻있는 방송프로그램 제작자가 나타나서 이런 안타까움을 신속히 해결해주기를 바랄 뿐이다. 최근 한 언론사에서 시민들을 대상으로 이름이 먼저 떠오르는 독립운동가에 대한 조사를 실시했었는데, 대개 안중근, 김구, 김좌진 등이 앞선 순위였고, 홍범도 장군은 이름조차 모르거나 목록의 순위에서도 가장 마지막이었다. 분단체제하에서 국사교육의 편향성과 그 잘못이 고스란히 반영되고 있었다. 이런 현실을 극복해나가기 위해서라도 우리는 홍범도 장군을 테마로 하는 영화, 연극, 전기물(傳記物), 만화, 애니메이션, 동상과 흉상의 제작 및 설치 등을 적극적으로 실천하여 한국근대독립운동사에서 홍범도 장군의 활동과 발자취 및 그 중요성과 가치를 지속적으로 드높여가야 할 것이다.

아북지와 홍별도

에 들고 국명이 조석에 변한지라 이때에 김응서와 리순신

야 조선국에 침그하니 그형세가 엄숙하여 백성들이 도란중

을 쳐 멸하고 중국을 점령할 작정으로 백만대병을 조괄하

때에 동해에 일본국이 있어 십칠세기초엽에 ("왕"이 있어) 조선

롱하야 계양가를 불(ㄴ) 국사가 엇찌 한심치 않으리요 이

을만주며 백성의 전고와 나라의안위를 돌보지않고 궁궐로 회

궁전에앗은 황제와 대신들은 국사를 삼히지않고 양반을 혀

하고 귀족과양반층은 부귀공명을 누리며 끄진금퇴를 모르더라

분종하니 빈민들의 학대는 비할데없는 종의멍이에서 신음 고통

이라 칭하고 상하의게금을 각별히 분별하야 양반 쌍놈을

나가 그의 지배층은 빈민의생활을 돌보지않고 소위 '예의지 국

구어 생애를겨우 부지하여 거려오는 인민의생활은 곤궁에 시달

멫십 천변을 살아오던 조선민족의 조국이라 삼으로 발을일

아시아 동향 한반도 삼철리금수강산은 힌옷일은 이천만 동포

는 어리엇을때경과한 사항을 넛을수 없어오

아로 도강하> 지주와 호호의 머슴사리 천대와구박으로 커

국산천을 티별하고 한줄기 두만강을 건너 중국과 못시

은 없은 무리 등 시리고 배 곯아서 두굴기 움무른고

팔어 생애를 못구하는 억제의채죽은 더욱심혹하여 땅과질

고 각가지 세납으로 조선사람의 뼈와살을 글거개며 뼈곬은

으로 착취의명에를 머엇으니 그들은 소위 "일본개화라 하

무산계급은 첨첨한 이중압박과 일본제국주의 식민지 민족

월 이심구일에 조선은 국명을잃고 일본에 식민지되야 조선

지 대항하리오 그리하야 조선이 항서하> 일천구백십년 팔

여 각방으로 일시에 침공하> 무거웠고 힘이없산 조선이 엇

군인을 심고 조선 각 항구에 상육식히> 그 형세가 엄숙하

았꼬저하야 군사를 졸연변성하며 무기를정제하여 군함수백척에

대패 하야 조공지국으로 몇백년을 게려오며 임진변 완싸올

백만대병을 처변하> 이것이 임진 외란이라 일본이 조선에

의 충성으로 백성을. 군집하고 중국청병의 힘으롯 외적

7

답하 불상한 고려인족의게는 학살과 악형이 돌아 올뿐이라
독립만세를 불넛것만 다만일본 제국주의는 총과칼으 대
려 민족은 누구를 물곤하고 태국긔를들고 향응하여
시아에 해삼 소왕영 멋시에르 추풍둥지를 망가하여 끄
붉은손에 태국긔만들고 독립을 선언하여 중국 꽁정으로
시에 삼쳔리 강산에 있는 고려사람은 남녀노소를 물곤하고
십구변 삼일 운동이 증명하여 주는것이며 이삼일운동 일
자와 갑옥에 수금된자 그수 부지라 이것은 일쳔 구백
림을 선언하는 고려사람의게 무력으로까지 언습한 죽은
이 폭발하는 고려사람의게 사형과 악형으로 처벌하며 독
칭 넘어매듯이 경찰망을 거미줄읁이듯 애국사상
의 강풍가 심하며 무도한 범율은 조선인민을 쳔사로 칭
일본제국주의는 삼쳔리 금수강산 식민지 민족의게 더욱착취
선사람의게 도라오라
쳔없는 노예의생활이 그가막한 즘생같은 쳔대와 학대가 조

한지 수상넉이라 꼬려사람 수천호이 앗시아에 왕적하고 자긔

포령에 들어서는 · 주풍이 타면 조선사람이 멀서 앗시아에 도강

장면을 긔록하기 하회를보아 분해하라

에 붓잡히어 악형과 섯고를 받는것을) 에운으로 밧으며 그 한

나는 이 애국사상 운동에서 · 싱싱한 청년독립군들이 일본 수비대

공은 없엇거라

곰에서 신음고총이 막심하 독립운동은 실패를 당하고 성

긔수라 또 비밀리에서 붓잡히어 죽으며 악형을 당하여 수

일본의 손에 갈에찔니우고 총에맞으며 불어타 죽운자 부지

라는 곳마다 민가에 불을지르며 초렬을 이구어 불상히

특람이 성공되리오 일본수비대는 조선독립군이 발생하여 나

며 애국혁명열을 자래울제 엇지무조직적 애국사상 운동으로

라는 걸심이 · 택출하여 독립군을 중국과포령등지에 조직하

막으며 총을 총으로 대전함이 고려사람의게 성공이 오리

이때에 독립사상가 들이 굳게 맹세하기를 원쑤와는 칼을 칼노

9.

들이 자식떨을 공부식히기 위하여는 학교집을 애자중지사

본 수비대를 접응하라 하엿으 할 수없이 무가개로 주민

려는 위험이 위대하기로 일본 군정부에서는 학교집을 버고 일

늘 고려사람 공촌에들어 고려사람 재물과 양식을 탈취하

모시아 까삭흐들이 조선사람의게 강포가심하고 또 중국강적당들이

발을 올기되 "일본수비대는 조선공촌 몇백호 인가에 때때로

진하여 군인몇백명을 학교광장에 웅거하고 농촌 도소에 굴

식들을 공부를 식히며 하료는 일본군인들이 불시에당

가 있어 원호지인들이 일심으로 그 학교를 사랑하며 자

하게 짛고 원호지인 자식들이 역시아 공부를하는 학교

인티 등탑봉하에는 원호지인들이 학교집을 피장으로 웅장

호 구호이 십리허에 수 백호이 길게앉은 줄비한 농촌

곳이라 륙성은 등탑봉 줄헐에 산이 길게려친 앞어 원

둥지에 제전흐를 깔고 줄비하게 가옥은 건축하고 사는

고향과같이 넉이며 륙성. 허커우 황거우 재피거우 대전자

10

차 방첩을 그들은 헤지않고 모집하여 모새를 운반하여 한편

려 사람의게 행패케하며 고려공촌에 마차와우차를 명영하여 농

직하며 국경역에 사는 까사흐를 충동하여 고려공촌에 사는 고

한쪽으로 고려공촌을 손들게할 중국강도당(중국호우재) 을 조

적이엿다 그리하며 일본군대는 자긔일을 시작하시라

독립을 하고저함을 아는 인본군대는 독립군을 파하려는 목

려사람들이 애국지심으로 해외에서한번 독립군을 조직하여

대를 파송함은 정말 고려사람을 생각함이 아니라 임이고

넘에 웅거하야 집군된 군대인비 고려사람산 공촌으로 군

라 그리하여 일본제국주의는 수백천 강군을 일꾸쓰크 이

할함은 이대를라서 한번원동을 일본수중에 넝으러라는 용망이

전쟁에 옛시아 동맹국으로 탈을쓰고 원동에 수백천군인을 조

이 분주하게되고 국방력이 쇠약함을 알고 외형으로는 세게

이일본군대는 엇더한 군대인가? 옛시아가 세게대전쟁에 국정

탕하지만 할수무가펴로 두말없이 학교짐을 머거라

하며 추풍이란 곳은 봄이면 하로건비로 비 오는 곳이라 비양식을 가지고도 일을구할 사에 있을곳이 없어 방황 고려민족끼리 불상히 생각하기는 고사하고 펴막이 심하여 제 그리하야 고려사람들이 강동으로 돈 벌이를 오는 사람던은 군인들의 조선사람들의게는 열충 터 하터라 은 옛시아가사크가 중국사람 도적이 겁 맛것이 아니라 일본군대 인집과 품파리군을 수금하여 형벌이 자심하 추풍주민들 품짜리를 구하면 일본수비대에서 조사가 심혹하며 간혹 주 팔녀 들어오는 고려사람이 무수하며 그들이 고려농촌에 들어 에 별하야 뵈우지 아니한 애양덕이란는 산폐를 혜치고 품을 풍에뷴 봄이면 생애를 위하야 고려에서 빈민들이 열수무 지경 어 군대외방의 위험을 살피게한후에 민가성책을 일일하하고 축 출임을 엄금하며 등답봉상에는 보초실을짛고 사면을 살끼 가시 장자를 첩첩이 둘며막고 각곳에 속사포를 건이후 잡인 으로 마댇에 넣어 성을 쌓으며 가시도친 철사로 심여별은

12

곳이 없어 목석같이 무정세월하여 이러한 형편에 엇지 남의 집

등촉을 벗을삼고 곳이면 어느누구와 절통한 회포를 하소할

고 우연중에 질병으로 우리아부지는 아들과 딸을 일엇스며 부

친검은 그 쓰린 회포를 걷잡지 못하고 야야삼경 깊은 밤에

살림을 하다가 우연한 두병으로 세상을 파하시

가 달호록 밤낮없이 고생하여도 목숨을 겨우겨우 이어가는

부자 박승관의 집에와서 삼분반작 농사 머슴사리를 살파 뼈

풍륵성이란 곳에와 로령땅에 들어 조선사람중 제일간다는

팔어 살수없어 일천구백십이년에 똑시아로 도강하여 추

·우리부모는 일천구백심변일본과 함범이후에 조선에서 몸을

괴록 하고저 하가이다

뜨고 보러오 나는(문금동) 어렷을때일이 아연하게 생각나 태강

은 꼬사하고 밤새일곳이 없으니 그 불상함을 엇지사람이 눈을

와들 떨며 아츰붙어 밤까지 페막을 당하여 과같이 막심함

를 꿈자하여도 페막이 막심하여 사람이 그침은 더 를 맞어 왓를

10.

이 참혹하게 되엿습더다

가 진행이를 잡고 몸을겨우 윤신하야 집으로 오니 그형상

멋지 우리 아부지를 인차 궂아보겠리오 수일을짓섯야 우리아부지

붓잡어가 우리어린 것들이 잠을자지 못하고 울며기달구니 들은

온 그사람들을 모초리 붓잡어 앗진후 조사하고 우리아버지를

ㄴ 수십명이멋나 일본군인은 우리집을 둘녀싸고 품과뜰하려

리하게 잠잘곳이없어 방황하던 사람들은 누어잠든 앗아조으는

파정주 바당과 헛간에 차곡덤의 노곤을 못 이기여 그여멫을 편

람들을 넘우도 불상하여 그임식히 그렇게 모여오는 가그대

유할곳을 찾아단는 들이 그수부지 잇어 아부지 께서는 이사

집으로 폐막이 막 심하여 직업을 얻지못하고 입살이 할 곳과

ㄴ들이 비와눈이 썪기어 뿌리는 품우한설을 무릅쓰고 이집저

포 하니 이것이 처음 멫해만에 제집이라는것을 잠으 외몸

이고 흘아부로 그간 여간모은 재물로 집을싸고 세간사리라고배

에 무직업하고 강구히였으리오 그리하여 어린물같은 삼강애를 별

14

다른사람들은 녁색하여 유구무언이더라

· 혹하게 되엿슴>다

· 형장은 우리들노 위하여 그형상이 일본순데 참

아부지 하시는 말삼을 듣던 한사람이 말하기를

들으니 사람이 엇떻게 되엿으리오

그 달고 고초물을 붉은물썩 풀듯하여 임에와 코에 부어

듯 항복으기 그다음으기 그다음에는 사람을 천정에 각굴

맥이 진하니 그다음에는 광창호를 불어 싯쳣엇게 달파 찌지며기

· 악독한 놈텐이지 사람을 때려도 분수가 있지 때리는 사람이

몃수 같애여오 우리아부지는 말삼 하시기를

을 당하고 사람이 살아 집으로 짐행이에 실며 차자온수가 참

광창호 떰질하엿다는 자리는 엇지도 엉치살이 디엿듯지 그 곡경

아 엇지 사람이 눈을뜨고 이리저리 찌저지고 못박헷던 상처와

양하니 정신을차리어 속옷을 벗고 악형한 상처를 보이기 참

식미를 전혀없어 음식을 못자시며 마음으로 멧을동안 보

이 널녀주꼬 보면 너의게 특별한 상을 줄터이니 그리알나

겟느냐?! 만약에 실속 하꼬 앞으로 새여단느는 독립군들을 말

이 생각하꼬 너는 남의대신으로 이 무서운 악형으로 고생 하

채로 불에 살울 터이오 너의집은 재 무지를 만들터이라 말

들은 네가 바로대이지않꼬 실속이 없을진대 너의 아이덜까지 산

리오 실속을 아니한다꼬 그러한 갓은 악형을 하지요 그일본놈

별이 겁간다꼬 실속으로 어느 누구 누구가 독립군이라꼬 대답하

대이라 하이 이는 독립군도 아려와 독립군인덜 저의 덜의게 형

하고

세 독립군인가하여 너의집에 있난사람가운대 누구 누구 독립군이야?

·그들이 무순큰 죄가있어 사람을 못살게 하군가요 당신들을 굴

나부작은 듣을거우 운신하여 앗으며 하시는 말삼이

죄로 긔여멫을 두꼬 사람을 이와같이 만든단 말임것가?!

·그곰들이 무어라꼬 형장에게 그와같은 악형을 하엿으며 무슨

한사람이 출발 하여 말하기를

· 비가 오늘, 장교김 말삼과 한가지로 항복하여 말하지 않는

대판에 못을밝은 앙상한 가시철판을 놓고

아부지는 그 모진 형벌이라? 굴복하리오 끌려나가 형장간으로나가

장교 앞에서 진작 말하라

· 바른대로 말치않는 너의죄는 모진형벌노 가르칠터이 지금

하사곰과 식히 하사금이 나를 끌고구가며.

· 이곰을 형장에달고 항복할때까지 모진형벌을 하라

하 일본 수비대머장은 뿐이 랭출하야

이외다 나는 실노볼수오

와 나는그들이 엇더한 사람인것을 모므막보구 못 알뢰며 들

· 글세 대장검께서 말쏨하신대로 안다고 하면 너럽려

소매에 넘어가랴

를 넘으며 항복하라 하 나는 일호라도 그들의 열니는

라 하며 공책을듣고 연편을 쥔 일본 수비대 대장은 나

그리고 너의절에 있는사람중 누구누구 독립군인 것을 말하

하기를

잣던지 또 끄집어 셔여 장교있는데 갓다가 장교 교자에앉아 말

부모의 매맞어서 처음 폭경 이라 정신없이 열마 시간이 지

약인지 물노 일신을 대강 시추후 혈실 찬간에 들여치

상이 엇덜게 되엿스티요 사람이 피두성이되여 정신을읿음으 무순

우으로 내복까지 벗겨 사오명 군인이 달녀들어 그

죽한 상판에 바늘같은 못을박아 고슌도야지 등대기 같은 그

소인텔 그 매를 견대리오 그리고 그 철판은 걷우요 좀 널

하사놈은 쇠로 따은 채죽을 쥐고와 아부지에게 따려부시니 황

살 하라하니

이 무서운 악형을 거절하니 사람을 죽일나면 진작 총

으로 걸어 나가라 하는가 너의들의게 짐 운죄 없으니

너이가 나의죄가 얼마가 하권대 앙상한 가시도친 철판 우

부친은 말삼하시기를

때에는 이 별우으로 걸어가가라

치 왕으이 장교 뜻 하사를 불며 말하기를 이금을 일절 용
우며 한텔 거가 모르는 일을 안다고 일절 말 하라 전체로 굴
림군이란 말이냐? 속히 바른대로 말하라 상을치며 단총을겨
모진 악형을 당하면서도 그이즌 뜻이 무엇이냐 그러면 너도 특
어게 죄가 돌아갈것인티 독립군이 누구 누구인것을 그리 무서워 그
이냐 네가 독립군이 누구 누구 인것을 말하면 너는 일없고 그들
으기 마음대로 하라하니 그장꼬말하기를 마음대로 말할것이 무엇
랑이 참으로 페막하리요 그리하여 그들을 짐에들인것 죄밖에없
찟갈이 자심하기로 한가지 동포끼리 짐을잡고 있으며 엇지 사
별이름 하려강동으로 왔다가 페막을 당하여 비와눈을 맞으며
사투어 없이것다고 위험하나 는 그들이 식구를 살겠다고 돈
않을것이고 녀의짐에는 불을질며 그 불상한 아해들까지 불에
죄하면 살며와 만약에 그이고 항복치 않으면 죽고 람지
독립군인가 그리꼬 엇더한 독립만과 연락이있는것을 말하며
문생! 형벌이 엇더하던가 공헌히 집에있는 사람덜중 누구누구

14

을 숨을지우어 천정깍굴이에 걸고 탈피하는 형식이우려 사람

나는 그사람털일을 전부 모른다고 하니 글세 백장들이 즘생

세상에 못된곰들미지 모르는일을 알나하니 무어라고 말하리오

까지 와서 행패가 지독하니 이곰들 어의 두고 보자

그곰들이 삼철리 강산을 다 훔치고도 욱심이 차지않어 로령에

앙어 겯에앉아 듵던 청년이 일어서 말하기를

뒤어 살라는 냄새는 사람의 코를 찌르더라 아부지가 말을 맺지

군 싯 범엇케된것을가저오니 정신없는 사람의게 광창호 떰질이 시작

사람이 아모대맘이 없으니 하사곰이 군인 한명을 식혀 광창호를 달

림군들을 머이라는 소리 생마 철 맛는소리라 잠잠하고 정신없는

참매같에 무터나고 정신이 전부없는 사람을 일구어 세우고 또 독

를 쪽인 쪼각몇개식 묶은 형장으로 그곰들이 때려보신 살은

텄눈티 또 물장판어 물을치고 사람을 뻘것벗겨 엄친후어 참매

며 나가이 전번에 흘건피간 멫을이가 되엿던지 돌장판어 말나 붓

서치 말고 항복할때 까지 형벌하라 하이 또 그 하자곰의게 끝

20.

• 왜키가 꼬초가루를 만들어 활펴단니는 사람들은 일본사람보

한 그인이 맛앗다 말하기를

꼬 단기며 판 다옵디다

• 여긔사람덜이 꼬초를 많이심어 꼬초가루를 독하게 만들어

우리누이 마리아 말하기를

힘미 어대에서 어덧을가요?

태할면 하엿슴니다 꼬초가루는 그들이 꼬향에서는 앙가저왓을

• 수흘이 넘엇씀니다 형장은 우리로말미 아마 조고마터면 사생이우

한사람이 잇어우 말하기를

는 전부 모르겟오

소 네가짐으로 멫을만에 도루온것도 그지간 정싱이 업다 복구

정신을 일헛엇스니 그후는 그곰들이 가의게 엇덜게 한것을 모르겟

부어딩으니 이금 비곰이 대이지않고 누가대이랴 하는말을듣고 누는

에 풀어 진한 붉은먹처럼 하여 들고와서 사람의 임과코에

을 빠로 죽을머 천정 까굴이어 걸어중고 꼬초가루를 물

21.

사를 무서워 펴막하는짐이 말씀티 또 그러고 엇던짐에서는 정

녁 보앗는티 정말 엇던짐에서는 펴막하는것이 일본개무리턴 조

안오 역긔 사람들이라고 다 그렇겟오 나도 펴막히 막히우며 단

한 노인이 말화되

눈수 잇더라도 그러지는 못하겟오

나는 돈과밥이 없어 노령땅으로 품을팔녀 들어왓지만 제일 죽

초가루는 고사하고 생사람을 먹어재치지 않겟오 과연한심한 일이지

넓은 개를 풀어 주으니 엇지 한심하지 않쓸것가 이런사람들이 고

토명땅 깨가 참 승냥이보다 더 무섭은 깨가 있읍디다 줄에

어한과 교통을 먼고자 주인을 차즈니 글서 더답은 고사하고

촉한으로 사람이 겨우길으며 죽게병이 드는티 한집으로 들어가

쓰엇지 사람이 아니옵디 거와같이온 저분이오 찬눈과비를 맞어

이 추공에 둔 원호이 다 그렇겟오 딴은 터러는 사람의 모형을

한사람이 또 출할하여 말하기를

다 백상이나 더 독한 사람이오구려

르켜 주십시오

같은 일본 무리덜을 일비 지력으로 못지르려 하오니 좀 가

참 독립을 위하여 한번 총창을 빗겨들고 새암의 무리

어데에 독립단이 있슴닛가? 나는 제일 목림단을 찾어가

· 짐 주인님 나는 살노 괴분을 참지못하겟쓰니다 주인님 여긔

한 청년이 술발하여 말하기를

엄어 봅시다

인교생과 콘피단을 덜기위하여서는 각각 허터지어 일 자리를

사람은 세상에 드문니 잇가 자 그러지덜 말고 제일붙엇는 주

하... 이사람 세상에 사람이 한가지인줄 아는가 이짐주인같은

또 한 그인이 말하기를

할 방이 없으면 그집이 꿀방의 집이란 말이오닛가

그인 이런말을 싹걸우시오 아무리 집이 적단덜 사람 두셋이우

또 젊은 청년사람이 말하기를

말 집이적어 퍼막하는 집도 있겟지만

53.

탈노만 마끄보면 이번에는 누을 독립군 시김바람군이라고 붓잡어다
치며 물어도 녀의들은 모른다고 말하여라 만약시 이런비밀이
어라 또 그리고 여긔 통사들이 있지않늬 그동사들 열느며 딱
야 금동아 너는 우리가 무슨말하는것을 여긔사람들과 말하지 말
부지는 무엇을 좀생각하는 긔상이엿다 우리삼남매를 돌아보며
모도주인장 말삼이 감사한 말삼임을 알고 모도물녀 가거날 우리아
정하시고 밥을 주무시오 내가 당신들을 지시하오리다
당신들은 분을 참으시오 그리고 당신들 마음이 그렇진대 진
아부지가 말삼하시기를
외몸사람 삼삼여명이 일구동성으로 우리아부지의게 청을드┐ 우리
주인님 아르시는 대로 알녀주서오
금의 무리 천명이라도 검긋지않고 혼자라도 대적 할것같소
청년인티 독림단으로 한번 가려하오 충과 갈만 있으면 그 외
참적은 말삼이 적당하고 옳은말이오 가도 분삼심을 가깝지만
또 한사람이 말하기를

24.

한사람이 우리아버지와 또 물기를

써가 글발을 보써면 접대하오리다

온대 수천명이 군집되여 졸연과 군병식을 배호ㅅ 당신들은

받판이라고 있는비 거긔에 지금 독립당이 조직된지 수월이 되

· 당신들이 마음ㅇ 그렇진머 여긔어서 서으로 가서 한 백리허에 솔

아부지는 말삼을 게속한다

· 참 가이들이 기득하다 부모가 무어라고 식히면 식힌대로 하여야지

늘은 노인이 곁에 앉아 우리말을 듣더ㅇ 하는 말삼이

힌대로 말을 잘 듣슴니다

· 아부지 말삼한대로 말 하겟슴니다 금동이도 아모말이ㅇ 식히면 식

우이 마리야ㄴ 실노 그렇게 말하겟다듯이 말하기를

· 나는 정말 모른다고 말하겟 씀니다 마리야—너도 내었을때라도

일본군인들이 동역을 터리고와서 물거턴 나는 전부 모른다고

· 일절 너이들은 모른다고 말하여라

총으로 좋아죽인다

25

한마리를 부잡어 내어치며 말씀하시기를

하고 닭의 넓떼요 내려가터기 좀 살이좋고 홍홍한것으로 닭열

때 갓가운것 같으기 속히틸 걸어가 정신을 차리시오

하세 범서 삼태성이 정 한울에 뜨고 닭은 지엇오 아마 아츰

· 이사람덜 좀 어려운데로 자리에서 널어서 불도 때이고 아츰시중들 좀

히 잠을 자는 그들과

는 겨우 운신하여 밖같에 나가 소피를하고 집에들어 와서 종용종용

꼬 각각 제자리에 가 누어 잠을 일우어 곤히잣든 이후 아부지

공책에 지도를 그려주기 각각 자서히 안 이후에 그 지도를 찌저던지

명심하여 찾어가시오

있을때에 하사로 직무하던 자 외다 당신들은 하나둘식 허터지어

의 친근한 친구오 대장 최씨는 내가임이 종성대에 중대장 지위에

· 나는 아는일이 좀 있오 그 독립군 혈성당 사령관 허승환은 나

아부지 말씀하시기를

· 주인장은 엇지그리 자서히 아시구잇가?

26

하엿다 이사람들은 아츰식사를 필한뒤에 한둘식 짝패 하여픔
빼빛이 떠나 보거오니 사령부에서는 접응하시오
일인 군인될사람을 각각 성명을 긔록하여 품파리 형식으로
가의 자필노 곧 쓰여올니오는 바는 독립에 자원하고 나선 삼삼

혈성당 사령판 허승환 의 앞

ㄱ 그 글에 간단히 하엿스되
부지은 필묵을 가초아 형성당 사령부장 허승환에게 편지를 쓰
라 면 동이 트면 다틸글러어 세수하고 아츰먹기를 시작하라 아
한 사람이 끄어나며밥은 내가하지오 각각 직책하여 아츰을 식히
안치고 누구밥을 잘 자치가잇가 좀거정하시오
• 멧마리 닭이 그리도 앗갑겟슴니까 속히털 손질하여 가마에
아부지 말삼하시기를
• 이것이 왼 일이오 종거를 님음을 작정이롯구만
하나 늙은 네―다숫이 일어가며
벼보 늙은분 좀 역사 하시오

57.

아부지는 말삼하시기를

실속하시요 우리는 다 아는것이외다

속대로 말하시요 이 집에 출입하는 독립군이 누구 누구인것을 실

바는 공연히 문씨는 긔망하지 말고 형벌이 또 돌아 올터이니 실

·문씨는 괴간 형벌에 얼마나 공연 하니 고생이막심 하였오 우리온

말하기를

홍역 한사람이 일본 군인 서을 텁고 와서 아부지와 일본 홍역이

가더라 아부지는 멫을 대강수습하여 걸어가 하로는 일본 수비대에서

하여 떠나가 그렇게 독립단으로 차서가는 사람이 날이갈사록 뿌러

에 들어 한번 세상에 개국공신이 되겠다 하고 멫을식 몸을 수습

막 하는것을 보니 돈벌이는 괴사하고 죽벌이도 없겟다 하고 독립단

후에라 돈벌이고 무어고 걷우어 치우고 서로서로 말 하기를 펴

는 저녁에 십여명이 달 하더라 그들은 아부지 않는 사꼬를 안 이

며고 떠나가 집은 헝비엿더라 그러나 풀파리군이 그뱐일가 또 새로

파리 형식을하고 떠나가라 그리고 늙은이들 까지도 헐자리를 어드

• 모른다니 그는 그렇것>와 앞으로는 사람들이 페막이 볼며

일본·통역은 말하기를

엇잡알드오

간 사람도 있으니 엇지거가 그사람턴이 일을 딸아간 사람들을 종적을

로 일살이물 간 사람도 많으며 일이 없다고 소왕병 해삼 등지로

• 써가 엇지 아욋가 혹 일자리를 어더 가는 사람도있고 일할사이

수럼에 적으려고 할때 아부지 말삼 하시기를

• 그러면 그들이 어때갓오 당신은 알러이 바른대로 말하시오

홍역이 말하기를

늬버 바치리오

군을 양성하는 사람이 아니외다 엇지 무죄한 사람을 독립군이라

이라고 차저오니 엇지 페막하러오 그리하여 오는 객이지요 나는 독립

오는 사람들인데 일을 얻을사이에 집집마다 페막이 심하니 이도집

구 독립군인것을 집에부임하는 ·ㄴ그커들이 많으나 그들은 돈버리를

다 아신다며 나와 물을것은 무어임것가? 나는 몰나오 누구 누

24.

, 거다

· 에 부인은 두해전에 죽고 지금 외몸으로 아이들을 덜이고 있슴

부인은 없쓰겟가

ㅏ까지 겟 식구외다

열세살 먹은 딸하나 여듧살 먹는 사내아이 세살먹는 어린사내와

· 우러부모들이 무식하고 빈한이 살다보니 공부할 사이가 없엇슴다

우리아부진는 훈사와 말하기를

, 그리도 무식하오 그런디 집식솔은 누구 누구오 ?

훈사는 말하기를

괴록 할 수없음니다

당신들이 자비로 와서 하시오 가는 글을 모르다보니 인구성책을

· 우리집에는 글 않은 사람이 없기 때문에 인구성책을 엇지하리오

우리아부지는 말삼하시기를

홈을 적으시오

온다면 꼭꼭 내가 인구성책을 줄것이니 그들을 인구성책에 일

30

런 사람이 아이. 단뉸다고 말하여라 녀의집에 장총~ 콩밭단~단총

독립.군들이 단뉸는가 물거던 마러야 네 대답하여라 우리 집에는 그

무어라 물어도 너이들은 모른다고 말하여라 녀의집에 밤이면

·너이들이 게 기음매려나 어머로 나갓을떼에 저 사람털이 오거던

고 신신 부탁을 한다

하고 그들은 군평으로 들어 가거라 아부지는 우리어린것들을 모아궁

·예. 평안히 답녀가시오

아부지

·예 그러면 평안히 게시오 일후다시맞나 봅시다

동역이

감가다

·예 원.호지인뎐 밭을 마라 소작공사로 직엽하고 생애르 부지하여

우리 아부지 대답 하기를

·그러면 무슨직엽으로 살어감잇가.

●홍역이 또 물기를

는 목마를 타고 겨우 걸어 단기는 동생 금석이를 털이고 골

고 단기며 배채 그늘에 앉아 혹 밥굼질 놀고 가

하려 밭으로 간 후에 세살먹는 동생을 울면 번을 짜서업

딸 마리야와 부탁하고 아무지간 일하려 밭으로 가거라 아무지 일

어라

그러지 일주 집으로 오지않고 어린애 안죽을 꼭꼭 덥히어 먹이

아부지 말삼하시기를

우저물어 오면 아이털끼리 무섭씁니다

비우지 않겟슴니다 밭에갓다 너무저물어 오지마옵소 우리아부지가 넘

마리아 대답 하기를

게가 오늘은 기음매라가 아이를 울기지 말고 집을 비우지 발어라

여 그런 총이 없다고 말하겟슴니다

아부지 우리의게 이렇게 단속하고 말삼 하시기를

마리야 대답 하기를

이 어대잇는가 물거면 없다고 말하려라

32

• 올세 말었다 독립군이 단니는가고 야 그러지 말고 껏말을 홍역이 말하기를 스니다 누구 그렇더것가?  우러집에 · 독립군들이 단닌다고?

• 우리집에는 독립군이 아닌금니다 지난밤에는 우리집 식솔밖에 었었 하고 홍역이 마리안와 물으니 마리아 대답하기를

독립군은 어대로 갓늬?  독립군이 멫이 왓던고?

• 써가 너의 아부지를 보려고 그런다 그런비 지난밤에 밤을자고간

홍역이 가와 말하기를

• 예 조이밭 기음매려 갓슴니다 엇재 그람씃가?

아부지는 오늘 어대로 갓늬?

누이는 온전한 태도로 은하여 마리아를 붓잡고 섯는터

온다 나는 무서워 마리야 있는데로 동생을 엽고 속심이 다슷과 작일에 왓던 홍역이 또 오아서 배재서릿문을 열고 들어 맛다 점심때 지 해는 보리저떡때쯤 되여 우연히 일본 군인

23

· 너의 아부지 차고단는 단총과 폭발탄이 있는터 모를일이다

둘추어 보고 없으니 홍역은 할말이 없으끄가

안 장궤가 있는데 다 둘추어 다 본후에 까래밑 방어칸을 다

간을 돌아가며 다 둘추어 본후에 집에들어와 어머 기치고 상사

홍역이 한사와 무어라고 일본말고 말하더니 나무가리 두지칸 허럭

· 수색하여 봅서 우리집에는 그런 물건이라곤 전부 없음다

누이 마리야 말하기를

겟늬

· 만약 너의집을 수색하여 장총. 단총. 폭발탄이 있지면 머엇지

홍역이 말하기를

심이다

· 우리 아부지의게는 차고단는 단총도 없고 폭발탄도 아무것도 없

하고 홍역이 물으니 마리야는 대답하기를

늬 알면 누의게 알겻려라?

들어라 응 너의 아부지 차고 단는 단총과 폭발탄이 어대 있

34:

테도 작구 볻녀 바치라며

• 야 금동아 끄 돈을 달려라 ㅏ그ㅓ도 우리는 보지 못하엿다는

누이 마라는 말하기를

• 나는 정말 모름썼다

바는 말하기를

• 본대로 가르켜라 응?

홍영은 또 등전을 쩌여주며 나와 물기를

• 알면서도 모른다고 말하는

하 홍영은 또 말하기를

• 우리아부지는 단풀를 아ㅣ차고 단ㄴ다 우리는 정말 모름ㄴ다

는 대답하기를

이갇은 쇠스렁이는 어대 파묻더냐?

단ㄴ턴 단총을 너는 네아부지 어대 둔것을 모르ㄱ 그리꼬 머주 주억

네 일홈이 금동이라지 이 개수갈 사탕을 먹어라 너는 억고적ㄲ 차고

가줏 줌태에서 개누갈 사탕을 ㄱ의게 쩌여주며 홍영이 말하기를

음을 웃는다 우리집앞 마당에 멧해 묵은 버드나무 있는디 여름

다끄 손으로 아부지의 낯을 이쪽저쪽을 어르만지며 김며 웃

며 조아한다 아부지는 그를 바다 안꼬 김부게 키쓰하여 주기 김부

엄히우엇던 동생은 아부지를 보터 안기우겟다고 활을 넣어 젓으

지 오는것을 보고 나는 점심드러를 바다가지고 누이에게

집안에 저녁상을 차려 놓고 아부지 오기를 백져 밧게서 기달니며 아부

우리는 발서 그들이 간후에 저녁을 다 하여놓고 오늘저녁에 누

하끄 그들은 가버리엇다 아부지는 읍은 저녁때되여 집으로 오앗다

억이 밤도 많이주마 게일아츰에 오너라

다른 하이뜬은 다 쫓고 너를 늦게하마 그리고 사탕도 더주고 주

지 말어라 응 게일아참에 쓰럭이홍으로 무엇을 주으라 오면 내

이것은 먹어라 그리고 녀의 아부지 오거던 우리 왓다갓단말을 하

홍사 돈은도루 받고 개눗갈 사탕은 도루 가를 쥰다

아 금동아 개눗갈 신탕도 도루 딜여라 그런사탕을 못먹엇냐?

유여 매손에서 그 돈을 아사뻐여도루 홍사를줴며 운다

개

•금석이 가를 차저 울지않더냐?

아부지 말씀 하시기를

무엇습니다

금석이는 벌서 먹이엿 습니다 자리와 샛개를 샛맑앟게 싯쳐 다 말

마리야 더답 하기를

먹이엿는가?

•어이고 써딸 마리야 고맙고만 벌서 저녁을 다 하엿는가 아이는 먼저

아부지 말씀 하시기를

줄 알고 저녁한지 오랫지요

•엇재 저녁을 못하엿겟 습가 벌서 오는저녁은 아부지 일죽 오실

누이는 말하기를

•엇재 오늘은 저녁때를 못끄엿는가

덕 차림새 없음을 보고 아이를 거려놓고 앉으며

머 점심 저녁을 먹더니 아부지는 쩍이 문을 열고 들어와 보저

어는 그 그늘나무 밑을 깨끗이 청결하고 우리 식구들이 굴기도 하

27.

차리엇씀더다. 엇지라고 침침한티 구무 그늘진 밑테서 먹지않

• 아부지도 저녁을 차린지도 소란여요 아부지 짚여다 저녁을

마럼 아부지와 날씀 하기를

딸고 저녁을 차리여라 저녁을 먹어보지

• 아는 군 둘러라 가슴이 못매구버 아이가 잘 걷우어라 울기지

아부지는 마리아 하는 말에 응하여 말씀 하시기를

금동이 갈이 말노름을 늘며 잘 노웁더다

• 아부지와 ○일 ○도 가서 가슴을 매겟씀더다 금석이 울지않고

누이 아부지와 말하기를

게 되엿더라

잘하고야 먹을게 맗지 밭에 떻을만에 가봇 범이 색기를 치

• 응 그래 오늘은 잘 놀앗는가 ○가 기슴을 잘 매여 제초를

아뭇지 말씀하시기를

• 오늘은 울지않고 밥이먹고 잘 늡테다

누이 마리아 말하기를

34

아부지 말씀 하시기를

중태를 넓고 참외 엇섯거를 까여 끊는디

점심드렀를들어 가는디 좀 점심드리가 무겁엇다 아부지는 점심

니를 이제는 다 자러왓고 그래얏 점심드레를 가지어 온다 하

러 아부지는 즐거하며 말삼 하시기를

금석이를 안꼬 집으로 들어가 불서저벽이 상에 다차리어 잇는지

· 그러면 들어가자

부친이 말삼하시기를

· 글세 집에들어가 저벽을 잡수싯겁소

바리으 부친과 말삼 하기를

· 무슨 말을

아부지 말삼하시기를

· 내가 아부지와 할말이 잇어 집어다 저벽을 처리엇슴다

나라야 말하기를

고

7).

아부지 말삼 하시기를
· 오렇게 하지 않고 그렇게 하오라다
마라야 대답하기를
· 광순을 하리라 조곰씩 씨를 헐고 참외을 먹이머야 하지 참외
· 오렵지 그래야지 그런가 참외를 넘우많이 먹이지 말어라 참외
아부지 말삼하시기를
까 두엇다가 금석이를 주자꼬 그럽나다
· 가는아 먹겟슴다 금석이써일 참외를 달나하면 엇지겟음?
마리야 말 하기를
· 엇재 내놀고 고루 놓우안 다 먹어라 이것도 마리야 먹어라
먹엇다 듯이 말하고 아무지는 말슴하시기를
끄 반분을 씰를 럼어 금석이를 주니 아부지는 낮에 밭에서 닐곤
지를 밭나 아부지의게 들이며 그다음 한개는 빌아 반분 하야 저먹
누이 마리야는 나를 한 청사과를 집피지를 밭나 주꼬 큰것으로 겸
· 이것을 큰아이 고루 놓우아 먹어라

대이라고 우리와 말하옵디다

네 지난밤에 너의집에 독림군이 몇이 자고 갓는가 하며 바른대로

발한이 어대에 치우고 단기는것을 아느냐 하고 물쌈티다 그리고 긴

· 무에라 항것음갓가 아부지 참고단기는 단총이 어대있으며 장총 폭

마러야 말하기를

· 그래 와서 무에라더냐?

아부지는 억색한 어조로

털이고 우리집에 왓습데다

오늘 아부지 일하려 밭으로 가신후 인차 일본군인 다섯과 홍사를

는다

하구 아부지는 정대히 저녁을 잡수시며 신중히 딸 마리아의 말을 듣

· 아부지

을 시작한다

아부지 상에 앉아 저녁을 잡수신다. 누이 마러야밖에아 갓다. 오아서 말

· 그래 제 동생을 잘 거두어야지

안을 수색하기를 시작하옵더다 그래 아무것도 장물이 나지 않으니

그런 통역은 일본 군인들과 무어라고 말하더니 집 울안과 집

하고 통역이 말하기를 나는 의심없이 수색하여 보라고 말 하옵지오

의 짐을 수색하여 총도구지고 풋밭단도 나지면 엇지겟쇼?

탕은 떡으라 하며 도루 주옵더다 그러고 나와 물기를 만약 너

도루주고 깨끗갈 사랑도 도루 주자니 돈은도루 밧고 깨끗갈 사

세울며 나그네도 모른다는비 그런다고 하며 금동이 가진 돈을

통이도 모른다고 하니 또 얼니며 무서위말고 바른대로 말하라 하니

주고 깨끗갈 사랑도주며 나는 바른대로 말하라고 얼걸더다 그태 금

모 사그써도 없이 우리만 잇어 잣다 하옛슴다 또 금동이와도 돈도

엇지오 그러고 독립군은 우리집에 아니단니며 지난밤에는 우리질에 아

그래 무에라 하옛겟 씀니까 아부의게는 그런총과 풋밭단이 없다 하

마림아 깔하기를

아부지는 좀 떨기는 어성으로 금동이와도 물녀샤?

42

•그렇지 그렇게 식힌대로 하여야 한다

아부지 말씀 하시기를

•네 아부지 식힌대로 꼭 그렇게 하겟씀니다

아부지 금동이와 말 하며

일절 모른다고 말하여라 응 금동아?

무엇 무엇이 있다고만 하면 않는 그들에게 붓들기와 죽는다

나를 가져다 주려를 읃어 죽인다 그리고 우터

작을 하리라고 일절너이들은 독립군이 단긴다고 바

•내가 글세 무어라터냐 써없는 틈을라서 너이들과

아부지는 수이말을 심중히 듣다가 말삼 하시기를

부지와 왓다갓다는 말을 하지팔사 신신 부탁하고 가옵디다

그러고 사랑도 더주며 주억의 밥도 주겟다 하옵디다 그리고 아

을 주으마 오면 녀를 굿기고 다른아이들은 떨구겟다고 하옵디다

이와 자거턴 우리와 인차 말하라 하며 쓰럭이 홍으로 무엇

그들은 수색하다 갓 음니다 그리고 금동이를 열니며 독립군들

73

·나는 이제는 아니 받겠음니다.

삼순 대답하기를

·또 그들이 주면 받겠늬?

아부지 또 뭇와 물기를 .

·나와 그런게 엇째 돈을주니 받고 개끗갈사탕은 받앗늬?

누이 마리야는 말하기를

때리라고 아모말이나 하겠늬?

·나는 아모말도 말될말을 아니한다 아부지를 또 그들이 붓잡어

…바든 누이 마리야 말에 대답 하기를

·엇재라 그러다 그들의 얼넘에 떨어지어 아모말이 하면 엇지겟늬

누이 마리야 말하기를

·엇재 쓰럭이 주으려 단니지 말나는가? 물으니

…나는 누이와 물기를

·아부지 이제는 쓰럭이 주으라 금동이를 보거지 마웁시요.

누이 마리양은 아부지와 말하기를

44.

·나는 벌써 몇해채 일본군대 군병으로 들어가서 동리악이덜과 같

하여금 말하기를

이 아모리 얼거여도 나는 아모것도 모른다고 말하여라

지난 봄처럼 독립군을 붓잡어 왓는가 살펴 보아라 그리고 홍사들

어느때에 한번 누의에게 항복 할때 있으리라 일본 군머에서 금동아

·그래 그놈의 제일 못된 놈이라 누를 악형할때에 벽역 하던 놈

아부지 말삼 하시기를

·낮에 짐이 박힌 놈일티다

누이 마리야는 대답하기를

·홍역이 엇더한 사람이덥

아부지는 누이 마리야와 물기를

·누는 다시는 아기 받고 아부지 식히는데로 하겟슴니다

나는 대답하기를

·아무리 좋은것을 그들이 주어도 받지말어라

아부지 말삼 하시기를

43

나다. 던저주며 비로 마당도 같이 협력하여 쓸어주면 때때로 사들은 따로 두엇다. 구준한티 사는 주번을 돕아 쓰럭이 홍도살림도 앎고 가면 불상히 역이여 좀 성하고 한단한 것으로 사를 주번 장교들은 사를 불민한 아해로 알기에 엇떤때에는 넘우 헌 것을 주번에 울지 않는 날이 없다. 그리하여 동먁들과 군인들 일본 루럭이 주으려 단는 아이들이 몰아주면 또는 구박이 심하여 어렁뱅이 아이처럼 의복도 허달허달 한 것으로 임혀보먼다. 그리하여 그 엇는 것이엇다. 나는 아부지 식히는 대로 아츰이면 때 도싯이 않고 그리는 까닭이엇다. 아부지는 긔가 루럭이 줏는 일을 반대하지 않엿다. 긔는 남보다 일즉 가면 헌 루럭이를 터많이 줏고 좋은 것을 줏는 일이 생하는 것을 알기 위하여 보지 앓고 지참이 없이 자의로 일즉 가기를 실허하지 아니하엿다. 그리유 엇다. 날마다 하모도 빼여 놓지 않고 이 헌 루럭이 줏는 일에 빠지지 축기짝 헌 잔발짝 헌 신짝 두럭이 등을 주서 오는 일이 나의 직업이 이 단니며 아츰에 일즉히 해 둣기 전에 가서 쓰럭이 홍어서 헌

46

대호성과 가시장재를 수리한다. 가는 두럭이를 주어 헌 마대에 너허

줄노 행열을 징어 가서 어제같 폭발탄을 던지어 맞아진 오래커우

인들이 아츰 먹은 후에는 모도 전쟁판으로 나가는 식을 차리고 두

엇다 그 이튿날 아참에 나눈또 신새벽으로 살려이 홍 주으려 갓다 군

눈 그들이 군병식으로 총도 놓으며 폭발탄을 던지고는 달아당

저도 고향에 너와같은 아이들이 있다는 감상이 늑기며 진다. 하로

주며 무어라고 말하며 머리를 쓰다듬어 주며 사랑한다 지금생각하면

파 장꼬들까지 나를안다 엇떤때에는 장꼬가 쇠통에 빙은 사랑까지

지 비를 가지고 쌀어주면 일본사람 들은 좋다고 한다 일본군인

파 턴지균 한다 그러하여 가는 주변과같이 군인덜 침실과 장꼬실까

들은 나를 협력하고 다른 아이들은 두럭이를 못줏게 하고 뚤

수건을 도투 나를 춘다 그러하여 가는 아이덜이 따이어 울면 그

럽은 때에는 그들이 세수도 식혀주고. 나를 세수를 쌋서 주꼬는

굵은 물도 턴지어다 주면 그들은 좋다고한다 그리고 내가 너무어즈

를 사랑도 주엇다 그러면 가는 식당에 가서 물도 들어다 주며

서.

하며 말하엿다 그리하여 누는 누이 마리야와 말하기를

∴엇재

누이 마리야와 말하엿다 누이 마리야는

꼬누이 마리야 물으니 누는 안 알부다고 며답하엿다 아츰을 먹으며

∴엇재 오늘은 그러 늦엇기 어대 아팟부냐?

앗다 누이 마리야는 나와 물눈다

투럭이를 가지고 오는데 마음이 쫄와 집까지 오고가 땀이 좀가

사이에 그 쇠팅이를 싸넣은후 집으로 오앗다 엿진일인지 그날은

를 넣으니 그들은 나의에게 주목이 전체로 없엇다 누는 헌 투럭이

허치어 줄고, 다시정제하여 마대에 넣는 형식으로 마머에 헌 투럭

복니 한끝에 해를 그런 수건을 맨 쇠텅이엇다 누는 투럭이를 맞아

치운다 그것을 보니 메주췌기같은 쇠팅이 보이엇다 누는 찬찬히

던지며 훈인던이 달아단이며 콩밭식히던 곳이다 발길에 무엇이 걸

서서 짐으로 오련고 숫풀사이를 걸어 오는데서 작일에 콩밭단을

메고 그들이 일하는 꽃에가서 물그럼히서서 구경하엿다 그러다가 도라

누이 마리야는 말하기를

락지 있다 전부 새 것이다

찬이 살펴보니 그 쇠덩이가 한끝에 해를그린 수건을 매고 한끝은 고

· 정말 어덧다는 데도

누이 마리야 말하기를

· 아니다 내 숭불 사이에서 어더밧다

단는다더니 훔쳐왓늬！

· 네 어듸에서 어덧늬？ 그렇지 않으면 누구주든？ 네가 준 사혈간을

마리야는 그 쇠덩이르보고 묻는 말이

· 쇠덩이 갓은 것을 어더왓다

아츰술을 밤 그릇우에 궇고 마리야와 말하기를

· 무슨 별난것을 어더 왓늬

마리야 말하기를

· 내가 오늘 별난것을 어더왓다  보겟늬

44

누이 마리야는 말하기를

에 남몰새 눕혀다 갓다 던지어라

·아부지 오거던 그런 쇠뭉치를 내 가지고왓다고 말을말어라 그리고 저녁

인테 하고 나는 마리야와 말하엿다

하엿다 그리고 아부지 저녁에 오면 그런것을 어더가지고 단건다고 옥항터

르르 가저왓던구 하는 생각이나서 누구와도 말하지 않을 마음을 각심

남는 끝을 흔들 흔들 하며 외 그런것을 끌음질감도 안언 쇠텅이

·누구와던지 그러한 새 쇠텅이를 어더왓다는 말을써지 말나 하엿다

그 쇠텅이를 치우고 들어와서 나와 큰 부탁을 하엿다

누이는 그것을 치마앞에 당아가지고 밝으로 나가며 그것을 치우엇다 누이는

·그러면 빨니 치우어라

하나가는 죽인다는 말에 그것이 무엇인지 무서웟다

죽인다 죽여

서겟다 이것을 무슨일에 씨자고 어더왓기 일본군대에서 알면 너를

·어쩌는 정말 너를 아부지와 말하여 못쓸 쇠력이 죽으며 사기 보

50

아부지와 넘으지 않겟다고 약속 한것인데 저렇게 글너바치는가 하는 생각

덩이를 까지어온 이약이를 하는 모양이엿다 누는 속심으로 벗재 누의는

동생을 업고 아부지 아이안죽을 끄리는 거러가서 아마 머 그런 쇠

탐고 인차 자러리엿다 누이 마러야는 동생 금석이 잠을 듯지 않기에

을먹고 우리는 동생금석이 잠이들면 인차 자곤하엿다 누는 범을 을

씨 무서워 하엿다 아부지는 전과같이 우리를 즐거히 맞갓다 저녁

얼에서떠러지어 단닌다 나는 그래도 누이 마러아 말을 믿지못하여 몹

터리고놀앗다 하부지는 우리 무서워하는 괴색이 지금은 짐으로 일즉이

누는 그쇠덩이를 누이 마러야 굽혀갓다 안심하고 전과 같이 동생을

• 어터왓쓰면 열일없다 눕혀 가지어다 덙지엿다

누이 마러야는 나를보고 아이몹씨 겁구하는 괴색이 말하기를

• 정말이다 술불 사이에서 얻어왓다 머 무시 나와것즛말을 하겟〉…

는것을 보니 가만히 훔쳐온 모양이다

누는 말하기를

베누 다른사람과 일절 말하지 말어라 네가 아무래도 그리 겁나하

51.

금 생각하구 아부지 일본 군대의 걱정을 알게 위하여 나를 군대

하며 대답하고 한참 잠잠하엿다 아부지 누이 마리야와 말한 것은 지

•예

마리야는 말 하기를

•아문낭 넘녀라 다시는 그런것을 가지고 단니지 말나고

하고 누이와말 하엿다 그리고 아부지는 꼿으게 말삼 하시기를

•그런게 아니라

하는 소리는 꼿앗다 아부지는 말삼 하시기를

옵시오

•그렁거러 아부지.. 내일부터는 금동이를 쓰럭이를 주으려 보내지 마

못하엿으나 누이 마리야는 숨을 길게 쉬고 하는 말이

무섭게 또 심중하게 듣는다 누이 마리야는 다른말은 낮게 하여 들지

아부지와 누이를 머다 보며 살피엿다 아부지는 누이 마리야 말하는 것을

을 막고 깁히 잠든 형식으로 있엇다 그리고 손가락 사이로 은근히

와 일더나면 욕 먹을일이 마음을 자심케 하엿다 나는 손으로 눈

52

마리야는 대답하기를

·이 알면 큰일이난다

하여라 또 때리며 뜰구어 단기며 분주히 하지말고 종용종용 집더따 들

어 사루던 것처럼 ?는 불속에 들어간다 어일 넣어가거던 거 말한대로 말

면 ?를 붓잡어다 그때에 독립군을 붓잡어다 사람이 산채로 불어넣

·다신은 이런것을 어터만 가지고. 단기면 죽여야지 일본놈들이 알기만 하

아부지 말삼하시기를

·정말 어더 왔답디다

마리야 말하기를

와 어터왔다고 하터냐?

·새것이고나 터나지면 엇지자고 저게 이런것을 어더가지고 오긔 정말

조 앗아 그 쇠병이를 받으며 하는 말삼이

텀이를 치마폭에 싸가지고 들어와 아부지의게 들인다 아부지는 창문을 마

것을 정히 거리워 눕혀 좋고 밖그로 나가더니 새아츰에 가지어온 쇠

안으로 두럭이 주으며 보내는 것이라. 누이 마리야는 동생 금석이 자는

마려야 말하기를

·일절 말을 꺼지말어라 이것이 폭발탄 이라는 것이다

아부지 말삼 하시기를

·언제 제가 모릅니다

누이 마려야는 말하기를

·가이가 이것이 무엇인것을 알더냐

아부지 말삼 하시기를

그 아이 물 바우리 되엇습니다

·그렇지 앟고 이것을 두럭이속에 넣어 가지고 오며 금동이 땀을 흘

누이 마려야 말 하기를

·잘 하엿다 다신은 못 가져 올거다

아부지 말삼 하시기를

다신은 아이 어어오겟다고 하며 겁구하기어 그 이쇠덩이를 눕혀 가져다 넣엇

다꼬 하엿씀니다

여 벌서 거 종용종용 말 하엿씀니다 말하이 아이 겁이가서 별맛음 니다

54.

을 들기는 추수당절이라 등탑봉에 가을바람이 불어

들은 한창 밥뿐 시절인데 농부가도 화답하며 추수에 비지땀

덧 없는 세월은 흘르며 하절은 지나가고 칠월 망간이라 농부

이 폭발탄이 어느때에 폭발된것은 하회의 긔록을 보아 분해하라

군인이 숯불에 떨구어 일흔 폭발탄을 어떠가지고온것이엿는티

습을 하며 폭발탄을 던저 터지는 시험을 하는 때에 일본

수건에 싸서 어듸에 감몰내 갖다 치운다 일본군인들이 전쟁연

이렇게 부머간이 단속하고 아부지는 그 폭발탄을 손수건에 싸고 콘

발탄이 있느냐고 말하고 갓는테오

그렇지 않고 그런지 않어도 앞서편에되집을 수색할때에 너의집에 폭

누이마리야는 아부지와 말하기를

살 식한다고

금동이와도 말하려라 이런 쇠덩이가 있는줄만 알면 우리를 몰

아부지 말삼 하시기를

그렇쓸것가 이런말을 번설하면 죽자끄 번설 할가오

57:

걸어가 조선 사람 열한명을 각각 엎어매고 보초병이 서서 잣.
쓰럭이를 널터에 거기에. 쓰럭이 좋은것이 있는가 하여 어정어정
주으라 늦어 갓는테 허턱같은 웃만막은 헛간에 거기에다 조종
콩통을 한다보니 못단니다가 오늘 처음 비첨비첨 하며 쓰럭이
가… 나는 또 쓰럭이 통으로 근심여일 동안이나 학질에 방자
은 사상을 절통이도 이세상에서 일허지게 되어 엇지 안 애홍한
일본군멸에 붓잡히어 그 앗갑은 청춘과 옥망을 가득 품
파 등시린것만 고통인것이 아니라 간간히 쉴수피여 그 못
시 보리오 이와같이 결심하고 옥망을 품은 독립군은 배곺 홈
쑤와 더전하여 승전곡을 울거며 끄국산천에 도라가 부모 처자를 다
훌리별하고 숫풀속에 새여단는 이번독립군은 한편 창검을 빗겨들고 원
으로 고향을 차자 괴력괴력 소리치며 날아가지만 언제나 부모 처자
밤에 뜬 괴력이는 제색기를 까서 뻐운공중에 높이 날아 남쪽 나라 먼곳
추려꼬 길이넘고 침침하게 자랏더냐?! 소동들은 그래하고 금음
올때면 혼을 혼들 춤을 추고. 웅성하게 자란물은 그 누구를. 감

96

하며 가를 병원으로 떼일우들어가 군대의사와 무에라고 일어로 말하더니 약

가 니가 학질약을 섯어줄터이 그약을 먹으라

· 그랫는가 엇재 녀기 군대병원으로 오지 않엇기 군대병원으로 들어

낮에 집이 밝힌 통역이 말하기를

단겨지 못하엿슴다

· 예 나는 오사이에 학질에 붓들니우어 알타 보니 쓰럭이 주어

나는 말하기를

· 너는 오사이에 엇지하여 쓰럭이 주으라 오지 않엇늬 ?

통역이 나를보며 반가히 말하기를

사람이 나를보며 윤질하여 나는 무서워 피하여 오는데 낮에 집이 밝힌

다가 붓잡히엇다 하고 독립군임을 알고 한참 구경하는테 그 면목안

잇기로 그사람을 보니 독립군으로 간다더니 옳다 저사람덜이 아아 단니

보니 우리집에서 그어느때에 닭을 잡아 떡이여 보꺼더 사람이

람텬은 한가지 모자를 쓰고 한가지 의복을 임엇는데 한 심오보 박게서 한사람이

가히 오지말나꼬 보초병이 손질하는지라 나는 서서 자서히 보니 그사

54.

라 네가 힘 헬 줄 아느냐

•엇재 모르느냐 후차에는 아부지와 나이 멫찰인것을 알며 달다하여

동사 말하기를

•나는 나이 얼마인것을 모릅니다

하고 물으니 나는 대답하기를

동이냐 나은 멫살이냐?

고 밥도 많이주마 하며 이다음에도 오라한다 아비읍 홈이 무어냐 곰

한다 그리고 이다음에도 좋은 두럭이를 주마 단떡도 주고 사탕도 주

한참 있터 단떡 개굿한사탕 주억이 밥까지 주며 이것을 먹어라

오할때에 홍.역은 나를 좀 섭라 하고 군대접으로 늘어가니라 그는

려 홍역이 주니 나는 팔이 아난 양말 멫컬비를 … 받아가지고 나

기 너를 주려고 내 모아 둔것이 있다 가지고 가거라

•야 금동아 네 오늘 쓰려이 주으러 늣어와 두럭이를 못 주엇고 저

꼬 한는지라 나는 그약을 바다가지고 나오려 한는데 홍역이 말하기를

아홉알으로 주며 삼떠로 이약을 먹으면 학질을 녕하지않는다

54

나는 말하기를

· 힘 혤줄 암니다

통역이 말하기를

· 그러면 헤여라 보자 잘 헤는가

· 나는 하나 둘 셋 네 다슷 하고는 손가락을 폇다 곰부렷다 하며 망탕헴을 혜기 시작한다 닐곱 아홉 여섯 여덟 열 하며 발니빨니 세며 손가락이 껀떡 껀떡 하며 헴을 혜여 넘우 밀망하여 힘을 혜는것을 듯더니 통사는 말하기를

· 힘을 잘 헌다 그만두어라 곰동아 게 있는데로 오너라

그홍역 뒤를 딸어가 그홍역이 사람을 쇼 굴네를 씨이우어 · 마장에 매둣이 철사에 여긔저긔에 마를 박고 손을 업어매끄 족쇄를 채운 사람텰 있는데로 털이고 간다 · 나는 홍역뒤를 딸어가며 무어라고 물으면 대답할것을 생각하엿다 홍역은 그사람텰 있는데로 가서 나의게 뭇는다 · 이사람멸중에 너의 집으로 단니며 밥을 먹던 사람이 멫명이나 되여 찬찬히 보고 갈나서여라

59.

· 지금의 호재보다 터 못쓸 사람임것가

나는 모르는 체 하고 또 물엇다

· 왼 못된 곰들이다

홍역은 말하기를

· 엇재서 말을 못하게 함것가

나는 그 홍사와 또 물기를

· 말을 못하게하여 말을 못한다

홍사 말하기를

· 이 사람덜은 조선사람 독립군인게 조선말을 하지않쓸것가?

내 말 하기를

· 아니다 이 곰들이 독립군이다

홍사눈말 하기를

· 이 호재 임것가?

· 그 사람중에 우러집으로 단거던 사람은 한 사람도 없음다 지금

나는 홍사와 말하기를

60

로 단닌다 그 홍역이 상등병과 말하되 나를 가라한다 나는 그무럭이를

끄 따로 나와섯다 보초병이 다숫이 서고 상등병이 단총을 차고 이리 저리

러우고 남몰게 고개를 세번 나를 앓고 껀떡껀떡한다 나는 그와 같이 하

네발노 남몰네 꾹 드디는것을 알고 그는 나의에게 꼬개를 땅에 드

사람의 곁에가서 왼발노 그의 발을 한번 꾹 드디엿다 그는 펄서

넘어진다 그사람들 무중으로 홍사와같이 나는 갓는데 우리집에서 간

하며 넘어지는 것을보 분조장 지위에가는 사람인데 정신을 읽고

구투발노 무심히 그를 차며 면상을 욱여박는다 그사람은 아이고

·이개곰이 색기 무어라늬

하는 사이에 홍역은 말하기를

·너 개무리들이 좋은사람이다 너이들도

보인티 그사람이 말한다 :

모도 그사람들은 정신일흠은 사람 같으다 한사람은 정말 낙여려

·그렇지 앓고 오드이 독립군인테

홍사 말하기를 :

61.

누이 마리야는 말하기를
· 엇재 모르겟늬 외부을 보아도 알겟는데
나는 말하기를
· 너는 독립군인것을 엇지아늬?
누이 마리야 묻기를
· 독립군 들은 많이 붓잡어 왓더라
나는 꼬으게 성삽어성으로 누이 마리야게 말하엿다
잘난것 주으라 가지말고
· 그런게 외 아츰을 먹는게 그리 맥이없어 하늬? 뭐 무어라더냐 그
하더다
누이 마리야는 또 묻기를
나는 누이 마리야 묻는 말에 대답하기를
· 또 학질이 도씨여 그러늬.
누이 마리야는 나와 묻는 말이
가지고 집으로 오앗다 는 아츰을 먹으며 무엇을 생각하게 되엿다

• 그의 갓가이 가서 버가 받고 그에게 신호를 주기 그는 알아채우

와는 말하기를

지것기

• 우리집에 있다가 간사람이 우리를 안다고 조사할때에 말하면 엇

누이마리야는 말하기를

• 있지않고 한사람이 있터라

• 나는 대답하기를

니던 사람도 있터냐

• 너는 써보다 더잘 아는구가 그래 그 독립군들 가온대 우러집으로 단

누이마리야는 말하기를

쏘아 죽인후 불에 사루엇다 그 독립군 의복과 똑갈으터라

서울 주민덜을 청하여 줏고 연설한후에 일본군대에서 총으로

• 흥 뉘엇찌 못맛겟늬 억그적게도 독립군을 붓잡어다 독립군

구는 누이 말이안 무르기

• 베가 언제 독립군을 보앗늬 ?

이 아이와 잣다 하엿지 저럼 의복을 입은 사람을 처음 본다

번 사람이 없다 하엿지 그리고 우리집에는 지간밤에 독립군

무어라꼬 대답 하엿것늬 그사람들 중에 우리집으로 단니

수준 대답 하기를

그래 너는 무어라꼬 대답 하엿늬?

누이 마리아는 말하기를

몇명이나 자꼬 갓는가 물터구나

탐인가 얼기며 물터꼬가 그리고 지간밤에 독립군이 녀의 집에

독립군덜이 있는티묘 덜이꼬 가서 어느사람이 녀의집에 있터사

사탕도 주고 단떡도주꼬 밥도주고 얼벙얼벙 하며 얼기다가 그

홍역은 엇덯게 얼기컷늬샤 이루럭이도 덜이꼬 들어가 주고 껏긋깔

나는 누이 물는말에 대답 하기를

홍역꿈이 또 너를 엇덯게 얼기터냐?

누이 마리야는 말하기를

그 남모르게 꽤를 숙이고 끌을건떡건떡 하더라

64.

주 듣고 집으로 ~또 어느때 처럼 누는누이와 저녁을 집에다 갓

이 조이갓다가 집으로 오니라 우리는 아부지 점심중혜를 받드려 마

덕을다 하여 놓고 아부지 오기를 꼬대하여 기달군다 아부지는 전과 갈

우러의저는 제일 큰일이엿다 · 해는 시산에 기우러지니 누이 마러야는 저

죽도 먹이며 거븟깔 사랑으로 동생을 얼니며 덜이고 그는일이

우러는 동생 금석이를 서로 업으며 잘곧때에는 서러워 좋고 안

를 왼 못된곰이라는티 …

곰과 좀 무엇을 준다고 호설하겟괴 그곰은 아부지 말삼하시기

냐는 말하기를

· 아도 잘 안다 잘못 말하엿다가는 우리를 다 붓잡어다 죽이라고 그

게가 대답하엿다가는 큰 일이 난다 대답하여도 명심하여야 쓴다

· 그 통역곰이 얼녕얼녕하는 소매에 떨어지어 물은대로 아모럼

누이 마리야 말하기를

가라고 하더구가 .

하엿지 그러니 보초서는 상등병과 무어라 무어라 하더니 누를

65.

붓잡어다 뫼줄그 업어 매엇습비다

기로 먹괴에 ˚헛간으 가보˚ 헛간을 수리하여 써강 독립군을

만하고 기둥만 세운 헛간에 좋은 투럭이를 진에는 망이 던지

그리하여 의식한듸 있는가 하고 점점 드러가며 어듸 보는듸 저에 집 웃갓

˚ 군대 안으로 좀 뜨어가 두럭이는 아이들이 다 곱싸가고 없음더다

하고 싸를 보신다 싸는 말을 끼쭉 하엿다

˚또 그래

아부지는 말씀 하시기를

˚새 오늘 헌투럭이 주으면 일본군대짐으로 가지 않엿짓 쓰□가

나는 아부지와 말씀 하기를

˚그래 말 하여라

나는 말을 끄어 내엿다 아부지는 좀 끌나는 어조로 말씀하시기를

하고 나는

녁을 한점반 잡수신 후에 아부지와 말삼 하기를

아부지

여 오늘 저녁에도 빗 식구집에서 저녁식살를 하이라 나는 아부지 저

66

아부지 말씀 하시기를

예

나는 대답하기를

ㄱ피리라 꺼가 녀이들을 살녀세끼고야 말터이라 야 금동아

·일본의 손에 붓들리웟으면 죽엇지 별수 있나 그러나 이런에은 아

아부지 한숨을 휘하고 쉬며 하시는 말삼이

♥점말 뚝뚝히 헤여 보앗 씀다

가는 말하기를

늬?

·엇지 명심하며 못단기고 열하가 안 금동아 정말 뚝뚝히 헤여보앗

아부지는 낙망한 긔색이 양치에 가득하여

·외여보게 열한사람 입데다

가는 말하기를

·멋몃이냐 가두엇터가?

아부지는 들엇던 술을 삼여 놓고 물는 말이

64

룩 다끄하여라 그리끄 독립군들이 너의집에 닥너른가 물거던

· 미 두럭이 주으라 단녀도 홍역들이 묻는다고 알지못하면 일절 모

는 역색하며 나의말을 명심하여 다 들은후 나와 신신부탁을 한다

것과 거가 그사람덜과 엇덯게 말한것을 죄다 아부지와 말하 아부지

· 나는 내눈으로 찬찬히 보앗슴다 ·그리고 홍벅이 나를 얼니던

나는 말하기를

· 금동아 비눈으로 찬찬히 보앗기

아부지 나와 또 물기를

· 예 한사람이 있슴다

나는 아부지 묻는 말삼에 대답하기를

· 몇사람이 있너냐?

아부지 나와 물기를

· 우러집에서 간사람이 있슴다

나는 아부지 말삼에 대답하기를

· 우리집에서 간사람도 있더냐?

68.

시 잘 되엿다 아부지는 · 우리 잠든것을 알고 일어나 무슨차비를 하

마련햇는 정말 낮에 아이를 보느라고 곤하여 잠이 들엇다 때는 별한

르 기달는 모양이다 나는 자지 앙으며 산코를 굴고있엇다 누이

멋으나 잠은 오지 앙는다 아부지는 한숨을 쉬며 누어서 우리 잠들기

와 등불을 끄고 자라 한다 통불은 꺼지엇다 나는 차림을 하고 누

벌서잠이들어 코를 골고있다 아부지는 아이잠이 · 들엇쓰 우리 오랍수

시려하기 우리도 각각 제자리에누어 자기를 차림하엿다 동생 금섯는

을 벗찌도 않고 누우신다 우리는 아부지 수섹이 가득하여 둠으

르 청한다 누이 마러는 아부지 의게 · 자리를 펴들이 일하던 의복

꼬 명상에 수색이 강극하야 우리와 오늘저녁에는 좀 일죽 자기

아부지는 저녁을 다 잡수지 앙고 긴 한숨을 쉬

오라 하여 보고 · 홍역이 식힌대로 삼때를 다 먹으라 하더라

절 을 하엿다 학질약을 주던이약을 하기 아부지는 그약을 가지어

나는 아부지와 그들과 그렁게 말하겟다고 말하고 나는 홍역이 학

우리 집에는 독립군이 아니단는다꼬 말하여라

64.

다 외루를 입고 안방으로 들어가더니 한참 있다가 나와 둥불을 밝히고
공책을 써여 놓고 무슨 편지를 쓴다 그 편지는 누구의게 쓰는 편
지 인가? 아부지 쓰는 편지는 독립군 열한명이 수금된 그둘의게
간단히 쓰는、편지엇다 그편지의 내용은 엇더한가
수금에서 고롱받는 나의 독립균둘ㅡ.
당신들은 수금에서 끄롱을 받지만 나의명영을 실행하라 당신들을
너일 아츰 조사후에 첩사를 벗겨 줄거던 군영으로 하사는 명영하라
군인 열명은 일시에 일심 동작하야 등탐봉을향하여 뛰라 그리고 군
인 열명은 하사의 명영을 실행하라 하사는 빈손으로 라도 검사 말고
뜻엇 "명병하라 (명영서 96호) 허숭환 씀 이라하엿더라 이명병서르 다
넓은후 뜨더먹어 업새라 하엿터라 아부지는 이편지를 다쓴후 봉투에 넣고
겁히 간수한후에 달 마리야를 깨운다 누이 마리야는 잠결에 아부지 깨
움에 일어사 앉으며 엇재께우는 사실을 물른다 아부지 나를 깨
우엇슴것가
아부지는 말삼 하시기를

은개를 사슬에 넣었지만 춘출임에 검사 하지않고 깨는 구멍으로 꼬리

이라 우러아부지는 박그러끝녀 잡어서 공군사럼를 하다보, 그집에서 무서

대 안에서 유하지만 이사람은 사사민집을 수리하고 있는 일본 홍사집

연학이라는 사람이 직구있고 부인의 잇기에 다른 홍사들은 외몸이기에 금

거머서 모욕 하는 간으로 쓰던 집인티 지금은 일본 통역하는 홍사 김

의 만아들 박그러끝의 집인티 이왕 그집에서한 중간으로 징고 과왕은 거

엇다 이잡은 엇더한 집인가? 이잡은 원동에는 제일가는 부자 박승판

을 걸어 한집 문전에 당도 하엿다 집에선는 상긔도 등불이 꺼지지 않

밤은 갑헛다 길가에 행객들은 없고 종용하며 개짓음도 없는 길

아부지는 이밤에 문을 열고 어대로 행하는가!?

하러 누이 마리야는 불을죽이고 자리에 눕어 그밤을 쉼컴이 새이니라

가 살피여 보라 그리고 등불을 끄고 자라하고 신발을 신고 밖그로 형

아츰에 금동이를 두럭이 주으려 보거여 거 일본 군디어 붓잡혀 갓은

울거턴 잘 달냈어 다시 재우라 그리고 만약에 내 날이새도록 오지않거턴

번거히 말을말나 내지금 잠시 갓다 올곳이 있으니 너는 아이텁이 깨여나

• 별노, 올나가지 않겟슴니다

아부지는 말삼하시기를

• 문생이 오섯구만, 어서 올나오시오

홍역은 마ᄂᆞ오는 웃음으로 가스롭게 말하겟다

• 참 아니되엿슴니다

아부지는 선듯 들어서며 하는 말이

섯나잇가? 써다보며 들어오라한다

찾는가 하며 한손에는 단총을재와 쥐고 문을열고 ᄀᆞ구 밤중에 오

하고 부르ᄀᆞ 집에서 주인은 널어갓며 무서운 기운으로 독립군들이 와서

• 연학선생님이 게심것가?

엇는지라 또재차 아부지는

하ᄀᆞ 발서 밤이 깁엇는지라 등불은 아직 끄지않엇으ᄀᆞ 부인과 같이 잠이 깁

• 주인이 게심것가?

집 문전에가서

를 젓으며 반가히 아부지를 대하ᄀᆞ 깨를 어르만지어 안정식힌후 ᄀᆞ

없아 오렷가 그런데 올걸 맡은 다름이 아니라 똑님을 위하며 지금 독님

생각함거다 선생은 생애를 위조하여 홍역으로 게시지만 엇지 애국지심이

품은 마음은. 조선사람으로 탄생한 국민은 다 한가지로 나는

라 나서 엇지 조선사람이 아니라 하러오 그런데 조선독립을 위하여

· 연학선생님!. 연학선생님도 조선수토를 먹고 공긔를 흠양하

아부지는 무엇을 생각하며 좀 중지하다가 말을 끄집어 썬다

· 무슨 말씀입것가 ? 어서 말삼 하서오

홍역이. 말하기를

게 좀 엇줄 말이 있음거다

· 예 온밤는 오늘저녁에 연학선생을 보끄자하여 왓사오니 연학선생님

아부지 말샴하시 기른

· 문생은 무슨 소사에 왕검하여 께심것가 ?

는다

끝이 교자에 데우며 딱 하는 소리 낫앗다 통역은 아부지를 다시보며 물

하니 교자를 더여 놓으며 앉으라 한다 교자에 앉는데 꿩무니에 찬 단총

13.

꼬됨 사건은 음력 팔월 초삼일을이 외다 그들은 열두명이 이륙

바토 못되여 돕지 못하거이다 그런티 이번에 동림군 열한명이 체

으로 잇지만 만방으로 조선 독립에 주의 하거이다 그리고 일본군대에

·문생· 문생의 말삼과 한가지로 신애 지심으로 직업을 일본 군대 동역

정지하여 생각 하다가 말을 꼬잡어 넌다

동역 김연학은 전정을 치어다 보며 아부지말어 무루한 긔색을띄고 조금

선히 이약이 하여 주서오

지하여 최포된 사실을 선생은 자선히 알터인족 그이지말고 나와 자

열한명의 생명에 대하여 엇제 구하고저 생각이오것가 그리고 그들이 엇

하기에 선생께서 만방으로 주의하여 게시겠지만 이번에 체포된 독립군

심이 그러하올진댄 매우 선생께서도 엇지 애국사상이 없아 오릿가·· 그러

백끌흐며 혹 실수되여 죽엄이 탁처옴도 검수하지않는 그들이 애국지

을 검수 하지않고 조선 독립을 위하여 목숨을 바치어 둥시리고

답이 각곳에 번성하는 것을 연학 선생은 아는것이지만 그들은 사생

은 ○와 연학선생의게 책임을 맛기엿으니 만약에 이 명령을 실행 못한

이 군인덜 체포에 중대한 감시를 가지고 있으 혈성단 참모부에서

· 연학씨도 아르시겟지만 지금 졸박관 혈성단 형세가 그오 이번에

아부지는 말삼 하시기를

· 그들을 엇덯게 구원하겟쓸것가 그들을 구원하기 밥부오이다

홍역이 한참 생각하던 말하기를

· 그렇슴것가 그려면 그들을 엇터한 방면으로 구하오릿가

아부지 말삼 하시기를

군을 체포하여온 사실인티 그들은 지금조사 중에 있수이다

며 싸고 녓초하는 독립군 한명을 죽이고 조심이 덜하게 자는 독립

써려오다가 닥어재 골에 듣어 점유하던 일본군대에서 새벽에 그집을둘

고 초박판 혈성당 독립단에서 보낸 독립군 덜인티 놀박판 본대에서

없이 한후 그들이 짓덤 대전재 — 륙성 일본군대 전쟁 오쳐를 머드려

끊으려고 한편으로 전화줄을 끊으며 한편으로 쑤이풍강 줄찬을

성어 있는 일본수비대의 군세와 초왕령에 있는 군정부의 연락을

13.

책은 없아이마

징하오기 있는 힘을 다하여 달으면 생명을 보전 할지언정 다른모

뜬인들이 총이 없이 절전하고 한편은 수직여섯명이 총을 가지고 수

안들 균식으로 그들을 졸면을 식히오기 그때를 타서 한쪽은

첨루한 희망은 아츰 조회에 독립군들 수족에 철사를 벗기꼬

홍범이 말을 꺼어낸다

· 좋은 의견으로 말씀 하시오

아부지는 말씀하시기를

웁 엇더할지 모르오나 내 좋은의견으로 문생의게 의근하고저 하외다

난감한 일이노이다 그러가 한가지 밝게 희망이 없오와 문생의 생

· 수직이 수직하오기 벗지 그들을 구원하리요 나는 만가지로 생각하옆

· 일은 그러하오구 무슨힘으로써 그들의 생명을 천창 만검중 같은

홍범이 말하기를.

· 못하면 사생이 위태하오기 죽음으로서 힘써야 될것이외다

· 떠에는 병법으로 참하리라 하엿으기 당신과 나는 이편 이일에 좀자

홍역이 말하기를

· 그러면 어느날노 긔회 하오릿가

아부지는 동역 민학이와 상의 한다

· 예 근은 그렇게 하시오

동역 김연학은 대답하여 응하기를

비는 연학 선생님이 거긔로 출입하는데 것가 못조록 주선하여 보서오

· 참 선생님 말삼이 맞는 말삼임다 그러면 이일을 성공케 한는

아부지는 말삼 하치기를

달키도 엇지 적하지 않하럿가

가시장재를 하지 않엿구이다 산이 가깝고 숯풀이걸이넘무 숨기여

· 살자면 그호성이 무엇김가 가시 장자는 삼면은 있삽고 뒷면은

동역이 말하기를

첨첨하오 엇찌 게둘고 가가리오

달카는 어려운일이 아그오 멧길봅는 호성이있고 그박게는 가시장재가

· 하부지는 동역과 말삼 하시기를

홍역은 그 글을 바다 중히 치운다 아부지는 이일이 성공될것을 의론한

· 에 그는 그리 하시오

홍역이 말하기를

· 탕신은 이글이 두검군 사령부에서 보내는 글이온데 전하시오

· 선생님 이뱃일이 성사되면 탕신도 좋고 그들도 살지않겟슴가 그런데

아부지는 그 홍역과 존대하는 말씀으로

로 끝이 아니날것이외다

조사를 필하고 상기도 여섯사람이 남앗쓰니 이제도 그일이 십일전으

· 그는 그렇씀거다 의심할것이 없음니다 지금은 조사중인데 다섯사람은

홍역이 말하기를

젓씀것가

· 만약에 물을 눌구다가 일본 군대에서사형선고를 써러우는 엇저

아부지 말삼 하시기를

· 로 실행 할것이외다

· 그는 거가 내일아츰에 들어가 그들과 비밀히 소개하고 모려아츰

48

나도 고향으로 못감니다 나도 당신과같이가서 간호부로 복무하겟슴~다

하고 잠을 일우지 안하고 그들은 속사귀인다 한참 있다가 부인이 말하기를

떠나았지

별수없네 이저는 잠별를 고향으로 보게고 나도 도주하야 독립군으로

·이사람 내가좋아 그그릇을 하는가 억지에이기지 못하여 하는 일이지

동역 연학이 무인 말에 말하기를

직업으로 살아 가자고

·새가 당신과 무에라고 말합덧가 동덕인지 지역인지 써여버려고 달으

말 하기를

하여 들으 홍역은 긴한숨을쉬며 눕는 모양이다. 부인우 남편과

을 먹을가 하여 창썼어서 구망하엿다 창문역에 가만히 앉아 은신

하고 전송한후에 인차 불을 죽이고 눕으라 아부지는 그곰이 반심

·잡 단녀가시오

동역은 말하기를

뒤에 홍역—김연학이와 가는 인살를 급게하고 나오다

77.

울엇슴니다 ·붓잡혀 안갓다 일었다 좀 자보자

·아부지 오지않고 시간이 오래갔나 아부지 일본 군인들이 붓잡어간줄알고

마리야는 말하기를

·너는 엇재 ·울엇늬?

다가 아기빼끄 딸 마리야 타려 물는다

하며 단풍에서 철을 빼끄 단총을 제자리에 치운다 아부지는 웃옷을 벗으려

·밤이 김헛는가

아부지는 혼자 말하듯이

·아부지 엇지하여 그리 오랏슴닛가

양지에 눈물흔적이 가득하여 아부지와 물기를

동생 금석이를 업고 자지아니한다 아부지는 불을 켜고 딸 마리야를 보니

잠으로 당도하여 문을 열고 들어오기 딸 마리야는 불은아고 젓슨나

하고 그들은 잠을일우엇다 아부지는 그후망을 하고 집으로 도라 오앗다

·좀 가만히 있오 이런 생한 일을 성사하고 봅십다

·통역은 말하기를

80

아츰에 일즉히 아부지는 일어수서 나를 흔들어 깨운다
• 곰동아. 곰동아 깨여거라 깨여서 가보아라 축기짝이나 좋은것이 있는가
나는 아부지 깨우는바람에 일어나 웃걸기 다판이 산것을 입고 절반이나 잠을
깨지 않고 우력이 주으려 가려 할대에 아부지 나를 청하여줄고 신신부탁
하신다
• 너는 총역이 무어라고 물거던 모른다고 대답 하여라
나는대답 하엿다
• 예
하고 나는 문은 별고 가가려 할때에 또 아부지 나를 청하여 말씀 한신다
엊제 밧다면 독립군들이 어대있는가 보아라 그러고 그들을 아츰에 엇
• 예
지 하는가. 보아라
하고 나는 군대짐으로 당진하여 주변이 가지고 나오는것을 맛드러 가기
주원한 일본군인은 좋다고 한다 나는 우력이 동에서 일본군인 구두를
좀 허신을 판 한것을 어더신고 양말도 멫켤네 어더넣어 주머니에 메고 나오

처럼 죽이려 꺼어오는가 생각하엿다 일본 군인넬 선 더가서는 보초병

구경스럽엇다 보초병 다숯이 일식 장총을 겨우고 나온다 우리는 전

며 일본 군인들이 사열치어서고 독립군들을 몰아 꺼여온다 그것이

하고 헌 양말 뚝게를 멧켤비 주엇다 이런는 사이에 해는 한발쯤 떠엇는

그래라

나는 대답하기를

하며 미싸가 묻는다

얘 무엇을 많이 주엇늬? 좋은 것을 주엇지 나를 좀 주렴

하ㅣ 아이들이 쓰럭이 턴전터로 들어 가지않고 꺼있는데로 모아온다

어라

너이들은 쓰럭이통으로가도 똥쏫게모엇다 쓰럭이통이 있는데로 갖이도 말

하며 쓰럭이 주으려 쓰럭통으로 간다 아ㅣ가이들과 말하기를

저금에 색기는 밤에 짜지도 않는 모양이다

말이

는데 아이들이 그게야 쓰럭이 주으려 모아온다 아이들이 저이들 껄노하는

수는 누이 마리아와 말 하기를
으신다
• 오늘은 엇째 그리 늣었느냐? 아부지는 너를 기달느다 잠이들어 주
춤을 추며 하는 말이
일밭으로 아니가고 집에서 꾼 하게 춤으신다 누이 마리아는 누를 아
리든 각각 제짐으로 오았다 집으로 오거 아츰은 잡수시고 오늘은
은 군병으로 들어가고 독립군들은 지하실노 모라가는것을 보고 우
여서고 일본 군인들이 사열노징어 체조를 한다 그리고 일본 군인들
멧번 왓다갓다하더니 족쇠를 채우고 바에 업어 맨후에 보초군이 용위하
으며 줄줄 끌어는 다리를끌고 그점은 하사 구령을 준다 그리하여 도루
하며 독립군들은 겨우겨우 걸은형식으로 졸연을 한다 신발은 다 파거저
• 너이들이 너의덜 군병식으로 졸연 하라
길을
아식 장총 열한자루를 유조를 빼여내고 창도없이 주며 홍범이 말하
이 셔고 일본 군인들이 들어가서 족쇠와 얼어맨 방을 풀어 줄터이 엿시

• 오늘은 엇저 이리 늦엇기?

나는 아츰을 먹으며 누이 말하는 사이에 아부지는 깨여서 앉으며 나와 묻는다

모양이더라

• 오늘은 독립군들이 체조하는티서 그홍사 조선말을 일어로 번역공는

• 나는 누이 마리야 말에 대답하기를

낮에 집이 박헌 홍역은 오늘 아츰에 못 보앗기

누이 마리야 말하기를

말은 많이 주은것을 이앞에 미싸 타고 있지않기 가이를 터러 주엇다

• 아다에 쓰력이통을 같이 조역하여 듣어다 주끄 어듵 것이다 양

나는 누이 마리야와 말하기를

• 오 구주 새것이꼬다 뜻일본 동사 너를 주터냐?

누이마리야는 나와 말하기를

을 어더오앗다

나는 아츰을 먹다가 주어온 일본군인덛 구주를 누이 마리야르 보이엿다

• 나는 오늘 일즉히 두럭이 주으려 가서 아부지신을만한 일본군인 신발

84.

누이 마리야는 말하기를

하고 아부지는 신발을 싰는다

야 그게 무슨 말이냐 조이를 베여죽은 것을 묶거야지 내가 오면 엇지겟ㄴ

누이마리야 하는말에 아부지는 말삼하시기를

아부지 오늘은 좀 쉬옵파니-

누이는 말하기를

야 마리야 점심을 싸라 늣엇다

먹지도 못하고 너무맞어 그러지

아부지는 누의말에 댓구하여 말하기를

전부없어오

엇재 독립군이란 그사람들이 겨우 겁습다다 긁어그러는 모양인지 볼 모양

는 아부지와 물어 보았다

너이들이 업수이 역이고 그러지 말어라 어느때에 정떠러질때 있으리라

올넌 아부지는 그렇다는듯이 끄개를 끈떡끈떡 하며 그말이 실말이요만

는 듯은 사실과 독립군들 체조하던 이약이를 죄다 아부지의게 말하여

85

기 오늘일을 많이 하엿구만 좀 쉬여 어전는 조박이를 윗자 하터라

는 그 세줄에 조이단을 다 한줄에 모앗다 아부지는 ·나의에게 ·역— 새색

부즈런히 쉴새없이 조이단을 갈른다 저벽때 못되여 그긴 세줄을 다 묶그

믈고 아부지 뒤를 미터가앗다 조이밭에 당진하여 아부지는 조이단을 묵고 나는

애로 업어온 일본군인 우주를 신고 아부지와 같이 나섯다 나는 점심 중래를

·나는 번떼 조이단을 가를만 하다고 말하엿다

나는 말하기를

·한단을 갈나도 헐수되지 앓슬것가

마라야는 말하기를

·가이 무슨일을 하겟다고 덜이고 가겟느냐

누이 마라야는 먹은수은 어리수 섬씨는 아이던 보다더 부모의게 극진하여 아부

지를 극진히 끔겅하며 아부지의게는 제일 갓가운 보조자이엿다 아부지는 말씀하

시기를

·데 살나다 좋아라

·곰동아 오늘은 아부지와 같이가서 조이단을 묵거던 조이단을 조박이 이항

86

하더랑 좀 쉬고가서는 조이단을 섵기거꼐 아부지는 조이 조박이를 치거니 하여 어느사이에 그많은 조이 조박이를 다치고 이제는 집으로 가자 하터니 나와 아부지는 좀 있어라 한다

• 오늘 금동이 일을 잘한걸 참외수 떼여담 주지 하고 옥수수 밭 역으로 가터니 한참 되여도 아부지는 오지않어 나는 아부지있는 옥수수밭 역으로 차저가니 엇더한 사람과 아부지는 이약이를 한다 내가 가는인적괴르 듣고 말을 멈춘다 마츰 내가 오는것을 보고 아부지는 그 손님과 어서가오 하고 그사람도 한가지로 우리와같이 우리집으로 온다 우리는 서이서 집에와 저녁을 먹고 우리는 어두운 밤이 도라와도 불도 아니켠 채로 우리와 같이 자리를 껼치고 잠을 자자한다 우리는 실음없이 잠을 자기서작하엿다 나는 자다가 오줌이 마라바 잠을깨여 나서 아부지와 손님은무순 이약이를 종용종용히 하다가 내가 일어나 오줌누라 나가는 것을 보고 말을 멈추고 서로 그대에야 잠을 일윤다 나는 오줌을 누고 들어와서 잠을 일우어 자기시작 하엿다 나는 아부지 일어나라는 소리에 깨여나 벌서 해가 뜨엇다

한명이 일수되여 총에 면바름 맞아 죽고 그다음은 일본군인 총소리는 서 독립군들은 갈테로 다 간것같터라 그런테 호성을 넘을때에 독립구던 일본 군인들은 장꾜 호군하여 총을 가추어 총을 굴으며 딸구나 벌에 벌서 호성을 독립군들은 넘어뛰여 가둑수무산펜로 탕전하여 빈손에 딸을 딸구기도 하꼬 총을 병명에 들어가 갓지꼬가와 그흥기도 하는샤이 일본 군인들은 어망간에 큰 봉변을 당하꼬 일본 군인들은 똑 독립군 여숫곰을 때려부시꼬 나려가진 범처럼 "만세" 소리를 일시에 치며 달으니 질어질하고 걸지도 못하던 독립군들이 빈총을 꺽구로 쥐고 보초병 하니 아또 그들과 한가지로 구경하는데 "자" 하는 높은소리 한번낫터니 어추어 어더가지고 어제 아츰처럼 독립군들을 졸연식히는 것을 구경은 웃은지라 달다십히 걸어가 아이들이 벌서 쓰럭이 통을 다 울는 예하고 눈을 빗 쓰스며 거리로 써달으니 아마 한시동안 가보지 오늘은 엇재서 금동이 웃엇구만 빨니 일어나 좋은 양말 궐비가 있는가 아부지 말삼 하시기를

88.

한사람은 호성을 넘다가 총에 맞아 죽더구나

나는 누이 마리야 묻는 말에 대답하기를

가차기도. 그래 총에 맞아 죽는 사람도 있더냐?

누이 마리야는 말하기를

달는테 말을 말어라

야 말을 말어라 독립군들이 어질어질 하터니 일시에 소리를 치며

나는 누이 마리야와. 말하기를

오늘 엇재 총소리 그리 많이 낫늬?

나를 집으로 더리고 들어와 아츰을 가추어 준 후 나와 묻는다.

어전는 정말 그잘난 축기짝 주으려 단니지 말어라 좀

새가 오는것을 보고 누이 마리야는 깁버 하며 말하기를

히고 일본군대에서 분주하니 누이 마리야는 게 오기를 써서 기달누더라

으로 막치며 뚤구니 우리는 뚤구어나와서 집으로 오니라 집으로오니 총소리 무수

어나 우러눈으로 독립군들이 죽는것은 아니보이엇다. 이봉변이갓 우리를 총가목

눈 아부지를 불렀다 아부지는 꺼 부르는 것을 듣고 아츰을 가지고 짜

서서 묵걱질을 하엿다 나는 아츰을 가지고, 가서 밭 한 판에서 묵걱질을하

하며 인차 아츰을 가지고 추수하는 밭으로 갓다 아부지와 논검은 똑같이

• 그러면 빨니 다끄

나는 누이 마리양와 말하기를

까앗다 빨니 아츰을 가지고 가거라

• 아츰을 다 먹엇느? 아부지 아츰을 가지고 오라하고 심전에 가을하려

눈을음 이엿다 오러고 가와 물는다

누이마리양은 넘우 기차서 운다 그는 실노 지금 생각하면 나를 위하여 우

• 긔차기도 그런데 너는 그잔난 양말짝 주으려 단니면서

누이 마리양은 말하기를

숭단 일본군인들이 총을 좋으며 산으로 달겨 가더라

• 같은 것을 군병으로 걸채에 담아 덜여가더라 그리고 독립군을 딸아

으로 일본군인을 친것이 일본군인이 아마 멀서너 넘겨 맞아 죽는 것

• 떠은 죽는 것을 못 보앗다 그리고 독립군들이 빈 총을 가지고 가 목

90.

·그 사람들은 닽는게 바로 나는 같애요

나는 말하기를

··글세 아직은 모른다 저리 총질 하는게 엇지무사 하겠느야

아부지는 말삼하시기를

·아부지도 독립군이 하나밖게 아니 죽엇슴니다

나는 아부지와 말하기를

오래도 저이들이 절반은 살냐

·그래— 저이들이 남을경멸히 보고 이번에 녁이떨어지엇지 참 잘되엇다

하고— 본대로 세세히 말하엿다 아부지는 좀 상에 화색이 나며 하는 말삼이

·아부지 말을 마서오 독립군들이

하 나는 손질을 하며 말하엿다

·엇재 오늘 아참에 일본들이 총질을 그리많이 하더냐

·여리면서 나와 물는다

·지 잇는터로 들어가왓다 아부지는 아참 중래를 받아놓고 아참자시기를 헤

괴녀 잇는터로 들어오라교 손질한다 나는 아참 중래를 가지고 아부

91.

집에 와서 동생도 터리고 놀고 말노름도 하며 그날을 지버엿다 전벽이되니

가뿐 집으로 가라는 소리에 감버서 점심 중태에 참외를 메고 집으로 오앗다

· 금동아 집으로 가거라 한다

· 하시기를

꼬 그다음 다섯개는 걸망중대에 디헛다 그려꼬 앗엇는터 아부지는 말삼

하꼬 사양하며 그는 참외를 억지시며 나를 준다 나는 참외를 두개는 먹

· 가 이를 주심서

하시기를

가지꼬 온 참외를 아부지는 손님을 주며 자시라 한다· 손님은 말삼

그개는 미밀히 무슨이약 이를한다 나는 그 손님 의복 있는터 가서 참외를

손님은 저 먼곳에 의복을 벗은메로 나를 안진하여 보꼬 아부지와 나

· 금동이를 참외를 주십시오·

그들은 아츰을 자신다 손님은 아부지와 말삼 하시기를

· 글세 터나 죽지 않엇쓰면 죠치 않겟긔

아부지는 말삼하시기를

92.

끄 헛총질을 회는머로 하는데

헛총질을 하는데 총에 맞자다 맞겟늬 그들은 독립군 들을 붓잡으랴

누이 빠러아는 와 말 하기를

죄없는 아이덜 까지 총으로 쏘겟늬

는 말 하기를

으라고 거기로 보껫씀겟가

달아가서 일본 군인들이 막 헛총질을 하는데 엇대가 단니다가 총에 맞

누이 마리야 말하기를

• 오늘은 내가 곰동이를 보께지 않엇슴늬다 오늘 아참에 독립군 들이 다

• 오늘은 군대에 더갓다 오지 않엇늬 。

아부지는 나와 묻는다

• 우리 조이 가을을 다 하고 다른데로 일하려 갓다

• 엇재 싹군은 잡으로 안 옴겟가 ?

잡으로 오앗다 우리는 아버지와 물엇다

43

하는 소리간다.

문을 열어 문을 열수면 열것이지

또 강우구요 하건 밤중에 남의집 문을 두다리는가

한참 있더니 밖에서 문을 똑똑 두다린다 아부지는 놀으게 쳐다 보는다

일없다 자거라 하엿다

아부지는 무슨 생각을 하고 긴 한숨을 쉬더니 말씀 하시기를

빼재밖게 무슨 사람이 와서 열는열는 하고 단님다

나는 작게 아부지와 말하엿다

엇재 그런~

물는다

히 아부지를 흔들어 깨우엇다 아부지는 놀나 깨여 가 웃은 어조로

어 있는 기척이 앗엇다 그리하여 나는 무시무시하여 급히 집으로 들어와 정

밝그로가가 오줌 소리를 하는데 빼재밖에서 무슨사람이 열넝열넝 하며 숨

꼬 밤을 자기를 준비하엿다 밤중이 훨신 넘어서 나는 오줌이 마랍길로

하며 저력 식사를 완하엿다 우리는 인차 등불을 죽이고 자리를 펴

44

보지 않기는 수색하여 나지면 엇찔 터인가‥ 그것은 당신들 소원대로 수

홍역이 말하기를

ㄴ 하거와 오런 사람을 보지도 못하엿씀ㄴ다

이외다 정 의심하거턴 수색하여 보시오 우리집에ㄴ 독립군이 출입도 아

날금 이게 무슨 말삼 임것가 당초에 ㅏ는 꿈에도 생각지 않은 일

아부지는 말씀 하시기를

눈 쪼사에 죽고 살지 못하리다

우시오 만약에 이번에는 독립군던을 숨어두고 넘여주지 않은 동사에

하여 온 그들을 어대에 감추엇오 생명을 도모하거턴 일죽히 거어놀

그래 오늘 망명도주한 독립군들이 물속에 숨어 있다가 기갈이 자심

홍역이 말한다

와 계심것가

에 들어온다 아부지는 무슨 명분인지 또르고 어망잔에 엇지하여 이렇게

아부지는 불을 읽으켜고 걸어 문을 벗기나 일본군인 다슷명과 동역이 일시

43.

노 세월을 보내가 어느 친척이가 어느 누가 와서 우리 울음을 진정

는 할수무가개로 아부지를 그들과 달아 보내고 어린식솔 서은 눈물

형상이 엇터하며 붓잡히어 간는 아부지의 형상이 엇터하리오 우리

켜줬나르를 틸미믈 쥐여 온돌에 쥐여 뿌러 어린 우리들이 우는

하니 홍역굼이 그큰 주먹으로 볼을 욱여부시며 아부지 바지를 움

아부지 어대가심것가

듣을 딸아나가고저 할때에 가는 아부지 가는것을 붓잡고 울며

아부진는 한숨을 쉬며 웃절기를 입고 신발을 신은후 널어나 그

글세 결으타면 걸을 것이지 무얼 딴소리 그리 자심한가

홍역은 뿐이 탱출하여 말하기를

끄고 징은죄도 없는비 어대로 가자 함것가?

지 않으나 아부지 있는티 와서 의복을 입고가자 한다 나는 독림균도 아

역과 균인녀이 단기며 온 울안과 집안을 다 수색한후 독림균이 가지

하니 일어로 홍역은 무어라 말하터 균인하이 수직하고 홍

삭하시오.

46

보아라 무엇을 그놈들이 댓접하겟늬 절반을 굶겟지 나는 새일아츰

• 가만히 있는아이를 때리겟늬 오늘아츰에는 늣엇다 새일아츰에는

누이 말리야는 말하기를

• 나는 무섭다 또 홍범도가 때리문 엇지겟늬 ·

나는 말하기를

을겸 아부지 엇덯게 된것도 알겸 오늘 아츰에는 가보아라

• 너는 엇재 멫을채 쓰러이 주으려라도 가지 않늬? 헌루럭이오 주

가부이는 할날 사와 말하기를

터 자아거며 부친까지 잃은 같아야 울음으로 세월을 보내다

으로 세월을 보내라 하오 이를 지나가 우리 아이들 실음은

아부지는 얼마나 오놈들의게 고롱을 보는것을 똘가 우리는 울음

여주기 우리는 무섭지 않고 편리하게 잇지만 일본놈들의게 붓잡히어 간

리를 울지말고 얼그며 최영감 양위가 저녁이면 우리잡어 사와 동무하

극진히 사랑하더 부러아부지 일본놈들의게 붓잡히어 간줄 알고 우

식히리오 그런티 우리집뒤에 최영감이 있어 늘 우리집을 단니며 우리를

47.

신호이다 나는 아부지를 먼첨서 보고 아모말도 하지 안엇다 그라고 의

늦을 외면하고 보지 안는다 이것은 아부지 절를 보고 말하지 말나는

대로 안동하여간다 아츰 먹으려가는 모양이다 아부지는 나를 보더니

아부지를 포승으로 맥고 족쇠를 채운채로 일본군인 두명이 어

주의치 안하고 일본군대집 문엽으로 당진 하엿다 마침 이대에 우리

일이 목적인것이 아니라 아부지를 보기 목적인고로 두럭이 줏 기름

일어라는 글의 지나갓다 나는 일죽히 일어나 오늘아츰에는 두럭이 줏는

맘는다 해는 지엇다 아부지를 일본곰들이 붓잡어 간지도 벌서 십

나는 아이를 업고 이리 저리로 단기며 글고 누이 마리야는 내 바지를

그러며 아부지를 보고만 오겟다

나는 누이 마리야 말에 대답하기를

지 말어라 또 아부지와 말한다고 때리며 똘구러라

새일은 가보아라 그리고 닭알이가 무어가 너는 먼덤서 보고 아모말도 하

누이 마리야는 말하기를

어 가보겟다 아부지를 보면 답알을 삼아 오라는가 물어 보겟다

48

론 사람덜 돈 섬원을 대할진대 우리 형상이 너무도 불상하고 가공하

외 설흔개를 싸서 이 참외를 두고 먹으라 한다 오그인녀 돈일원은 다

참외를 싸거날 최영감은 나를 콩자를 가저오라 하여 일원에치 참

하꾸우했던것들을 위로하여 참외깔벼온 소수레역에 ㅊ사람덜이 망이몰여

한시에 못살 식힐곰들 어느때에 망 할때가 있으리라

그의 아이들 까지 울고 단니게 하는 맑은 한울이 산 벼락을쳐

알지라 무슨 죄가 있어 무죄한 사람을 붓잡어다 악형을 하며

못된 곰들 쩌 어린것덜이 저렇게 불상한 형상일진댄 한울이

를 차며 말하엿다

들을 보고 최영감은 그불상한 형상을 제일 처럼 생각하고 여

누이 마리야와 아부지본 사실을 세세히 이약이 하엿다 우리 어린것

동생 금석이를 엄고 나를 자심히 기달군다 나는 집에 당도 하여

인차 집으로 도라오앗다 짐으로 도라오니 누이 마리야는 울타리 밖에서

가 붓엇다 나는 아부지 보이지 앙으 투력이 주을 생각이 없엇다

복을보ㄱ 집에서 입고간 의복이 아근터 입은 의복언 꽉가 많이 발

하며 말 하기를

• 불상도 하다 너도 참 때를 못맞ㅅ 고굉이고가??

엄힌 동생 금석이를 임을 마추어 주며 그가 하는말이

• 금동이 왓는가 마리야 얼마나 우느냐

룰 보고 반가히 말삼 하신다

하고 인사를 하엿다 누이 마리야도 또한 그와같이 인사를 하엿다 모든 우리

• 하즈반 임것가?

나는 반가히 그니 앞에가서 말하기를

니 이상하여 모를 딸아 가보ㄴ 그는 어느때에 묵걱절 하던사람이라

털 서은 밭구경을 떠낫다 . 우리는 발으갓는데 무슨사람이 묵걱질을 하

러야 동생 금석이를 업고 와 오늘은 반헤 가 보자 하더라 우리 어린것

아버지와 같이 못먹는 원이 외차게 생각이 간절하엿다 하로ㄴ 누이 마

원짜리 운전이 가음이라 우리는 그 참외를 가지어다 한쪼식 먹을때는

여 우리를 얼혀 울지 않게 하느라고 그 중대히 간수하엿든 돈 일

100.

• 지난밤에는 아빗에서 잣다 그리고 먹기는 벌서 빗대채 못먹다가 오

그분은 대답하기를

• 지난밤에는 어대에서 줌으시고 아츰을 어대에서 잡수시엿슴가?

누이는 그분과 물기를

녀고 왓다가 지금 묵걱질을 해는 사람이다

리일을 엇떠한 사람이 한다고 말하지 말어라 내 너의 아부지 소식을 알

• 숨어단니며 고생하는 사람이 너이들은 일절 일본 홍범을 보거던 우

눈물을 짐으며 한숨을 쉬고 하는 말이

• 어대에가서 일할것이 있나냐

그사람은 말삼하시기를

• 아즈반이 그어간 어대가서 일 하엿슴짓가?

우러는 참외 잘적지 않은것을 먹으며 그와 물엇다.

어라

내가 넘우 배곱하 참외밭에가 참외를 떠여다 떡다가 기른것이 있으 먹

101.

이 가 있거던 돔 가지고 오너라 남과 내 일한단 말을 하지 말나 남편

아침을 그려. 재 오느라고 너무 번거 하게 하지말고 잣쳤던 묵은밥

그 손곰이 말씀 하시기를

반의게 아침을 하여 오너라

내 동생 금석이를 그늘에서 덜이고 굴것이 너는 걸신 집에가서 아즈

나는 누이 마리야와 말 하기를

아즈바게 걸신 하여 오겟다

금동아 저 나무 그늘에서 아이을 더리고 굴것긔 내 아침을 걸었

누이 마리야는 가와 말하기를

둘어갈 생각은 있지만 너의 아부지처럼 붓잡힐가바 못둘어 갓다

그분이 말삼하시 기를

아이꼬 그러면 집으로 둘어 오심지오

누이는 말하기를

늘 아침에 비로소 참외를 먹으 좀 정신이 나는구나

수서 하며 좀 평평한 곳에 누이와 가는 아츰 차림새를 하엿다 그아즈반이는

병에 물을 넣어가지고 동생 금석이를 업고 들어 온다 아즈바~ 아츰을 잡

있는티로 누이에게서 점심 중대를 ~바다들고 가앗다 쌀 한 판이다 누이는

병을 넣은후 인차 밭으로 가앗다 그 사람은 묵걱질을 한다 그사람이

이는 그사이에 달걀 수물다섯 개를 얼는삼고 아츰하멋듯 조밥과 간장

~는 누이 마리야 집으로 간후에 아이를 그는밑에서 덜이고 굴앗다

• 참 기특하다 불상한 일이지

최영감말씀 하시기를

• 조이밭 조박이에 새들이 넘우들어 새 쪼츠려 갓다 오앗 씀너다

누이 마리야는 최영감과 말 쌈 하기를

어대에 갓다 온것을 물는다

누이는 예하고 급히 집으로 가앗다 최영감은 마리야와

을 싸 가지고 간다 하여라

이 어대가느냐고 물으면 조이밭에 새들이 망하여 새 쪼추려 점심

103.

·지간 밤에 전부 자지 못하엿더니 만함여 오는 응 하고 도정신하고 어망간에 혼자 하는 말고

·아즈바이 좀 누어서 허리심을 하십소

누이 마리야는 그사람과 말하기를

신다

후에 탐바틀 피우어 물고 뻑뻑 바라 다 피운 담에는 따뜻한 태양에 조으친다 그러고 아츰에한 밥 한그릇을 물에 맑어 다 자신다 그러고 양치한 닭알 먹엇다 하고 악받앗다 그는 정신없이 한 입에 닭알 한알식 늫어 훔하며 병에 물고 양치한후에 우리를 닭알 한알식 놓아주ㅅ 우리는 눈것을 바는가 집을 떠난지 한 해반 만에 처음 식량을 처우어 보겟구나

·먹키수 내 족하 정말 내족하고만 엇지이워도 게 족하는 내배 곱하 하는 말이

에 담는다 그아즈반이는 그 줄을 급히 묵고 아츰자시려 온다 다오아서 하는 누어는 나와 동생곰석 의게 한알식 주고 누이 마리야는 닭알을 발가 그릇 쩌지금 나가던 줄을 다 묵고 까마 한다 우리는 그아즈반이를 기달구며

104.

오기만 하면 나오는 것을 보고 카려한다 그동안 저뻐지 못한 조

서 자꼬 형장이 언제 나오는 것을 알아오라기에 집에 형장이 나

손에 잘못 붙잡히면 나는 죽는다 오릇기로 오늘저녁에도 밭에

나는 집에 들어가 한가하게 못잔다 집에 들어가 자다가 일봅금들

그 손님이 말씀 하시기를

오늘 저녁에는 일즉히 집에 들어와 쉬읍서

누이는 말하기를

거라

응 좋다 그러면 네 나무 그늘길에가 좀 의지하야 쉬겟으니 집으로 가

그 손금이 말씀 하시기를

지금 좀있다가 집으로 가겟슴다

누이는 여 하꼬 대답 한다

며이들이 집으로 가지않겟끼?

하고 사방을 살피어 본다 그리고 우리와 묻는다

그렁게 하여라 잣치엇턴 식은밥을 먹어 있거던 내 오고 형장이 입던 외두

그는 말씀 하시기를

아즈박 점심을 좀 늣어 점심삼아 저녁삼아 늣어 써여 오겟쏨니다

그러면 저 그른진 나무밑에 가서 좀 줌으십소 우리는 집으로 가옵띠다

누이는 말하기를

일 없다

그른 대답하기를

차거워서 엇덯게 춤으시 겟슴니까?!

우러는 안에 이약이 하옵기다 조곰치도 념녀마옵시요 그러나 밭에서

누이마러야는 대답하기를

알꼬 일본 군대에서 붓잡으면 나를 목을 달아 죽인다

를 보고 인차 가겟다 게가 밭에서 잔단 말을 너이들이 일절 하지말나

고 뜻기도 하면 그사이에 형장이 나오겟지 죄가 없으니 나오면 형장

이도 마조빼고 무거질도 필하여 조박이도 하여놓고 저 강정이도 베

106

마즈막이 있는터로 저녁을 하여 가겠다

누이 마리야는 말하기를

닭은 엇째 잡으려 하느냐?

나는 누이 마리야와 물었다

닭이 있지안늬 그닭을 밝텰을 모이르 주고 붓잡어라

금동아 비닭을 잘 붓들지 밤이면 웃저녁에 노래를치며 우는 숭

누이 마리야 말하기를

엇재 한지 까마메 눌을때미

갓한지 까마메 눌을붕여 물을덤힌다 사는 누이 마리야와 물었다

로따오앗다 누이마리야는 동생 금석이 자는것을 때려워 좋고 인차 밧

하고 우리는 집으로 오고 그는 그윽진 나무밑으로 쉬려간다 우리는 집으

그렇게 하십소

누이 마리야는 말하기를

나 있거턴 좀거여다 다구 한다

104.

왓는지라 설음에 겨워 음성으로 아부지 손을쥐고 혹은 팔도끼고 맛

하는 소래에 우리는 한편으로 놀납고 한편으로 감버서 내 밀어보 아부지

· 부이들이 죽지 않고 살아 있으냐

없는 어조로 하는 말삼이

밥을 하려고 찰기장쌀 을 씻는데 우연히 아부지 책이역에 당진하여 맥

를 몰아 주군하엿다 때는 새로 비시 넘엇다 누이는 찰기장쌀이 있는 것으로

며 가마에 안치고 불을 넌는다 나는 동생 금석이 자는 낮에 달녔는 파리

지고와 누이를 주기 누이마티야는 바다 닭을 털을 뽑고 내장을 세정하

뒤를 팍드더 닭의 보각지 떨어지어 닭이 죽은다 죽은 닭을 가

닭을 못죽인다 나는 그닭을 조선 짝뒤에 닭의 목을 딜여 밀고 좌

화돌박이 수홍닭을 붓잡엇다 그닭을 가지고 누이 마리야는 무서워

털을 부으기 닭털이 모이어 들어 모이를 먹는다 나는 벗이 불고

한는말에 음하여 닭털은 모이를 쫏박이에 떠들고 사랑간에 들어가 닭

우리는 닭털이 많하엿다 닭털이 칠십여 마리 넘엇다 나는 누이 마리야

108

누이 마리아는 찰기장밥을 다 자치어 닭고기를 겸하여 아부지의게 딜여 왓

한번 저이들도 간담이 서늘할때 있으리라

나 무서워 울엇는가! 긔찬 일이지

지의게다 말하니 아부지는 우러의게 더한층 애절한 듯을 품고 모어간에 얼마

점심 삼아 닭을 살마 가려고 지금 기장찰밥을 끄리는 일을 죄타 아부

지 나오기를 기달누며 지금도 추수를 하는 일 그리고 그의게 저녁삼아

는 것을 이약이 하여들인다 오늘아침에 닭알을 살마 갓던일과 그게 아부

그리고 그때에 조이를 갓이 묵던가 와서 조이 묵걱질과 비각질을 하

려 밖갓 한지 가마로 가가고 아는 아부지와 그동안 일을 이약이 하여들인다

을 직히어 주고 참외를 싸주던일을 죄다 말한후 누이는 밥을 자치

아부지를 보게끄 울던 이약이와 뒷진 최영감 어외가 우리를 달개며 집

우듣이 인사를 오리오 넷식구 전파같이 모여 앗을뿐이라 우러는 그동안

동리사람 들이 인사하려 오련만 조안으로 조사에 갓겻다 오앗스니 누

웅하 임엇든 아부지를 맞낟것 같아엿다 다른 일에 갓다온 같으면

109.

·밭에서 일하시는 아즈반이의게 저녁상아 점심삼아 그분이 자실것을 내

지고 들어와, 또한신것을 다 씨서 거어간후에 아부지와 말하기를

에서 어떠자신 것을 자리에서 넣지못하고 다 또 한신다 누이는 걸네를 가

다가 불시에 감춤을 기초시던 먹기가서 그닭의 고기점과 아츰에 일본 군대

아부지를 쥐우며 잡수시라고 한다 아부지는 그 닭의 다리를 쥐고 자시려

진 못하우 아부지 입에 넣으며 잡수라 형용으로 말한다 또 닭의 다리를

하고 닭고기를 한점쥐여주며 그고기를 쥐고 이쪽저쪽을보더니 말은 잘 한

·은 세상이 도라오면 좋은 세상에서 잘 살너라

다 잘안서 그신세를 감겟늬?? 너는 이렇게 불상히 자라서 장차 좋

미를 잃고 어린누이 신세에 자라나 그누이와 철모르는 형의신세를 먼제나

·야 금석아 울지말나 너도 불상한 일이다 한생한지 멧을이 아뇌여 어

탐에 갗이 운 아부지 말삼하시기를

한 눈물이 자연히 나오는 범이라 나의동생 금석이는 아부지 낫수하시는 바

는지라 아부지는 꽈연 검버하여 사람이 감붐이 탱출 하면 설음이 가득

110

• 그러면 가지어다 딜여라 그러구 밤중이 넘거던 집에 들어 왔다 가라 하

아부지 말씀 하시기를

• 자료 좀 가저다 달나 하옵디다

• 저녁에 집으로 못들어 오겠슴 밭에서 밤새기에 추어 일고 밤을 사

누이 마리야는 아부지 말씀에 대답하기를

• 엇재개 외루를 께여다 달가 하더냐?

아부지 딸 마리야와 물기를

• 그 아즈반이 아부지의 외루를 꺼여다 달꼽디다

누이 마리야는 아부지와 말 하기를

이하여라

• 눈 두고 빈 몸에 겁신 갓다 음식을 딜고 오너라 그림요 써가왔다고 이약

• 그래 그아즈반이에게 빨니 써여가거라 음동이도 제 누이와 같이 가거라 아이

아부지 말삼 하시기를

여가야 하것쏨니다

111.

•그 참 잘 되엿다 사람이 못쓰게 되엿냐? 그리고 몹시 여비엿지

그는 나와 물기를

•예 오늘 점심 후에 나 왓습티다

나는 그 아즈반이 물으기 대답하기를

•언제 일본 군머에서 가오싯덧냐?

그 아즈반이는 말삼 하시기를

•예 압부지 일본 군대에서 풀녀가 왓음티다

나는 그가 물는 말에 대답 하기를

•아부지 왔더냐?

•을고 두말없이 우리 부르는 데로 온다 그는 우리를 보며 말하기를

으로 들어가는 아즈반에 아즈반에 향며 부르그 그는 우리 부르는 것을

이 하지를 징기시작 하더라 우리는 저녁을 가지고 조아 하지 치는곳

예 하고 우리는 저녁을 가지고 발으로 간라 구는 벌서 다 묶고 또

여라

112

가거라 애 써살은 잡어뙤저물어 짐으로 들어 가겟다

이번적간다 어서 저물기전에 집으로 가거라 그리고 외두도 가지고 들어

떠나 처음으로 너이들이 걱정하여 가지어 오길내 애 깅낭을 채우어 정신

•야 실노 떳근떳근 덤한 닭꼬기 장물과 떠군떠군한 찰기장밥을 참 집

그는 그저녁을 다 잡수신후에 말씀 하시기를

김에 달게 다 자신다

라고 넙더 주엇다 그는 그럿게 하지 하고 밥과 닭꼬기를 정말 배 곯브턴

우리는 아뭇지 말슴하턴 이약이대로 저녁에 넣어 집에 들어와 줌으시

하며 차원어 놓은 저녁을 잡수시며 우리를 알뜰히 치하 하터라

•그래 형벌이 얼마나 밥벗겟느냐!?

그는 말삼하시기를

것을 인차 호항디다

•예 좀 여비고 사람이 잘걸지 못하옵디다 그리고 역거를 하여 자신

나는 그와 말하기를

으로 얼거매고 족쇄까지 쳐우고 끝고 단녔슴깃가

·아부지를 일본금들이 붓잡어다 ·무에라꼬 감옥에 포승

·는 아부지와 물엇다

·아부지 하고

딥인다

누이 마리야는 우리집 가을 하는 분의 말을 쬐다 아부지믜게 하여

·을 차리어 놓고 버먼어라 아부지 잡수시오 하면 저녁을 먹으라

우리는 오늘저녁에는 때를 정말 감보게 일식구가 모도 웃음으로 저녁

게도흐라 올가

·녀의 들은 어시를 잘못맛가 꼬생이다 언제나 자유스럽은 세상이 녀이들

깨여두 우리를 보고 하는 말이

·혼자서 이리저리로 기여단니며 울지않고 제 혼자 논다 이윽하여 아부지는

눈을 쓰며 집으로 오기 아부지는 잠이 들어 줌으시고 어런 동생 금석이

예하고 우리 온랍우이는 전보라 감문 긔색이 가득하여 걸가에서 서로작

114

점없이 험하게 되엿다 너이도 허저는 일본 군인텰 홍역들이

지 못하게 되고 되루성이 되기 다리는 상처가 알없다 불기에는 살 한

는 무엇이라 항겟늬 주어 베치다 보니 이와갈이 되엿구나 사지를 쓰

또 채 중으로 후려치며 가지각색으로 형벌 하며 다짐하라 하기 나

족한 못을 밝은 널판에 구울ㄱ우며 참대 꼭금으로 잡아 두다리며

대에 있ㄴ 대이라고 코와입에 끄초물을 부어넣으며 나늘갈이 벳

• 줄세 말을 말어라 달아난 독ㄴㅂ군이 너의집에서 몟명이 잣늬

아부지는 말삼하시기를

아부지 무슨죄를 징엇관대 형벌노 상처가 그리 험하게 되엿는가요

험하게 되엿는지라 눈에 눈물이 어리어 부친과 뭇기를

잘것 없이 되엿더라 누이 마리ㅑㄴ 아부지의 엄형에 상처를 보니

아부지는 다리에바지 가달을 걷우고 보인다 천 부피부가 상하여 보

• 풀숲으로 엇어매고 단닌것은 아직 둘재이다

아부지는 말삼 하시기를

113.

서원 아부지 곁에 가 모도 아부지를 쥐고 있엇다 아부지는 꼿으게 누구인지

인데 박거서 인적기가 나더니 뿐을 똑똑 두다리는 소리가 난다 우리는 딴무

하며 지게구 밤은 퍽 깁헛다 우리는 동생 금석이를 모여 앉아 알죽을 먹

리면 엇지겟긔

그러다 너도 붓잡어 닐여다 닐그며 물다가 바로 대잇지 않는다고 물매를 맞

옳다 어저는 헌 두려이를 작고 주어단 엇지겟긔 헌 두럭 주으라 단지지 말어라

누이 말하기를

또 아니 단니겟다 그잔난건 작고 주어단 무열하겟긔

누 어저는 정말 죽어도 모른다 하겟다 어저는 쓰럭이 헌 두럭이 주으라

는 누이 마러야 하는 말에 말하기를

아 어저는 정말 모른다 하자

그렇지 않고 우리는 그렁걸메 금동이도 나보다 더 명심 하옵네다 금동

누이 마리야는 말하기를

좋고 때리며 형벌하면 않는 그들의게 죽는 목습이다

무어라고 물거던 우리는 아무것도 모른다 하여라 또 그들이 붓잡어다

엿다

먼다하게 중식을 가추거라고 말어라 써 앗가 먹은것이 아직 써러지도 안

그아즈반이 말삼 하시기를

금동아 네 중식을 가초아 딜이여라

자비 그리 섯어마세 죽기도 할가〃 목숨이 살아가왓으 다 행일세 야

음을 먹으며 기절하야 운다 아부지는 그와 말삼하시기를

그리고 신발을 다벗고 온돌노 올나와 아부지를 붓잡고 속으로 울

좀 늣엇씀니다

그사람은 아부지와 말삼 하시기를

엇재 그리 늣엇오

조로 말씀 하시기를

아부지를 보고 별말없이 앉아 신발을벳는다 아부지는 신음하는 어

하던 아즈반이다 우리는 그아즈반이를 보고 몹씨김버하엿다 그사람은

들어 오시오 한다 문을 별고 들어오는 것을 보기 우리조이 가을을

•형장은 어대에서 어덧싸오섯가

그는 아부지와 뭇는다

•내가 폭발탄을 하구 어덧던 이번에 적으 가지고 가서 사용하시오

아부지는 게 속하여 말삼 하신다

•그렇지않고

그는 그렇다는 뜻으로

•이번에는 명심하오 명심하지않고 행하다가는 큰 폐를 보오리다

듯엇다 아부지가 말한다

알고비밀히 무슨말을 하고 있다 는 저자리에 누어 자지않고 무슨 말하는것을

깨여우 오좀을 누려 밖그로 가 오좀을 누고듯어와 그들은 아직도 자지

러도잔다 나는 밤이면 한번식 는 일어나 밝게가가 소피를 하고 잔다 그리하여

그분도 아부지 경티 누어 자자 한다 무리는 불을죽이고 곰석이도 재우고우

•그러면 일즉 불을 죽이고 자자 한다

하부지는 말삼 하시기를

318

르키니 그는 찬찬히 보더니 아부지 손에서 넘겨 쥐고 철을 빼엇다 넣는

자루두를 넓더니 철을 밀어 넣고 임금을 형용을 가

아부지는 그단총을 쥐고 나무집에서 꺼여서 철을 쌀에서 꺼여 쥐고

• 이단총을 엇덯게 사용하는 것을 형장은 가르켜 주서오

더니 그사람은 아부지와 묻는다

가지고 나온다 폭발탄을 수건에싸서 꼭무니에 차고 쌀창은 이리저리 보

아부지는 안방으로 들어가더니 폭발탄과 쌀창을 남우집에 넣은것을

• 그는 그렇게 하오너라

그는 대답 하기를

흠료 본게에 당도하세

면 자비는 내 급한때에 쓰려고 싸 둔 중국쇄 창을 차고 오늘전무?

것이오 륙결포 넓세자루를 싸 둔것은 흣날가져 가시오 한다 그러

• 그런긴게 아너라 우리아이가 헌 루력이 주으려 갓다가 어더왓는더 전새

아부지는 말삼 하시기를

119.

• 예 이것 임것가

그는 말하기를

• 이 총에 철은 일백 마흔개녜 다 가지고 가게

아부지는 말씀 하시기를

• 실노 그렇게 씀>다

그는 말하기를

치는 총일세

• 총을 잘 하엿다고만 하겟는가 이 총은 일식 마상대를 웃짐을

아부지는 말삼 하시기를

• 형장 그단총을 파면 잘 한 총임>다

하며 가목을 넛으니 일본 마상대 만히 길어 진다 그는 말하기를

• 적은 먼데로 놓자면 총가목질을 하네

껀턱한다 그리고 적으니와 말하기를

것 인곰을 단기는것은 형용을 하니 아부지는 옳다고 끌만 쩌넉

150

아부지 말삼 하시기를

· 예 무슨 말삼이 심것가

그는 말하기를

· 써 자비와 할말이 있네

아부지는 또 말삼 하시기를

그리고 철 마흔개를 더 준다 그는 아부지의 말삼을 명심하여 듣는다

· 꼭 명심털 하여 행하시오

아부지 말씀 하시기를

한번 외곰들파 싸호아 형이 끄룽하시던 원쑤 까지 하려 하나이다

· 예 형장 그총 철 마흔개를 마쯔 가를 주시오 이번에 이총으로써

그는 말하기를

백마흔개 적으면 저짝총 철을 터가지고 가겟는가?

· 여보 적으니 거가 홍범도 형을 딜이려고 이런단총 두자루를 싸

둔것이 있는티 두단총에 각각 철 일백 마흔개 식이며 만약 철이일

아부지는 말삼 하시기를

121.

・자미 밧갓 가마에 ㅅ가보세 닭의 탕이 잇으터 아직 영 식지 않엿을

아부지 말삼 하시기를

끊어지게 식사한다

하고 저녁에 한 찰기장 밥을 텅대에서 ㅅ리워 즇고 김치에 술목이

・예 그렇게 하오리다

그는 더답 하기를

・자 어전 중식을 자시고 어서 떠나기를 준비 하세

아부지는 말씀 하시기를

・예 말씀이 옳슴거다 ㅅ는 그대로 말할터임다

그는 말 하기를

름미 위래 하기로 형이 쳐워 보건 총이 못 하겠다 하세

을 승환이 옥심띄여 달가 할것이네 이총을 달가 하거던 이번 것의 거

은 마음을 셩공할수 있메 필연죽 이번에 올가가면 꼭 이단총

못쪼록 간수하여 가다가 좋은긔회에 사용하면 한번 감자의 먹

・이총 두자루는 밭가티 하던 황소르 룩십원에 팔어 싼것이메

122

· 아 형장 그만 두시오

든는 말슴 하시기를

· 이 장화가 아마 잘게 맛 들게면 신고 가라ᄂ

하며 방으로 아버지는 들어 가시더ᄂ 새 옷신아 군인 장화르ᄂ 써 보여 줍ᄂ

· 너 멤머는 하지말고 잣ᄇ 든든히 자시란ᄂ

아버지는 그와 갈 슴 하시기를

· 형장도 갈이 중역을 좀 가십시오

그는 밝고로 나가더ᄂ 닭의 탕을 가지고 들어와 말슴 하시기를

· 참 빨ᄂ 걸ᄇ 구십러 길도 산페 길이 헐한가

아버지는 말삼 하시기를

· 초져벽에 빨ᄂ 걸으면 동트기와 갈이 대이기 되옵니다

· 멫번 걸어 보아도 멫백ᄂ 모르지만 한 구십리는 되염직 하옵니다

그는 말씀 하시기를

한 길인가

· 건데 맣이 사양치 말꼬 든든 히 자시고 떠ᄂ서 산페 길이 백여ᄂ 헐

123

하꼬 다숫명은 아직 병원에 있으며 조리하여도 살지는 못하리라하꼬 그
으며 일본군인을 늘부시꼬간 그일본군인턴 비명은 그자리에서 죽사
놈들이 또사람을 불속에 화재하엿다 하세 그리고 독립군 들이 달
말하던 대로 길녀주게 그리고 상한 독립군 한사람이 체포되여 일본
잡버 꼭것지 말고 새편부를 전하며 앞서 독립군 도주사건도 자세히 내
• 그래 딱발에 맞는가 발에 딱맞으면 잘되엿네 그런데 거가 별글일없이 쏠
아부지는 발씀 하시기를
ㄴ다
• 형장 그신발이 새발에 엇지이리도 딱맞씀것가 아마 꿔것으로 생긴것 같씀
신는다
그는 중식을 다 자시고 그릇들을다 치운후 간발싸개를 하꼬 장화를
하면 간발싸개를 너여준다
• 글세 사향치 말고 신으라는데모
아부지는 말씀 하시기를.

124

· 공연한 말삼임니다 무시 구오섯 습것가 어서 주드고 올나 옵서
아부지는 말삼 하시기를
나서 방자 고통 이기로 벌서 나오지 못하고 이재야 나왓오
나는 받갓족하벌서 어제 나왓다는 것도 글세 늙으니 지간밤에 해수
계 탕죽을 쑤워가지고 나오아 인사를 한다
야는 아츰을 한다 뒷짐 최영감 그댁은 벌서 일즉 닐어나 아부지의
는 아츰은 새생명 흐른다 우리도 닐어나 아츰 채비새를 하여 마리
주무시지 않고 무엇을 생각하고 있다 그밤은 새여지나가고 둥르
하며 닐어나 박게 나가 소피하고 들어와 · 우리를 덥허 준후 짜리에 누
밤길에 쏘라지고 밤은 깁헛다 아부지는 그를 보내고 저우 윤신
어" "조선" 하 아부지는 "동포" 하고 그 분을 열고 나가 침침한
하고 아부치에게 뜨거운 키쓰를 한다음에 그가 손을 놉히 들
· 그렇게 넙덜이 오라다 그러면 행장께서 안령히 조리 하시오
그는 말하기를
다음비명은 중상하엿으나 치로하엿다 닙펴주오

잘자시오. 펌은게 임시만 잘하면 잠간 취 서오게

·그 찬 일이지 저것 엇지겟오 엇터턴자 임에 단기우지 않어도 억지로라도

그 안 노인은 혀를 끌끌 찬다 그리고 말씀 하시기를

기 맛이 없어도 다 자시오 저 저녁에 또 랑죽을 쑤어 내여 오려다

야 쑤오 내 햇 병아리를 잡아 찰 갓 쌀을 넣고 랑죽을 쑤어 내왓으

을 엇지겟오 그렇기에 식미를 일육지말고 억질이라도 잘 잡수시여

도 시네없이 잡수시요 못쓸말노 족하만 엇덩다 하면 이 잔밥들

·집에 족하는 무슨음식이 입에 맛지 못하여 단기우지 않어도 억질이라

그 안 노인이 말씀 하시기를

·그꿈들이 사람을 죄 있어 말 못할 형벌을 함것가

그 안 그인은 혀를 끌끌 찬다 아부지는 말삼 하시기를

렇게 못쓰게 만든단 말이오 사람이 싹 못쓰게 되엿고만

·별고 울가 가지않겟오 그꿈들이 무베라고 생사람을 붓잡어다 저

그고인은 말삼 하시기를

126

에 기우려 지고 붉은 고을은 한 울을 울디려 울깃붉깃 하군인들은 몽도완 촌을 향하여 나간다. 해는 어느듯 서산령한 오리쯤 가면 몽도완 촌이 앞산을 의지하여 있다 행진하여 간눈 식으로 우리집 앞 대로로 행진하여 나간다 류성관소에서 남쪽으로군인 한 소대 군인 사실여 명과 장교 칼을 빼여 들고 저쟁판으로 나가요피 출입을 한다 그 사람이 간 후 닷새만에 점심때 훨신넘어 일본렇게 같이가고 밤이지나 사오일이 지나 아부지는 겨우 운신하여 밖으로와 같이 자시고 우리 오랍 누이는 아침을 하여 마조앗아 아침을 먹엇다 이린엇다 아부지는 그 안노인이 간후에 그 당죽을 가저오라하여 동생 금석이하며 밖그로 나잔다 그러면 안령히 단뎌 들어 갑서 그노인은 응하꼬 가버

·켜 올나갈 사이가 없오 널어주지 말게

그안노인은 말씀 하시기를)

·아즈머금 올나 오시지 않꼬 가심짓가?!

하꼬 그안 노인은 문을 열꼬 나가려한다 아부지는 말씀 하시기를)

127.

앞선 말수레에는 죽은 군인들 둘식 셋식 넷식 실어 오고 그다음 말
온다 수레는 열여숫채이다 소수레 다숫채이오 말수레 열한채인터
구경하엿다 수레에마다 일본군인이 장총에 창을 꼽아 들고 앉아
레와 소수레 들은 도루 돌아 온다 우리는 끈염해 가 슬기오는 것을
이다 말수레는 말을 채질하여 빨니 모라 간다 아츰때 되여 말수
차 소리~며 죠선사람 말소리 난다 먼티사람 보일즉 말즉 하는 새벽
멈춘다 아부지는 시게를 꺼여 보니 벌서 아츰 다숫시이며 길가에서 마
는 좀 떨하다 밤은 깁헛다 그리다가 좀 있으니 총소리는 전부
야 터지는끼까 하꼬 홀고 성수는 여성으로 말씀 하신다 총소리
꼬 대포 소러같은 소리가 들니여 온다 아부지는 혼자 딸고 이제
누어 한숨만 쉬고 때대로 시게만 본다 밤 열두시반이다 "둥" 하
길가를 거바다보니 일본군인 두분대가 행진하여 간다. 아부지는
발소리 단총소리 마치 가마에서 콩뒤는 소리처럼 오란하다 또
문 드문 나는 총소리가 들기엿다 좀 지나서는 속사포 소리 오현
꼬 저녁 연기는 굴둑에서 소사오르는 이때라 앞금산에서 드

128

직 죽지않고 소수레에 실려 두다리 드리우어 흔들흔들 하며 들

감소수레에 보초병도 없이 사복한 홍역이 총에 맞어 아

은것과 중상한 사람떨을 실고 오던것을 죄다 말하였다 그리고 마

한다 나는집에 도라와 아부지와 술기에 실고 온 일본 군인 죽

딸아가며 구경하잠도 일본 보초병들이 우리를 딸구기에 가지못

는줄소 아이아이한다 술기들은 군데 안으로 들어간다 우리는

리는 술기에 드리우어 거들 거들 한다 잇따금 잇따금 하는 소리 나

엿다 절반 몸둥이는 술기에 담기고 다리는 드리우엇는데 두다

복 낯에 집이 박히고 왼 못되냐 하던 홍사인데 아직 죽지는 않

홍역하던 사람이 총에맞은 것을 실고 오는데 눈벽여 산끼어

림군 죽은것을 실고 오는가 하여 갓가히가며 보니 독립군은 아니고

복한 사람을 실엇는데 그 소 수레에는 보초군도 없다 우리는 독

수레 다슷채에도 죽은 일본 군인을 실고 소 수레엿다 왼 뒤에는 사

수레에는 중상한 군인 하갓씩으 실고 둘씨도 실고 들어온다 소

№129.

정말 찬찬히 보앗씀니다 낮에 짐이 박힌 놈임니다 소수레에 실녀 들어

나는 말하기를

·찬찬히 보앗지,

아부지는 말삼 하시기를

·예 홍사는 왼 못댓냐 하던 놈임디다.

나는 아부지와 말하기를

홍벅덜을 잘 알지

·오늘 지가면 알겟지? 그런데 홍벅은 누구더냐? 뚝뚝히 보앗지? 너는

아부지는 말씀하시기를

상 한것은 잘 모르겟 씀니다

"죽은 군인들도 많고 부상당한 군인들도 많씀데다 열마 죽고 열마 부

나는 아부지 물은 말삼에 떠덥하기를

·죽은 군사 맞터냐? 그리고 부상당한 군인도 열마되뎌냐

심하며 들다가 나와 묻는다

어오는 것을 아부지와 본대로 이약이 하엿다 아부지는 나의 말을 명

130

잘못하면 지금아이들을 그 일본 놈들은 헤지 않겠다

·너는 일절 군대 견으로 가지말나 지금 놈이 총에 맞은 형식이다 좀

아부지는 말삼 하시기를

·나는 어대로 안 가옵〉다

하나는 아부지와 말하기를

·금동아 어대로 가느냐?

를 부른다

꼬 또 엇덯게 된 사실을 잘 알며꼬 밖으로 나오자 하는데 아부지는

하꼬 아부지는 실음을 궇고 자리에 눕으신다 나는 이와같은 이약이를 하

꿈되양도 황덤〉 데도 죽을때 있꼬나

처럼 사람을 조사장에서 일본 장꼬덜 보다도 더 되는대로 쥐엿 밝으며

노중눈다고 하던 ... 죽으면서도 꽈연 비우좋은 놈이다 제 밝게 없는 것

·정잘 되엿다 그래 거이 죽으면서도 일본말노 죽눈다고 아니하고 고려말

압부자는 말쏨 하시기를

오며 아이아이 나는 죽는다 하며 소리를 치는게 정말 죽겟습니다

*131.*

하 압부지는 나를 찾어 올라 하여 나를차저 온동리르 다 돌았다

·나는 무서워도 아이하고 어대로 무슨볼일이 있어 그런주화 팔방 도림를

닭 잡으로 오앗다 누이마리야는 나를향하여·욕을한다

또 있으리라고 서로 수준수준하는것을 나는 들엇다 나는 아이들과 같이 놀

백여 명에 달한다 하며 모한 조선 사람들은 이제 앞으로 무슨 쟁변이

인을 습격하다 보 한명도 허실이 없엇다 하더라 독립군들은 양

·오 통역 까지 열다섯 명이라 하고 독립군들은 산소에 숨겨 일본 군

말하는것을 갓가히 가서 자서히 들엇다 그들은 말하기를

·이땐에 일본 군인이 죽은자 스물 리곱 명이오 중상한 군인이 열비명이

차를 가지고 갓던 사람들과 서로 물으며 수준수준 한다 나는 그사람들이

을 들엇다 그사람덜 가운턴는 마차를 가지고 갓던 사람도 있다 그들온 마

군한다 구는 그사람덜 무주에 가서 조사람덜이 자서히 이약이 하는 것

하고 지러에 가앗다 상점 모롱이에 조선사람덜이 많이 모이어 서로 수

·아 외다 저기거러에 나가 아이들과 같이 놀겟 씀누다

나는 압부지 말삼에 말하기를

132

여 하는 말이

하며 동생 금석이를 구자니 싫다고 운다 누이 마리야는 동생 금석이를 달내

· 어이고 잘잣는가? 일어나 오좀을 누고 어전는 랑죽을 먹거오

동생 금석이 얼떠 누이 마리야는 말하기를

· 어린아이를 엇재 팔을 풀치면 엇지자고 그려니

을 먹자하며 팔을 쥐며 단니엿다 누이는 말하기를

두루 살피더니 또 떠는다 나는 금석아 금석아 부르며 자지 말고 랑죽

동생 금석이는 기지개를 하며 깨여나 일어나 앉는다 눈이 둥잔 같아야

국밥을 화로에 넣여 노아 덤히고 우리는 둘이서 아츰을 먹엇다

나는 집으로 들어가 아부지와 금석이는 깁히 잠이들엇다 우리는 아부지

· 무스게라니 어서들어갓 다시만 가보아라 아부지 ᅡᄆᆞᆫ 한것

누이 마리야는 말하기를

· 무스게라고

나는 누이와 말을 못들은체 하고

*133.*

• 응 먹으마 엇째 니이들은 아츰을 다 먹엇느냐

아부지는 말삼 하시기를

• 아부지는 이 탕죽을 다 잡수시오

아부지 앞에 갓다 놓으며 누이는 말하기를

하며 아부지는 길어와 앉는다 누이 마리야는 아부지 잡수실 탕죽이 넓은것을

• 그래 그렇지 가를 먹으라고 그러는가

• 아부지 말삼 하시기를

• 아바 먹어 먹어

금석이는 아부지를 보더니 아부지의게 술을 쥐우며 금석이 말하기를

• 어저는 정말 것물을 다 짜우엇고 써색기 무엇을 먹는가

잡이로 술을 쥐고 먹는것을 보고 갑버 하시는 말삼이

나다 앞에 놓으며 먹으라 하 쪄비로 갓다 놓고 먹는다 아부지는 금석이

꺼지꼬 들어오 금석이는 무엇을 먹자고 한다 누이는 텁힌 탕죽을 갈

동생금석이롤 안고 누이 마리야는 박그로 나잔다 밝게가가 오줌을 뉴여

• 울지마오 오늘은 아부지 곁티서 잘 잣지

134.

수도 상하지 않엇다 하옵더다 흥 하고 비웃던 놈들이 이번에

리고 독립군들은 산끝에 웅거하여 일본군인과 싸호다. 하

중상을 당하엿다고 주민들이 모아서 뒤숭숭하게 떠드웁더다 그

하여 일본군인 수물닐곱 명은 그짜리로 죽고 널다숫 명은

• 지난밤에 독립군덜이 몽도와 장대에와서 일본군인과 전쟁을

을 시작하엿다

나는 아부지 욕할줄 알엇더니 갓은 어조로 말삼하시니 나는 말

• 예 상점 모퉁이에 가 놀다 왓슴니다

다.

나는 아부지 욕을 할것갓하야 좀 무서웟다 그러서 말을 시작하엿

• 그래 점심전에는 어듸 갓턴궁?

아부지. 나와 물으시기를

• 예 우리는 아츰을 다 먹엇슴니다

나는 아부지와 말하기를

135.

아부지는 누구를 기달리는 모양이다 창지를 춤으로 저쳐 구멍을 뚤고

나는 오좀을 누려고 깨여나 집 동리에 개들이 몹씨 분주하게 짓는다

다 밤중이 도라오기 각각 제자리에 누어 잠을 일우엇다 밤중이 넘어

어 그날밤을 불도켜지 않고 밤을 자기로 하엿다 우리는 잠이 깁헛

리 식솔은 그날해를 지우엇다 우러는 밤이 도라오 각각 제자리에 누

누이 마리야는 생닭알 세개를 가지어다 놓고 차 동을 가지어 잔다 우

두어개 가지어 오너라 생닭알이가 마이어 보게

야 그만두어라 차차 식미가 도라 지겟지 야 그러지 말고 생닭알이가

아부지는 말삼하시기를

니까

아부지는 식사가 그리 곺으지 못하여 엇지겟슴까 닭알을 삼어 오랍

아부지는 멫분동안 앉아게시더 인차 우으시머 차 를가저 오라 한다

다 잘 죽겟구나

좀 경떠려 치엇으리라 또 홍역놈이 그리도 못되냥 하던놈이 잘되엿

136

말을 한는거라 그는 조선사람인데 일본사관학교를 필하고 소대장으로 일하

신용있게 하던 통역이 죽으니 믿음성 있게 일어로 번역할자 없으니 조선

음으로 오늘저녁에 우리집에와 조선말을 한는거라 그리유는 조선 말을

전에 모도 주민덜은 억 구사람은 확실히 조선사람이라 하던 사람인데 처

하꼬 아니 말하던 놈이다 낳은 수물다섯에 불가하며 훌출한 청년사람인데

말하는 사람은 일본수비대 소대장이다 그는 조선말을 한마듸도 모르는 체

니 세끔이 들어오며 화경으로 집안이 낯같이 밝힌후 조선말을 한다

일본 군인이 문을 열고 창끝이 칼같은것이 어두운 달밤에 번적하던

터 아무지 불시에 제자리에 굽히와 눕는다 박게서 인적과 그럼 불시에

가는 박고로 가가지 않고 집에서 오줌을 누고 인차 들어 눕었다 한참았

이오강에다 오줌을 누고 자거라

어듸로 사가느냐 지금 일본 군인들이 오늘저녁에는 개발듯 할터인데

좀누려 박으로 가가자 아무지는 말삼 하시기를

잇다끔 이따끔 개가 많이 짓으면 박글 종종내여다 보곰 한다 그리고 겨오

137.

가지면 이 자리로 나의 목을 낳우시오

형을 하오 그러의심 하거던 마음대로 수색하여 보시오 만약에 독립군이

· 을 한다고 하오 한가지수 있는일을 가지고 당신들이 사람을 못살게 악

참 사람이 찔니기 집으로 겨우 기여온 사람과 의심하여 독립군들 시긴바람

· 당신들이 나를 엇덯게 만들고 쩌가지금도 독립군 시긴바람을 한다 하오

그리고 우리아부지는 게 속하여 말쌈 하시기를

일본장교는 우리아부지 하는말에 저서 유구무언이 더라

녀 공으라 말하오

으로 들어보는 것을 보앗으면 엇재 인차 체포 못하고 수와 독립군을 새

생살에 빌끄지 언제 독립군이 들어왓다고 그러오 만약에 독립군이 이집

한다 아부지는 말삼 하시기를

헛소 빨니거여 놓으시오

을일구오 근방독립군이 이집으로 들어온 독립군을 어대에 피신식

· 여보당신은 악형을 받고도 상기상 무엇이 갓써 독립군과 연락하고 도별

는 모양이다 그장꼬은 우리아부지를 못씨 잘못보며 하는말이

138

를 가만히 들을수 있을것가 삼개지 이러한 꼬애에 넹는 놈들을 엇지

· 예 그리 하오리다 일하기는 슬어 무리를 쓸어 단기는 도적곰들

우리 아부지는 그장꼬말이 옳다심히

· 그럼거래 말이외다 뭇생은 못조록 주의하시고 그건달이 펜들을 우

고장꼬 곰은 말하기를

하면 이아이들은 엇지란 말임것가

· 열낳을 엇지 하것슴가 이어린것뎐을 두꼬 그 못쓸 곰들과 열낳

앙부지는 말씀 하시기를

하러다

하지 말가 만약에 열낙하고 미약한 흉게를 꿈이다가는 중 꼬살지 못

중하거던 일절 독립군들을 딜여 궁지 말고 그들과 열낳을 취

· 사실이 그럼진며 이변에는 순순히 가 거가 널으터라 말고 목숨이

그장꼬는 밀망하여 더 말치 않고

137.

하 밖그로 엇더한 사람이 문을 열고 들어 온다 그는 집에 들어와 앉으며

· 그가 누구요 들어오시요

명문인지 모르고 말쌈 하시기를

밖글 자조 새엿다 본다 그리다가 창문을 퉁퉁 두다련다 아부지는 무슨

아이한다 아부지는 그들을 보께고도 영 실음을 놓지않고 문 구멍으로

싫음없이 그들은 가 버러엇다 민가에 개들은 밤이 김흐니 좀 종용하고 짖

· 문생은 평안히 조리하시요 우리는 가 외다

그리고 그장꾼은 군인들과 무어라 무어라 말하더니 문을 열고 가며 하는 말이

여 좋은 약을 의사와 이약이 하고 징어 보버리다

· 그런데 문생은 상처가 매우 괴롭겟는데 버일 아츔에 아해들을 보버시오

하기를

아부지 열녕덤녕 하는김에 넘어가 그장꾼은 좋다고한다 그리고 아부지와 말

· 그참 문생의 말씀이 맞당한 말삼이외다

그장꾼은 말하기를

가만히 두오릿가 모도다 잡어 주려믄 들어 죽이게 하오리다

140

• 우리는 직업을 삼다 보니 하 판치 않습니다

오는 말씀 하시기를

• 좀 판치않소 당신을 고생이 엇터하오?

아부지는 대답 하시기를

• 형장은 피간 얼마나 고롱 하심ㅅ가

그사람은 우리 아부지와 방어간에서 가와 말삼 하시기를

영갓는 모양이오.

들어와 방어간 문을 열고 그와 •잘별때 보내엇 그들이 실음을 줄ㅎ

눈 방어간 문을 열고 들어간다 아부지는 밖게 가 한참동안 잇터 집으로

아부지는 몸을 겨우 운신하여 밖그로 소변보려 가는 형식으로 가고 그

• 이재 군방 왓다 간지가 이윽하오 자네는 •방어간에 좀 숨어 잇오

아부지는 그와 말하기를

• 그들이 다 갓씀ㅅ가

낮은 어죠로

141.

우엇슨 참 동생이 이번에는 큰성공을 하엿소

군인을 하나도 허실치 않고 수십명 원쑤를 기듬없이 잡아 치

· 참 동생의 전술은 귀신을 얌두할 모책을 가지엇쓰려 그 승단

아부지는 잡뷴어조로 말삼 하시기를

없이 일이 심행 되엿음니다

· 이번 호법에 군인들 허설은 전부 없음니다 상한자도 한사람이

그는 대답 하기를

· 그런데 동생 이번 호법에 군인털 허설은 멋덩게 되멋오 ?

모앗슴니다. 아부지 물기를

· 군인을 도루 본대로 보내고 그 끝을 알떠고 가는 떠러지여 있다

솔하여 직접게가 사령부의 명령대로 명령을 실행하고 밤으로

· 예 형장거가 중대장의 명령을 받고 직접 군인 일백 칼십 명을 영

그분은 아부지 물는 말삼에 대답 하기를

· 이번일이 과연 깜족같이. 잘되멋오 이번 사건에 누구 지회 하엿소

아부지 말삼 하시기를 그런데 동생

142

을 먹다 길은것이 있을 터인데 새로 무엇을 끄리자면 좀 변다 하고

런데 밤잠을 잘 자지 못하고 출출 하겟는디 엇덯게 하겟는가 내저녁

•동생은 근심을 놓으세 직접 장끼 와보고 갓쓰것가 좀 안심하세 그

다 들어 온다. 아부지는 말삼 하시기를

밝게서 좃개들이 짓을때마다 그사람은 단총을 빼여 들끄 밝게 나갓

을겐즉 알고 본대로 올아가는것이 일이 잘 되엿오

•자네 참 잘 왓네 이번일은 이렇게 되엿으니 새일은 무슨 쟁변이 있

아부지 말슴 하시기를

•예 다 본대로 녯세씀니다

고는 말하기를

•되다마다 하겟오 참 잘퀸 일이지 군인들을 본대로 다 보내엿오

아부지는 그와 말삼 하시기를

•참 이번일은 새마음과 같이 되엿음다

그는 말하기를

143.

한지 가마에 닭의 탕이 걸은것이 좀 왔는티 나는 무서워 한지로 나가 가춘다 누이는 아부지와 말하기를

· 그러면 잘 되엿다 좀 무엇을 가추어라 · 안방에 불을 켜고 중식을

아부지 말삼 하시기를

· 여 저력에 한밥이 많습니다

하고 무르니 누이 마리야는 대답하기를

네 깨여갓 그런티 저력을 · 우리 먹고 좀 기른것이 우엇이 있나요?

아부지는 말씀하시기를

할갓하야 마리야는 참나가 아부지 하고 붙넛다

하고 아부지 근심하는 중에 누이는 자지않고 아부지 하고 자지않꼬 말하면 옥

· 하 괜치않다는 말은 무어오 사람이 굼수리는터서 못쓰케 되는 건티

아부지는 말삼 하시기를

· 하 괜치 않습니다

그는 말하기를

마리야 저아이가 자지않엿 쓰면 좋겟는티

174.

하고 부르니 아부지는 말쌈 하시기를

• 형님

는다 그다음에는 아부지와 종용 종용 말을 갖추어 게속한다

을 한쪽에 취켜 놓고 불을 죽인후 정히걸어 아부지 있는데 나와앗

그는 중식을 배 고푸던 김에 정신 없이 다 잡수신 후에 대수 그릇을

덜 멋터 하랴 먹을것을 못먹고 참 불상한 일이지

• 참 영웅들이지 죽을데로 무릎쓰고 밤을 낮을 삼고 단니기 고생인

쓰고 들어 누엇다 아부지는 혼자 하는 말노 말삼 하시기를

치 않고 정주로 나옷앗다 아부지는 나를 빨니 자라고 한다 나는

방으로 닭의 탕을 가지고 들어가기 그니는 손을떠여 젓는다 나는 더 말

하며 밧갓 가마에 나가 닭의 탕을 그릇에 담아 가지고 들어 오앗다 안

• 네가 나가 가저오마

나는 자지않고 있다가 누이 마리야와 말하기를

못하겟 습니다

140

다가 이번에 저이들이 그만히 화하엿으니 꼭 무슨 쟁변이 있을터이니 그것

• 참 당신들은 이번에 실없이 대접을 하엿소다 적으니는 여겨어 잇

아부지는 그와 말삼 하시기를

중그에서 죽이엿지오

산채로 붓잡어 가다가 그것은 공연히 가지고 가도 쓸데 없으니

수 없어오 아마오 저이들도 죽기는 무서운 모양이야 그러면 두명을

다 나오면 다 멸살 식히려 턴것이 엇재 적게 한소대만 나오앗는지 알

• 그잔래미 무리들이 엇지하여 그날 젇녁에 적게 나왓는지 여거어 한 중에

그는 말하기를

상을 당하엿다오

• 알아보지 않고 스물겯곱명은 그자리로 죽고 통역까지 열다숫명은 중

아부지는 말삼 하시기를

• 헝금은 그금들 허실을 알어밧슴잇가?

하고 그와아부지는 물는다

외

146

다다 주고 주의 하며 자꾸는 주무시지 않고 번을 서 준다 밤은

그는 늦곤에 곤핍하며 안방으로 들어가 잠을 일우 아부지는 방문을

어서 들어가 자고 오라

아부지는 그와 말삼 하시기를

여 숙면하다 오리다

행장께서 좀 고생하시오 서가 밋을 잠을자지 못하엿너 좀 유하

그는 말하기를

주무시오 내가 지금붙어 살펴어 적으의 위험을 없이 하오리다

이 부르며 고향에 가보리오 적은 안방에 자리를 펴고 십음없이 좀

당신은 영웅에 기깨를 가진 사람들인데 언저사 승리의 소리를 놉

아부지는 오와 말삼 하시기를

또 그렇기에 떨어진 일이외다

그는 말하기를

가 숨겨서 사변을 알고갸 하겟비

최영감은 말씀 하시기를

나는 좀 판치 앙씀다 아즈바는 해수로 고통 하신다더 엇터하심잇가?

아부지는 대답 하기를

용 그래 엇터한가

최영감은 말씀하시기를

아즈바님 오섯슴것가 아이고아즈마금오시누마 무엇을 가지고오심것가

아부지는 반가운 어성으로 말삼 하시기를

한가?

이집 밖갓 족하 일본군대에 붓잡혀 갓다왓다더 고홍이 얼마 자심

영감도 같이 온다

감 그댁이 우리집으로 함박에 김이 물물 나는것을 안고 들어온다

츰을 하여 좋고 넷식구 모혀앗아 아츰식사를 하는듸 뒷집 최영

널어서저 금석의 안죽도 덥히고 아부지의 죽밥도 꼬틴다 우리는 아

수려를 몰아 밭으로 행한다 우리일은 못하지만 누이 마리야는

새여 동이 르고 잠자던 농부는 추수에 이른 아츰붙어 식전일을

148

아부지는 말씀 하시기를

꼬 가서 오늘은 보겠다고 떠갓네

방절에 주인이 누어 일지 못하 지금 영감은 족하 받으루 막대를 집

데 빨니 일시를하고 닭가야하지 이짐일이 두넘으느 근심일세 이 추수

비 우리 영감 조친은 아들도 없이 이짐족하를 아들처럼 믿는 처지인

먹어 씸하던 영감파 이약이 하고 잡아 닭사하여 탕을 진히 끄려 가저왓

에 발바리개 하구 있던 터전에서 쳐소를 못 먹게하고 병아리를 넘우잡어

덥힐것으로 끌여 머여가라 하는것도 불시에 무엇을 끌여 내 가겟오 집

영감금이 말씀 하시기를 도가 못보는게 좀 무엇을 여전히 속을

최영감 노댁이 말씀 하시기를

공연한 말삼이 외다

아부지는 말삼 하시기를

도 제몸이 피로워 와 보지 못하엿네

엇더할것이 무언가 그러다 세상을 파할일이지 는 벌서 와 보겟는 것

147.

• 일없네 저묘으가 짐은나에 소성해 수며 남의게 신세진 일이 있으면 갑는

최영감이 말삼하시기를

• 아즈마님 신세 대산같은티 언제나 갑겟슴닛가

었는티로 마라야와 가저가라 한다 아부지는 말삼하시기를

마라야 그릇을 가지어 오 그릇을 받어 개장을 보기 좋게 담아 아부지

• 마라야 그릇을 가지어 오너라

최영감의 오친은 마라야와 말삼하시기를

입시만 잘 하면 급히 소성을 하지

전에 밥을 받어 한그릇 잡수세 점머서 뚱집이 성하면 그게 무언가

• 하 그참 잘되엿비 가는 그래도 근심이 태산같은티 어서 개장을 식기

최영감은 말쌈 하시기를

일때 마다 실어덜여오다 수 밭일은 근심이 털하우이다

마옥시오 그리고 옥수수는 다 뜨더 외몸 들이 짐으로 빈수레 단

외몸 들의 힘으로 조박이까지 다 치엇다고 하 아즈반이는 근심을

• 아즈반이두 당초에 밭에가 보느라고 하지 맙소 조이가을은 다 되고

150.

최영감이 말씀 하시기를

아부지 시간바람을 잘하지

먹지않고 무엇이든지 많이 먹어야지 많이먹고 잘 자라라 빨니 자라요야

아부지는 말씀 하시기를

마리야오 금동이요 개장을 퍼 주오 그리고 곰석이도 먹겟는지 주어보오

룻 잘 먹엇디 가른끄기는 차차텁혀 껴오려고 집에 있비 먹으라니 쟈

기도 집에서 자래운개 되다보나 맛이 좋고 양념이 좋아 가도 한고

래도 발바리지만 잡으니 큰닭 보다는 낫테 끄기도 서사발은 남데 끄

어서 많이 자시라늬 우리범뎌는 하지말고 어서 식기전에 자시세 그

최명감은 말삼 하시기를

아즈반이나 아즈마님 갇이 올나와 술을 들겁소

아부지는 말삼 하시기를

이 있는가

대 있의 어서 잘 자시고 소성해 갈라고 우리 늙은 것덜이 무슨 근심

151

최영감은 아부지와 말삼하시기을

영문이고만 그래 크게 싸혼 모양이고만

는 저애가 이러이러 하다고 말하는것도 말을 못하게 하엿터니 그런

를 산조를 펴며 전쟁 연습을 하는가 알엇더니 그런일이고만 나

앞서날 전녁에 총소리가며 일본 군인들이 왓다간다 한담머 나는 생각하기

하고 말을 끊으 아부지게 속하며 말삼 하시기를

여 곳은 모양이지

하던 사람덜이 도주 하엿다머 그들이 도루와서 일본 놈들을 들부

에서 개잔하다 저렇게 죽겟오 아마 앞서 독립군들이 붓잡히어 고

지안어 마당에서 서굴이 무럼무럼 난다오 무슨일이 없어 일본 곰덜 앞

으 지우 진밤에 불에 사무엇다오 지금도 그 시신에 불이 달건것이 다라

로 실어가고 홍역하던놈은 병 죽지안어 군대안으로 실어오기 될 목숨

역하던 통사까지 죽엇다오 그리하여 죽은일본 군인은 어제 소왕녕으

제련 등대에서 싸흠이 일어나 일본 군인이 술대 죽고 군대 안에서 홍

족해 들는가 어제 글세 독립군들파 일본 군인이 ●이 앞남산 몽도완

152

가려하는터 아부지는 말씀하시 기를

하고 최영감은 신발을 신으며 ·좀 집에 가보아야지 하며 집으로

·이번에는 큰싸홈이 일어남직 하오 소왕병에서 숫탄 군인들이 올나온

최영감은 말씀 하시기를

·그러면 큰 싸홈이 일어나겟 씀니다

아부지는 최영감과 말씀 하시기를

산밤에 주민들이 소왕병으로 실어 갓다네

·일본 군인이 몇십명이 죽엇다네 그리고 중상당한 군인덜도 다 죽어 지

최영감이 말삼 하시기를

·그러면 일본 군인들이 몇십명이 아마 상한 모양임니다

아부지는 그 최영감과 하는 말삼이

들이 지금 그원수로 싸홈이 크게 터지리라네

·크게 말을 말가 지금 주민들은 숨어 일본 놈

·그러면 심 큰자게 문을 잘 닺고 저 개랑을 술불에 딜여궇아 덥히라

아부지는 마리야와 말하기를

·아부지 그분을 보구 꼰하여 줌으심ㄱ다

마리야는 아부지와 말하기를

·네 마리야 안방문을 녈고 손님을 깨우어라

가라 아부지는 마리야와 말삼하시기를

하고 말삼 하시ㄴ 갸는 저고리를 입고 일본군대 손방으로 아이들과같이 놀며

기거든 인차 집으로 와라

·너는 오늘 일본군대 모퉁이에 아이들과같이 가서 놀다가 무순정변이 생

아부지는 고명감을 전송하여 보거고 샤와 이약이 한다

도 좀 피수할 장만을 하여야지

우지 못하고 그만 썩고-겠네 그리고 불녕에 싸홈이 일어나면 이ㅡ은것

·이사람 집어일이 지금 태산같으ㅁ 지금 옥수수도 떠더 딜인것은 말ㄴ

처명감은 말삼 하시기를

틍 좀 말쏨하시다 가옵지 집어가 침침한티 무슨 별일이 있음것가

154

• 전에 여긔 있던 군인보다 터 팽터냐?

아부지가 와 또 물기를

수러도 수행채 옵더다 그러고 마병들도 얼마인지 구수부지입더다

• 엇철게 있읍것가 그들은 와서 지금 아츰을 먹습더다 철을 실은 말

하꼬 아부지 가와 물으믜 가는 대답하기를

• 그들이 와서 엇지터냐?

아부지는 가와 물기를

메 뉘끔머운것도 있꼬 말을 스물 한가 머운것도 있읍더다

이 찬꼬 넘엇 씀더다 그리고 머꼿를 꼴고 메꼿 술기에 말을 한줄

• 아부지 지금 일본 군인이 구수없이 옵더다 군대마당에 지금 일본 군인들

온것이다 나는 집어 당도하며 아부지와 급한 말고 말하엿다

앗다 나는 일본군대쉰분 사건을 아부지와 이약이 하꼬저 하며 집으로 급히

에 딜며 꼴고 금석의 뎅기적이를 시즈며 강변으로 나간다 나는 집으로오

한다 마러야는 아츰을 다 걷우고 개항을 여전히 큰 그릇에 담아 화로

여々 아직 정신을 수습못하고 나를 치어다 본다 나는 그와 아부지 께여

한다 나는 안방에 들어가 손님을 정히 흔들며 깨우니 그는 놀나 깨

하고 봉우를 떼여 필봉한연후에 나를 식혀 방에 손님을 깨우라

돌아 올듯 하오니 속히 군대를 피하시오

하면 승부는 있을지언정 추풍 등지에 거처하는 조선사람의게 거패가

엿쓰니 본대에서는 대적지 말고 피하오미 좋을가 하우이다 만약에 대적

군인과 포병 마병 슷탄 속사포를 가지고 오늘아츰에 륙성으로 당도한

립단을 멸하고 원쑤하기요 일본 군정부에서 대병을 조발하여 수천명

본대에 홍지하는바는 이번사건으로 소왕영 일본군대 에서 알고 우리독

하고 아부지는 조히를 떼여 사령부에 통지서를 쓴다

옳히 통지 하여 알게하여야 하겠다

아마 이번에는 독립군을 군종을 뺄 예산이고만 아니되엿다

아부지는 혼자 말노

에- 히 아부지도 전에야 군인이 몇명이 되엿슴것가 너많이 오지않고

나는 아부지와 말하기를

156

어가 무어라고 한시동안이가 이약이 하던 누이 마리야와 아츰을 가초아 달

하고 그 손님 있는데로 아부지는 들어간다 그 손님 있는데로 아부지는 들

여 놓지 말어라

의 아부지 집에 있는가 물거던 아부지는 지금 주무신다고 일으며 딜

너는 지금마당에서 놀며 누구오는가 잘 살펴여라 그리고 누구오거던 너

딜이라 한다 그리고 아부지는 날을 불너 하는 말삼이

으로 쑥 아부지는 마리야를 식혀 개장을 다분히 덥허어 손님의게

하며 그는 일어난다 이때에 마리야 동생 굼석의 기적이를 시처가지고 집

야 잡도 잣다

그다음에 샌음을 놓고 말씀 하시기를

누구 아왔슴거다 아부지 께우라하여 째움 다

누는 그의 물는 말삼에 대답하기를

누구 왔기

라 한다 그는 정신을 수습하여 나와 물기를

187.

하며 넣어가 그〜는 말삼 하시 기를.

허를 안고 눈우에 손을언꼬 날날이 가를 기달누리

• 엇제가 끝이 있을가 집에서는 그래모 자자신 부모검과 젊은부인은 어린아

쉬고 하는 말이

가와 감발싹애를 둑툭털어 감발을 밭에 둘둘말며 한숨을 김게

개탕을 다 자신후에 점심때 못되야 길을 행할 차비를 한다 정주

• 맗이 적으는 꺼장을 자시오 어 넘며는 하지말고

아부지는 말삼 하시기를

• 행장의게 ㅒ여 온것을 이리 많이 가 있는데로 가져왓;

그는 말씀 하시기를

• 이 뒷집에서 아부지 개탕이 소식이라 하여 잡어 거여 왓서오

마리야는 말하기를

• 어대에서 꺼를 잡엇

아츰을 딜여가 그는 팔삼 하시기를

여 오라 한다 누이는 적은 소래양푼에 개탕을 뜨고 밤소래를 겸하여

158

지군은 한분도 지체없이 밤 아홉시전에 사령부에 홍지를 전하엿것

우리 아부지 보내는 홍지서는 엇떻게 되엿는가? 홍지선은 가지고 홍

인들은 솔밭깐 산 영에 도착하여 북병 되엿다

은 그들을 감추어 가게 하엿다 밤은 가왓다 새벽 다숫시이다 일본군

림하엿더라 장장추야 긴긴밤은 그들의 길을 재촉하며 침침한 침묵

에 잠이 들엇을때 그들은 행군하 보병 마병 수리들이 십리 허에

본 군대는 밤을 기달우어 행군하기를 저대하다가 밤은 김히 민가

을주며 얼지멋듯 반달은 벌서 서산령에 깃드런 초생이엿다 일

들어 찾터라 해는 서산을 넘어가고 별들은 반공에서 오솔오솔 빛

하며 대포수리 속사포 수리 철실은 수리 양식실은 수리가 넓은 벌판에꽉

지엇다 육성 별짠에는 일본군인들이 깨발듯 하며 대단히 형세가 염중

포 하고 그는 밖그로 나가 강강이 밭을 들어가터니 그발 자취는 읿어

하고 아붘와 뜨겁은 키쓰를 하고 손을 노이 들어 "초선" 하기 아부지는 동

· 형장 평안히 조러하시오

137.

군들은 한명도 헐실이없이 애양덕 검은 폐에 들어가기, 아모리. 독립군 수천명에 습격에 길을 피치 못하고 갈을 떨어주 독립는 누구따루리오 동쪽 면을 습격하여 들어오던 일본 군인들은 하고 달으라는 명령과 한가지로 총을끌고 쳐달으 그 용맹들 만약 목숨을 도모 하거든 동쪽 강끊쓸 헤치고 누구를 문근 이며 군인면 할것 없이 일시에 사령장의 령을 받어 행군 하기를 연간에 독립군 군대의 위험이 닥처오요 목숨들이 위퍼하여 장교들 하여 들어오는 지라 사령부에서 취군코고를 북어 독립군 들은 불 꾜들파 사령부장이 나와보니 별서 일본 군인이 사면을 둘너싸고 진공 립군대 보초병은 황겁하여 본대 사령부에 들어가 소개하여 장 까이 기어 드는지라 면티 불일낙 말낙 하는 동터오는 아츰이엿다 독 숨 일본군인들은 벌서 사면을 둘터싸고 끌방진을 쳐 점점 가 덜은 알지 못하다 복 역시 다러믄 버으리고 평시처럼 잠이 점헛 들어 누어 잡을 일우엇으니 엇지한심한 일이 아니리오 독립군 군인 이만 서로 상근하며 갱논도 하다가 외켠덜이 맞지 못하여 술널 마이고

160

일 동안에 집 마당으로 곡식을 다 실어 딜엿다 집 마당으로 곡식을 다

아부지는 뒷집 최영감과 상논하고 싹군을 써여 싹군과 아부지는 남

영감대 소술기에 실겨질을 하여야 쓰겟다고 아부지는 말씀 하엿다

는 그의 감상함을 흘고 말하며 밭을 살펴여 보고 내일 붙어는 최

조이를 야 삐여 갓단까지 다 묶거 조박이 까지 잘치어 좋앗더라 아부지

이 가자한다 가는 아부지 앞에 서서 밭으로가 앞서 독립군 마즈막이

갓 출입도 하며 밭에 가보려고 한글은 가를 청하야 밭으로 갈

아부지는 근심여원 동안 집어서 구리하 겨우 쌍 잠행이를 잡고 밭

로 중영지를 넘엇다 하더라

을 크게 그하엿지만 할수 무가번일이엿다 그 독립군대 는 그거름의

지않고 붓텃다 하더라 아부지는 그소식을 들고 그들이 명심 없음

색 창고에 불을 밖고 화약고에 불을 지르니 그불이 삼일 동안 끔

온 죽 먹기요 호게 하다가 그만다 빼우고 분괴를 못참어 군영과 양

강군인널 엇지그들의 뒤를 따루리요 일본군댄는 독립군 군대를 식

161.

꼬 아이를 꺼여 보던 것일세

•어대에서 오시는 사람털인 판떠 띠를 맞아 괴로움이 보이기에 비를 끄으라

짐으로 들어온는지라 아부지는 말쏨하시기를

을 열고 문밖게 가 그분들과 집으로 들어 오시라 하엿다 그들은 조심히

상이 넘우도 꾀로워 나를 식혀 그분덜을 집에 거임식히라 하기 가는 문

다 보며 애연한 눈물을 쟁으며 아이텬처럼 우리 우리아부지는 그들의 형

날 모진 비를 끔게되는 그들은 집 치마밑에서 단둘이 서로 낯을 치어

는 그때라 퍼막에 몰으우어 이집 저집 거ᄂ다가 우러집에 와서 겨우 그

티 작넌 봄이엿다 변는 출출 오고 모진 남풍은 사람을 붙덜듯이 붙어치

족하처럼 생각하고 그의 남편은 우리 아부지를 친 형처럼 생각하여 주던ᄂ인

점은 청변 갑티 두사람이 우리집에 나그게로 오아 우리를 그 점은 녀잔

병자를 실고 들어오ᄂ 그병자는 엇터한 병자인가? 한 해전에 우러집을

아야 쌍첩행이를 집고거ᄂ시며 출입하며라 하로는 밖갈티 무슨 소수레에

방자 꼬통으로 보게시더라 그렇게 멧을간 꼬홍하시다가 구러하시고 점갈

거떤 덥익고 그갈 적덕붙어 아부지는 상처가 기동하여 모라도 못눕고

162

주인과 나그네 사이에 이와같이 말을 놓우다가 저녁을 누이 다하엿는지라 식

감사하외다

• 허물할것 무엇가 주인장 어진말삼을 우리는 더 어듸 측양할더 없이

그점은 사람둘은 말하기를

리를 하다보니 어즈럽기가 그치없오 허물치뎌 말고 유하시다뎌 가시오

앉아 봄뎌 즉이시오 우리집은 게가 상처하고 저 어린게집애 세간사

• 빨니뎔 온나오 그젓은 의복뎔벗어굶고 올수 와서 뜻뜻한 온돌에 을

할부지는 말씀 하시기를

• 사람사람이 의량이 한가지 이온가

그듈은 아부지와 말씀 하시기를

• 하 이사람뎔 사람이 끌벙이 아쩌든 집을 떠가지고 단기겟는가

우리 아부지는 말삼 하시기를

• 주인장의 어진 처분에 모진 비를 회하게 되엿으니 참으로 감사함니다

오사람들은 양손을 맞쥐요 공경한어조로 말하기를

163.

우리 아부지는 꼬들의 사항을 안후 남복을 벗기고 뇌복을 임혀 안방을

저 총각은 확실히 남자인것이 아이라 저의 부인 녀자라는것을 실속하엿다

친선이 다정하게 되엿터라 아부지와 나먹은 손님은 실속으로 말하기를

잠에서 수일 누하 서로주격간에 인정도 갓까와지고 멧을 후불어는 우리

날밤을 유하 그이든갈 개명에도 다른비로 오고갈곳이 없어 우리

그들은 실노 아부지 그렇게 말씀 하시니 대단히 깁버하더라 오들은 그

말씀뎐 하시오

• 은공이 다 무어요 사람사람이 제집을 떠나면 그 고생은 한가지인테 그런

우리 아부지는 말삼하시기를

과함은 어느때에 형장의게 은공하오릿가

• 형장은 공연한 말삼이외다 허물할것 무엇멋것가 이렇게 우리를 생

잠을떠나면 고생이 막심하것가

• 이참 헴새도 없고 서겁흔 저벽이가 허물치 마르시고 식량을 처우시오

역에 모아앗으 우리 아부지는 말삼하시기를

상을 가초기 아부지와 손김두붐은 결상하게 하고 우리들은 밥함지

164.

말한다고 섬며털 마세 아즈반이 양위는 아부지 하시는 말삼을 심중

는 암부지 숙부김 양위를 청하여 놓고 말씀하시기를 자녀 내가 이렇게

친숙부 숙모김 권럼 지썻티 우리서로 굳은인정은 태생같은티 하로 금강석

대단히 검버하시엇다 그들은 우리를 친족하처럼 알고 우리는 그들을 우리

동복과 벼자털양복을 싸 가지와 엄혀보이고 몸매에 뚝 맞으니 아부지는

아 울때에 그들의게 의복 모자 신발을 싸 가지고 오고 그아즈미 의겄도

집을 맛기고 멫해만에 출입을떠나 근 달근써로 회풍하다가 집으로 돌

동생을 맞슨갇아야 그들과 대단히 극진하여 하더라 부친께서는 그들을

간사러처럼 다 하고 우리들을 친족하처럼 생각하니 우리아부지는 친

도 우리 아부지 출입을 갓을때에 다하고 일시도 손이굴지않고 제집세

럼 아부지 없이 행하 화목을 퍼며 물을 길어딜이며 그해는 다 곡

즈반이은 제집일처럼 아부지 편치앙을때 어대로 출입을 나가오 주인처

어린 아이를 깨끗하게 거여주니 우리는 뚝 숙모를 대한듯하고 그 아

처럼 생각하고 그아재씨는 팔을걸우고 세간사리를 제집일처럼 하고

따로 한간을 거여주거라 그리고 금침까지 카초아 주니 그들은 제집일

160

할러이오 살게 지시할터이ᄂ 거임고 행하시오 그 섬섬한 말은 ᄂ

그러ᄂ 이 편지를 전할집은 우리 문동생 되는집이ᄂ 써편지를 밭으면 후객

대도 없고 누호지인들이 사는티 인심이 후풍이ᄂ 가면 평안히 있을

팔섬ᄂ 거리에 다 완령이란 곳이 있으ᄂ 거기로 가라ᄂ 그곳은 일본수비

•적으ᄂ 그런게 없데 내 지금편지를 써 줄터이ᄂ 이편지를 가지고 여긔에서 한

아부지는 그들의 말을 듣고 무엇을 한참 생각하터ᄂ 말씀하시기를

•쳠모르(ᄂ 우러들을 될수있ᄂ데로 좀 살겄고 인도하여 주읍기를 바랍니다

•아즈반님이 마음이 그럴진댄 우리엇지 아즈반님 말삼대로 아ᄂ 하오릿까.

숙모님도 말씀 하시기를

•형님께옵서 벌서 아르시고 일너주시근티 엇지 형님 말삼대로 아ᄂ 하리오

아즈반이ᄂ 말삼하시 기를

꼬생 할터이ᄂ 미루거일오 피신 하는것이 좋으ᄂ 동생덜 의량은 엇덯한가

독립군인가 하여 그 심사가 몸씨심하ᄂ 엇찌겟는가 잘못붓잡히면 공연히

•지금 일본 수비대에서 조선 외문ᄀ 들ᄂ 강동으로 돈버려를 오는것을

히 들으신다 우리 부친은 말씀 하시기를

1616

춘화는 대답하기를

· 자녀 그리섭허 말며 울지마오 이사람 춘화 들는가

하며 울음을 정지 못하더라 아부지는 말씀 하시기를

덜을 보지 못하고. 가는 일은 정말거름이 떠려지지 않습니다

· 일은 그러하지만 실노 우리는 시형님을 배반하여 가는 일과 어린 족하

숙모님은 말삼 하시기를

몸부며 평안이 가서 살다가 · 조흔대 도라오면 서로한곳에와 겸 살게

· 동생녀 과이 섞어마세 살가가며 그리 서겁흔 마음을 굽어서는 악펴

아부지는 말씀 하시기를

식솔텬은 스페은 침묵에 잠겼더라

훅 늣겨 우 아부지도 울고 우리들도 한가지로 일식솔이 다 우 우리잠

어린 금셕이를 숙모님은 업고 나고하시며 숙부님은 부모를 러별 하는 듯이 훅

그들은 아부지 말씀을 듣고 한편으로 겸허하고 한현으로는 우리를 떨어지기 애석하여

환경이 그러 · 할수 무가건 일일세

164.

꺼여 놓고 각전 사원 오십전을 꺼여 놓으며 이돈은 차전을 물가한다

하며 방으로 들어 가터니 일백 마흔양을 뭉은 돈 뭉치를 숙부 앞에

한 곳에서 살어 뵈게

에 꺼여 놓겟는가. 형의 정러만 굿지 말구 한번 좋은 때 도라오면

소 하네 금전이란것은 사람을 싼다하엿지만 엇지 꺼게 있고야 빈손

· 나는 실노할수 없어그렇지 그렇지않으면 정말 동생뻘들을 꺼기애

아부지난 말삼 하시기를

리의게 금전을 많이 주어 뵈려 하갓밋가

· 아즈반이도 어린아이덜을 터리고 돈쓸일이 태산같을것인데 엇찌우

숙모는 말씀 하시기를

편러하게 있으라ㄴ

자녀를 주어뵈려고 은전 일백 마흔양을 뭉거 놓앗으니 가지고가서

· 그런티 거긔 가서도 삼의집에서 꼬생을 말고 인차 제집을 잡으세 저기

아부지는 무엇을 생각. 하다가 말쏨하시기를

· 예 형넘 말씀 하섬시오

168

간다 그리고 아부지 앞에 어프러지며 울음보가 터지기 시작한다 아부지도

인지 면몰하다 심히 여비끄 막대를 집고 집으로 겨우 운신하여 들어

비윤다 우러는 무슨 방문 읽지 알지 못하고 같이 울엇다 아즈반이는 엇진일

하며 어린동생 금석이를 안꼬 아즈반이는 하염없는 눈물을 흘르며 숨

• 아즈마니는 아니온다

숙부님은 말삼하시기를

• 아즈반에 아즈마니는 엇재 같이 오지 않슴것가

우러집으로 소수레에 실겨오앗다 우러는 숙부와 물끼를

며 아즈반이 온다고 갑버하며 마중하엿다 그 아즈바니는 혼자 병이 심중하며

그렇게 리별한 숙부가 병자되여 소수레에 실겨왓다 우리는 달아갓

눈에 삼삼하엿다

몇을동안 숙포를 생각하고 울엇으며 우리도 그걸 떠나가든 그들이

시끄 그들을 다 원령으로 연송하여 보거고 어린 동생 금석이는 긔여

우러는 그걸밤을 이렇게 쏠쏠히 지꺼 보거고 아츰이 되기 아츰떨자

164.

그 숙부는 말삼하시기를

홍을 하다가 그렇게 세상을 파하엿는가

서 한장도 없엇는가 이 무정한 사람던 대관절 무슨병으로 얼마나 고

·이 사람아 죽은지 멫을 됫다니 오게 무슨말인가 엇지하여 우의게 부

아부지는 각심 천만하여 말씀 하시기를

·예 형곰 굼옥이는 우연히 이세상을 뭇은지 멫을 됩니다

숙부는 말씀 하시기를

·이사람 그게 무슨말인가 오러면 제수 상사 낫다는 말인가

에부지는 넘우도 기차서 말삼하시기를

·곰옥이는 그만세상을 파하엿슴니다

하고는 터말을 못하고 울다가 말을 끔집어낸다

·형곰--

엇지하여 갇이 오지 않엇는가

·야 이사람아 이울음이 왼울음인가 대관절 말을 하라니 그리고 제수는

펀치 못하여 침상에서 겨우눌어가 앉으며

170

• 야 이사람아 그러 한팔심이 거림에 그리도 무심히 지갓는가

아부지는 말삼 하시기를

은 청춘을 돕지못하고 좋이엿사옥 엇지 애홍하지 않컷 씀니까

후 바람근귀를 못하다보니 그만 후산병으로 밋처 손쓸 사이없이 그와갓

시초로 수월고생하이 그것이 통창으로 변하여 금옥이는 떠가 앙다보니 산

• 형금 그런긴게 아니라 나는 형금 집을 떠나 당원병에 가서 집을 잡고무

숙부는 말씀 하시기를

이오 울지말고 나의게 말씀하오

여 이모양인가 그곱던 형용이 전부 없고 비골이 상전하엿으니 엇진일

은상식 반세상도 살지 못하고 불상히도 죽엇고 그런데 자네는 엇지하

• 이사람아 그러면 정말 죽엇단 말인가! 앗갑기도 하다 그곱은 행동 그곱

아부지는 말씀 하시기를

• 예 형금 후산으로 앓다가 병을 이기지못하여 그만 세상을 떳엇 씀니다

141:

절히 찾으뙤 소슬기에 · 앉아 부지하여 갑만한가 하ᄂ 나는 갑분김에 술기

무 불상하여 소슬기를 꺼여 놓으며 · 자비일이 넘우 불상하고 형을 잔

길이 아연하기로 할마다 혼자울며 형님을 불너애롱하ᄂ 촌즁에서 녀

나는 그를 죽이고 마음이 더욱 살난하고 심허가 수 병은점점 위즁하고 살

숙부는 · 말삼 하시기를

일은 글세 그런하수 넘우 앗갑아 하ᄂ 말이지

아부지는 말씀 하시기를

그게 살아 무멀하며 산덜누가 그아이를 길으겟씀가?! 죽기를 잘하엿지

숙부는 말삼 하시기를

턴지

아부지는 혀를 끌끌참 · 그런기찬일이 어대 있느 여긔 있엇더면 아이수 살엇것

· 아이다 무멋짓가 아이도 가서 십여일만에 죽엇씀다

숙부는 말씀 하시기를

여긔로 둥지수 하엿더면 달나엇것는지 참앗갑표수 그런테 아이ᄂ 살앗느냐?

죽엇ᄂ냐?

112

도 씻겨내고 약도 새것을 쓰기 위하여서는 덜이고 가뵈우야 하겟네

병은 신식약이 좋아서 둘구떠려지리니 소왕령 일본병원으로 상처

자귀살 주의를 두세 그리고 집어서 멫을 잘 조리하며 가지고 이

어 생하는 병인표로 구하기 밤부네 일절 죽은 사람을 생각지말고

생각하고 마음이 편리치 못하면 등창이라는 것은 심장으로 붙

죽엇지만 산사람은 제명대로 살아야지 그렇기로 죽은 사람을

는 지금 신식으로 난 약이 많으니 아모 근심도 없네 죽은것은

사를 뵈우며 좋은 약도 쓰면 잠간 돌벼 갈수 있네 아모근심도 말

하 이사람 사람이 병이들면 다 죽을줄 아는가 근심도 말소의

아부지는 숙부님과 말씀 하시기를

하텬을 복 한이 없오다

좋아 나를 실어온것이 외다 나는 오늘 죽더라도 형의 낯과 여러 족

형님의 짐으로 가다가 죽터래도 한이 없겟다니 실한사람을 뎌여

에 앉아 결만하다고 하며 나는말하기를

173

· 네 족하가 이리 컷고만

숙부는 금석이를 터욱히 사랑하여 하시는 말삼이

금석이는 그렇게 하마하는듯이 누이 잔등에서 가리어 숙부님곁

부의게 안죽을 텁히어 오겟다

많이 잡수시어야 됨니다 야 금석아 숙부곁에서 굴아라 내가

사나면 엇지겟씀것가 지금거가 안죽을텁히어 덜여 올것이 될수

· 숙부님 좀 진정하옵시오 숙모님은 사후로 도라가시엿지만 숙부 까지 상

누이 마리야는 · 숙부와 말하기를

을 감지 못하고 죽어버리엿다

불어 있으니 맞나 보는구만 · 금옥이는 죽으면서도 금석이를 부르떠니

· 누은 · 녀이들을 보고십허 날마디로 울음으로 보겟엇드 목숨이 조끔

등을 어르만지며 하시는 말삼이

누이 마리야는 아부지 말씀에 예 하고 방에자리를 펴 딜인다 숙부는 누이 잔

야 마려야 니 저숙부의게 자리를 후하게 방에 펴 딜여라 한방에 병자들

이 아ᄭᅮᆷ는 단다

174.

숙부는 말삼하시기를

· 그래 그불상한것을 굴신이나 잘하고 엄도가 잘하여 주엇는가?.

아부지는 오와. 물기를

· 예 고려사람 붕망산에 쓰엇씀다

그는 머답하기를

·· 그런데 제수산수는 제 고려사람 붕망산에 쓰엇는가

아부지는 방에 있는 춘화와 물든다

하며 그 안죽을 잡수신다

· 다 먹지않고 .

숙부는 말하기를

· 숙부님이 안죽을 다 잠수십셔

하며 서로 그는사이에 누이는 열는 안죽을 덥히어 딜여온다 누이는 말하기를

· 그래 내 족하 금석이 큰 의사가 되엿구만 그래 어트만져보거 엇머한가?.

검은 말씀 하시기를

하기 숙부를 보다가 말은 못하고 손으로 머리를 어르만지어 본다 숙부

175

하고 부친 께서는 말씀을 중지한다 이렇게 수일지나 아부지께서는

말을 말으세 장차 이야이 하면 알수 있으되

아부지는 그동생이 물는말에 대답 하기를

형님께서는 무슨소환에 게시기로 대답히 고옥신이 축 하였습다

숙부는 말씀하시기를

좀 몸이 갓아가면 가보고 도로파다 여거 봉망산에 무더주어야 하겠다

아 불상도 하고나 엇지외로이 가왔다가 죽어도 불상히 파뭇겟고나 거

아부지는 말씀하시기를

판이다 무엇것가 헛것초로 대강 감장 하여 뭇엇지오

숙부는 말씀 하시기를

그려 관도 못해 시신을 무덧는가

아부지는 말삼하시 기를

웟슬 것임다

거가 안고갓가 사람덜 두얼이가 같이가서 굳신한것이 겨우 몸둥이가 갈라

줄신이가 염토가 무엇가 공사망절이 사람덜이 추수가 밤바서 금옥이를

*176*

배를 져녁이면 나와 동무하여 달나하여 몃을밤을 노거엿다 아부지는 숙부

앗다 아부지 소왕령 일본병원으로 숙부병치료를 가신이후어 뒷짐 큰아

하고 아부지는 술기에 앉아 준화아즈바니를 안고 소왕령 일본병

덥히여 먹이여라

를 되는대로 먹이지말고 닭을잡어 잘공급하여라 그리고 탕추을 고루

소왕령 일본병원에가서 준화을 해부하게되면 좀 멋을 지겟다 아

·너이들이 밤이면 무섭거던 뒷짐 노인들과 좀 나와 자 달나하여라

와 말삼 하시기를

에 화색이 가득하던 분녀 팔이 빠라좋은것 같이 되엿터라 아부지는 우리

하 형의말에 엇지못하여 술기에 나와 앉는 것을보니 그리든든 하여 낮

가서 보게 갈갈이 병을 자래우기만 하여서는 아니되는것인디

·이사람 술기에 나와 앉으라니 오늘은 좀좀 소왕령 일본 병원에가

다

즉히 가시터니 마차를 싹을써여 오앗다 아부지는 숙부님와 말삼하신

봄을 조리하시고 밖갓출업을 젼과같이 한다.. 하로아즘은 아부지일

177.

이 빗을 꼽고 단ㄱ여라

·나를 곳이말고 이 단기를 딜이꼬 단ㄱ어라 너는 나를 보는듯이 내 죽어도

며 하는 말삼이

다 숙부님은 무엇을 짐을 둘추터니 누이 마리야 에게 영초 단기를 끄어주

뺄 한먹을 빼며놓고 점심을 먹엇다 숙부님은 식사하는것이 전보다 퍽 못하

들어와 숙부님의게 권하엿다 그리고 아부지와 우리는 도시어서 싸온 소

을 아머지는 우리를 보지못하게한다 우리는 인차 안주을 덥히여 가지고

하며 정히 제자리에 눕힌다 그리고 적삼을 벗기고 상처를 고처싸맨 것

는 저의 옥망에 일심으로 후원하려 한다

·엇지 숨이길어 목숨만 걷어 나거라 모쓰크바 사판을 뚤뚝심어벗지 나

아부지는 말씀하시면서 한숨을 길게 쉰다 그리고 말삼하시기를

·사람이 못쓰게도 병이들엇꾸나

앗다 아부지는 짐으로 업고들어오며 혀를 끌끌차며 하시는 말삼이

에 화색이 없다 아부지는 무슨약인지 여러가지 약과 붕대를 가지어 오

을 실꼬 나흘만에 도루 집으로 오앗다 그는 병원으로 갈때 보다도 낯

으로 들어가는 대문에 꼭기우어 바람이 펄펄날더니 일본거는 없고

어 쓰러이 주으라 아이들과 같이 가앗다 군대집으로 당진하니 군대안

는 별서 달군께로 쓰럭이 주으라 안가지 않엿다 오늘은 처음 일즉히일

하고 준다 우리는 숙부의 병시중을 극진히 하엿다 늦은 가을이다 나

• 금동아 이 책을 꺼죽어도 구를 보는듯이 두고 보아라

버하엿다 숙부는 나의게 책을 꺼여주며 하시는 말씀이

니 그 굴음질감을 구울며 잘 논다 그 굴음질감을 몹시 불

부는 또 자귀짐을 허치며 여러가지 굴음감을 꺼여놓으며 가지고골나 하

금석이을 겨우걸는것을 이끌고 방에 덜여 좋으니 좋다고 한다 숙

를 여귀 덜여다 좋아라 기여단기며 놀게

데 시가 가는것을 보지 많이 무엇이 든지 먹고 살아가안지 야 금석이

• 형님이 거병에 치료하기 위하여 주심하는게 달나 가지않고 달나 가야

숙부는 한숨을 길게 쉬며 하시는 말삼이

• 숙부님도 넘우 허수 하며 마옵시오 달나 갈러임니다

누이 마티야는 말하기를

179.

다 맛으고 군인들은 하나도 없읍티다

· 아부지 그런건게 아니라 군대집으로 가ㄱ 일본 긔 쇠줄장자 호성을

ㄴ는 아부지와 말하엿다

려 단ㄴ는가 그리다가 홍역곰의 얼금에 넘어가 아무말이나 하고 제

아부를 붓들어다 주려를 들기게 하자꼬 그려는가

· 엇재 다시ㄴ 두력이 주으려 단ㄴ지 않겟다 하더ㄴ 또 두력이 주으

짐으로 오앗다 집으로 ㄴ는오ㄱ 아부지는 ㄴ를보고 책망을 한다

각간으로 도라단ㄴ며 좋은 두력이로 마음끝 주어가지꼬 아이들은 다

사하꼬 군대집안에서 제범 군사노름을 놀앗다 그리다가 각각 허터지어

인들은 하나도 간티온티 없으ㄴ 우리아이들은 헌 두력이를 줏기는 꼬

어가도 군인은 하나도 없고 살만한것은 모조리 불을박꼬 군

점점 깊히 들어가도 군인들이 없은지라 차차 속김히 군대안까지 들

하나도 없다 우리두력이 주으려 갓던 아이들은 무슨명문인지 모르꼬

호성은 그리 튼튼히 쌓앗터ㄴ 다맛아꼬 형편없이 만들어놓고 군인은

쇠줄 장자를 다 뽑아 말둑을 모아 놓고 불을 박아 불이 붙으며

180

• 이점이 승열이 집이 옳은가

람) 말하기를.

손님들이다 쩍이문을 열끄 들어서며 왼 앞선 사람이 (구례수영이난 사

이근 십여명이 오왓다 그들은 모도 훨신 키크고 몸집이 모도 엄숙한·

일본 군대처럼 한지 한주일이 지낫다 하로는 우리집을 찾어 손님들

는 가지 말어라 나는 아부지 말삼 한대로 군대 언방으로 가지 않엇다

그러다 그들이 톡발하는 약을 파무터 단」다가 히지면 죽는다 다시

을 좀 둘구게 되엿다 어저는 금동아 다실상 그 언방으로 카지않아라

양이묘구가 그걸 정말 시원히 잘 되엿다 이제는 꼬려 사람털이숨

• 범서 그들이 철병한다고 긔여 몃달두고 말이 있터( 이제야 철병한 모

아부지는 말삼 하시기를

• 정말없읍 다

는 아부지와 짐머하며 대답하엿다

• 정말 일본 군인들이 없터냐?

아부지는 나와 물기를

181

·아반이 나를 엇지 그리 일홈 까지 잘 암짓가?

나는 말하기를

하여 젓을 물처럼 먹덧게 저렇게 크게 자랏구나 비일홈이 금동이지

·세월이 오랏구나 그멫허전에 나는 이집으로 단녀멋던 그대 전곰이 근만 출생

그앞선 사람이 말하기를

·그러면 옳게 찾어왓꼬만

에 섯던 사람이 말하기를

·에 우리아부지 성명을 아옵니다 우리아부지 성명은 문승열 임니다

하고 물으니 나는 대답하기를

·너의 아부지 성명을 미가 아는가?

그어른은 나와 물기를

·우리아부지는 동내로 출입을 나갓씀니다

나는 대답하기를

·너의아부지 집에 게시냐?

·하며 우리와 물는다

182

하고 물으니 한참 눈떡여 보더니 우리 아부지는 양이털 처럼 그분의게 안기우며

• 이 사람이 싹 못쓰게 되엿구나 적으나 나를 모르겟는가?

분은 말씀 하시기를

멸고 들어오며 아부지는 그그게 들을 살펴보더니 그 손금 울어 수염이안

하는 사이에 아부지는 출입을 나갓다가 집으로 오는 걸음이엿다 쩍이 묻을

ㄴ 그 무슨말이냐?! 승열이도 싹 망하엿꼬만 억— 기찬 일이다

무슨 말이냥 가이는 나의 작제의 아들인티 그 고운얼골 그고운 행실이 죽다

• 야 무정하구나 거 이번에 불일도 있것와 가이를 찾어 왓턴 그만 이말이

그 어룬은 말삼 하시기를

• 우리 형님 금봉이는 연병에 상사 낫슴다

는 대답 하기를

• 그래 비형 말이다

큰어룬이 말씀 하시기를

우리형님 말임것가

나는 녀의 일흠까지 잘 아는 일이 있다 비형 금봉이는 어대 갓가?

무엇을 지짓끄려 먹으 더세상이 엇떻게 되엿씀짓가

·형님 그것도 아니면 엇지것 씀짓가 그래도 그게 있다보 겨우 세간사리라꼬 열어

아부지는 그분과 말삼 하시기를

시악씨 물끌이 구눈구나

·야 마리야 너도 이렇게 짜랏꼬가 거왓슬때에는 네가 버덧살 되더 지금은 큰

수염이 텁숙하게ㄴ 손님은 말씀 하시기를

마리야 김치ㅏ 내여 놓아라

대인지 가가더ㄴ 한참 있다가 들어온다 아랫끌 술 두반깨를 가지고 왔다 · 야

그더들은 집어들어와 정주에 좌일하며 서로 담화 하기를 시작한다 아부지는어

손님들은 일일히 아부지와 인사를 하신다 인사연후에 집으로 인도하ㄴ

·여러분들 평안히 단녀 오섯 씀짓가

아부지는 그분들꽈 인사를 올닌다

·이 사람 좀 참으라ㄴ 그러꼬 이분들을 인사를 올니라ㄴ

하꼬 하염없이 느껴 우는지라 그어룬이 말씀 하시기를

·형님

187

그놈은 청년들은 예 하고 말하기를

• 이사람들 좀 갈으거두고 좀 시중하여 보세

변 두사람과 말하기를

의 닭을 그릇에 담고 뒤를 하려 할때에

에 덜여다 꿍으 누이는 밭서 한지가 마에 불을 넣어 닭을 뒤 할 물이 끓

는 전과같이 닭의 모이를 가지고 가 닭 다슷마리를 붙잡어 죽여 바당

마리야를 불녀 은근히 쥐에 대이고 닭 다슷마리를 붙드려 잡으라 한다

하고 한잔 술식 서로 들고 즐기더라 그리고 술을 각각드기 이때에 압북친

생지간 결의하고 과간 섭섭하게 각거하며 잇던 상봉주엇가 나덜보시오

자비 부어주는 술을 딴술이것가 동생이 같이 술을 들어 우리가 서로동

면 얼마나 좋을가 그런 내 죽기전에 나의 목적을 성공하려 하네 자—

북호 낯이면 수림속에 밥이면 숲풀 속에 헤매고 단니니 마음이 좋으

날갈은 것은 제 싱훈을 다 일본놈들의 불속에 늫고 해외에서 동서 남

• 야 이사람아 이만하여도 자비는 제 색기와 제집에서 그래도 좋은 세상일세

그녀는 말씀 하시기를

183

• 이사람 우리그만두게 사람이란 것은 생 하는법이 있고 사하는 범이 있는지라

색하여 하더라 범도 말씀 하시기를

술 마인김에 아부지와 범도는 흑흑늣기며 스럽비우어 결사람 들도 마음이

생각하렴만

는 어대가고 종적이 없늬 있엇쓰면 나의에게 안기위 나를 그래도 극진히

우성사 하던 때더만 지금에 와서는 몰꼬리 군데처녀로 구사 나의 금봉이

• 아더의덜 정신이 좋다 그래도 좀 알건다는 것을 보기 그때에는 말을 껴

홍범도는 하하 하며

• 약간 눈얼굴이 알ㄷ옵다

하기 누이 마러야는 말하기를

• 비 범도 맛다배를 모르겟는가

누이는 인차 닐어 잠으로 들어오니 아부지는 마러야와 말하기를

• 시각씨는 다른일을 하소 닭은 우리 뒤를 하오리다

하고 군식으로 녜를 붙치고 닐어 팔을 걷우고 우리누이와 오들은 말하기를

• 대장김 팔삼대로 하오리다

이 왓다는 소식을 듣고 그들은 마직 오지않엇기로 여러분만

괴를 근본을 삼꼬 온 리유는 상해 임시정부가 해산되여 그 일군들

주어야 우리는 성공한것이고 원쑤들과 싸호아 승리할것이와다 빼가여

일층더 선진된 혁명으로 나서며 뒴은 그들의게 혁명적 정신을 넣어

좋은 용망을 취하며 성공을 하도록 하여야 되겟씀거다 우리들은

청변을 많이 집중하고 나선 대장겸녀 아검것가 우리들은 한결 더

상군이래 달은것이 아니라 우리가 해외에 나서 독립에 정신이 가득한

모도 그들은 덤첨 대장겸이 말삼하시오 하기 범도말씀 하시기를

하오

나와 이 여러분이 온일은 큰상군이 잇떤 우리서로 토론함이 엿

세

하꼬 범도 말을 끄어던다

하것메 이찌는 이런말을 싹 거두고 우리산사람이나 행할일을 상군하여

래우어도 얼마나 좋겟든가 자비도 그 박한사람이지 아그 박한 사람이다 못

우리만 있는 일이 아릅세 머꽌절 제수나 생존하여 이 어런것들을 잘자

184.

는 격식이왔다 외 그렇게 핫겟쓰엇가 우리는 그렇기에 역시아 붉은 군대와
유를 찾아 함은 원쑤들의게 혁명열이 가득한 청년들을 불속에 넣
상한 청년들을 모집하여 여거저거에서 울숙불숙 독립군이 일어나 자
합하여 원쑤들을 박멸하고 혁명이 성공할 것이와다 그렇지 않고불
붉은 군대와 힘을합하여 박멸하면 장차 우리 조선도 그와 같이 힘을
동어 주둔한 일본군대를 구축하고 백파 군대를 우리 독립 군들과 의병
자본가와 지주를 박멸하며 사회주의 건설에 나서야 하겟음으다 지금 원
껏 씀그다 레닌 선생님 말삼과 같이 전세게 무산자는 단합하여야 하겟씀
다 우리는 민족혁명을 할것이 아라 한번 위벗어저 서게 혁명을 하여야하
단합하라는 뜻으를 말씀하엿으며 과연 옳은 포어임
국가가 된것을 동무들도 아는바가 아님것가 레닌선생은 전세게 무산자른
제쪼소는 로동자의게 호지는 농민의게 주며 착취의 방식을 영영 없엘
무른 옷시아에 의회주권을 세우고 국가든 무산자의 국가 다시말하면 굉장파
되고 의회주권이 수립된것은 당신들도 똑똑히 아는것이 아님것가 레닌동
참가 하게 되는 것이와다 께 말하며 하는것은 지금 황제 로시아가 정복.

188

· 범도 장군 말삼이 당연한 말씀임니다 우리는 지금 몇백명식 집군 되여 아

한사람이 말하기를

은긔 아래에 힘을 집중하여야 쓰겟씀니다

로시아 혁명만 목적한것이 아니라 세게 혁명을 목적 삼은 것이외다 우리는 불러

· 문론 임니다 레닌 선생은 식민지국에 대하여 많이 말삼하엿으며 레닌선생은

홍범도는 말쌈 하시기를.

오럿가?

아전후에 우리와 그들이 뜨 힘을 합하여 싸와 우러도 자유롭게 살게 하

· 만약에 우리 독립군들이 붉은 군대와 힘을 합하여 백파와 일본 군대를 몰

한 사람이 물기를

제 작정하엿씀니다

그리고 군대 군인들을 비밀히벌서 흑하로 거진다 보겠고 거긔어 사관까지 열

· 다 그리하여는 게달노 레긴 선생님이 있는티로 직접 차저 가려 함니다

본 군대와 백파 군대를 박멸하여 모라내든지 힘을 집중하여야 쓰겟씀

우리 독립군들은 힘을 합하여 붉은 군대와 한 힘으로 원동에 있는 일

189.

아부지는 누어 마리야와 말씀 하시기를

복 할것이와다 가는 벌써 올긴- 수청등지에 독립군 들과 다 상의 되엿슴
니다.

• 동무들 다털 주의가 그런진댄 우리는 승리할것이오 원수들은 우리의게 항

우는 사이에 결서 저녁은 준비되여 저녁상이 들어 온다 홍범도는 말씀 하시기를

이 옳다는것으로 승인되엿다 이와같이 그 독립군 대장들 의견을 서로 종

들은 의량이 엇터하온지 말이던 생각하여 보시오 모도 홍범도의 말씀

일어서 넘지 못하니 나도 범도대장곰과 한가지로 주의가 그러함 그다 당신

람의게 더 심혹하니 그 무엇엇가 공연히 점은 청편들을 고생식히는

털 한대 뽑힌 것으로 생각하고 도로혀 그들의 강폭가 평민- 조선 사

백명식 혹 멫심명식 살해 하여 보았으나 그들은 생각하기를 황소의게서

험하여 보앗씀다 분긔를 못참어 혹 대전할때도 있어 일본군인을 멫

강군인데 엇지 단놀히 우리의 힘으로만 싸호아 이걸터임것가 나도 좀 시

가 도라 보것는가? 그들은 힘이 강하고 무력이 드세여 억만 군력을 가진

모리 결사심이 있다 한지마도 생각하여 보시오 그들과 싸호아 우리의게 승리

190

말하리오

살아스면 좋으려만 알맞갑게 병에 둘니지못하면 그 불상함을 어대에 참다

· 예 형님 그러한 동생지 간이외다 제가 우연히 병이들어 거렇게 앓으니

아부지는 말삼 하시기를

· 자녀와 나와같이 곁의 무슨 그러한 동생지 간인가?

범도 무르시기를

· 형님 그런 동생지 간이아니라 형제지 외리를 뭇은 동생지간이외다

아부지는 말삼 하시기를

· 동생이란 자녀동생이 없는것은 새가 아는건테 처편으로 동생간인가

범도는 또 물기를

· 예 그는 내 동생이 올시다

아부지는 대답 하기를

· 자녀 방에서 알는 병자는 누구요?

범도는 우리 아부지와 물기를

· 야 마럄야 제 삼촌의거는 좀 진하게 다려달여 가거라

191.

하 춘화는 생각하기를 임이 선성도 말이 들엇거와 독립군 대장 ·홍범도 일

세)

되엿네 않가 야야지 그리고 이집 자네형 승열이 와는 거가 결의한

·우는 독립군 대장 홍범도 일세 우연히 몸에 병아 고통하 그 참 아니

범도는 말씀 하시기를

·평안히 와 게심닛가 나는 박춘화라 하이다

춘화는 겨우겨우 손을 들어 떨니는 어조로 범요와 인사를 하기를

·이사람 먼데서 형님이 가믈보려고 찾어왓으니 손을들어 인사하라구

하 춘화는 겨우 닐어 나련는것을 닐어나게 못하고 아부지는 말삼을 게속할길

·야 이사람 춘화

하며 병자방으로 들어간다 아부지는 춘화와 말하기를

네 자비동생이면 내동생인티 빈손에라도 거가엇지 인사치 않으리요

생을 저렇게 생각하고 병든것을 안보하 참으로 기득함을 더드릴티 없

·세상에 우리동생 승열이 처럼 마음이 후한 사람은 없으리라 결의한 동

렴도 발삼 하기를)

192.

수시오-

문금동 작.

어서 저틱을 쓰고 우리서로 담화 하게 여러분덤 어서 저틱들 잡

잘 자뻐우지 자네만 엇뎠다 하면 큰 상패입세 자 저녁상이 들어왓스

약도 좀 써야 하겟비 엇떳던지 자네 든든 하고야 이어런 것들을

네도 복 몹써 낯에 병색이 도치엇으니 몸을 좀 보신하며 좋은

둉생은 이렇게 마음이 후ㅎ하며 아무때에 잘되여도 잘 될 터이네 자

하고 홍범도는 정주로 나오며 하시는 말삼이

지말고 약도쓰며 임시도 잘하면 급히 병이돋길수 있네

꾀다 죽을가 빨니 달나 가라ㄱ 아예당초어 쪼끔이라도 봄을 심난히굴

아사람ㄱ가 자비의 먹은마음을 알듯하ㄱ 넘우섞어 말냐ㄱ 병이 들엇다

홍범도 말씀 하시기를

비 운다

못하고 싶노 심장어서 울어수온 울음으로 홍범도의 손을 잡으며

라ㄱ 범서 병이 짐이 기우려 지어 자리, 먹은 마음을 홍범도의게 다 말치

으러오

가달우터 오늘 형을 맞앗으니 엇지여러분을 앞에서 형님의게 선사 하지않

다면 서로 성화하며 형님의게 선물도 딜일 중국단총 "괴창"을 싸두

형의 성공을 뒤으로 인상둡고저 하엿ᄉ이다 그리하여 어느때엑 형을 맞

심히 제책기를 끼고집어서 한카리 있음은 죄총한 일이외다 그러나 같은

• 형님은 옥림을 위하여 무관으로 동서상향으로 유리하여도 이동성은 무

아부지는 말삼 하시기를

혹 물니도 단니고 혹 내여놓고 단녓으니 엇지 단녓던 곳을다 혜리오

로령과 중국에 고려사람이 사는 곳으로 어대에 안 단녀온곳이 없엇읍니다

• 홍범도는 말삼 하시기를

홍범도 대장께서는 어느끔으로 악니단 곳이 없음니다

하며 저녁식사를 한다 한분의 춤발하여 말하기를

• 차털 술잔을 기달니시오

여러분들 동생이 부엇주는 술잔이 여긔먼첨 왓으니 나는 멈첨 마임니다

아부지 부어올니는 술잔을 듣고 홍범도는 말씀 하시기를

하여 손님들은 다 일어나 세수하며 나가는 사이에 누이 마리야는 어린 동생 금

여러 동무들 밖게 나가 세수하고 아침 좋은 공기를 흡수하시요

시기를

날 밤을 지거텁라 아침이되여 범도는 밖에나가 세수한후 동무들과 말삼하

방에서 앉은 춘화의 일생과 아부지 일본 수비대에 들어가 악형받던 이막이묘 그

이렇게 맹세하고 고갈밤을 손님들은 줌으시고 아부지와 범도는 등불을 밝히고

전세게 무산자는 단합하라… 승리는 우러의게 있다

홍범도는 우렁찬 소리로 참가하며 또세게무산 혁명에 참가하려 하나이다

동에 적극적으로 참가하며 의 회주권을 수립하고 조선식민지 해방운

멸하고 대 승리를 엄은후에 의 회주권을 수립하고 조선식민지 해방운

힘을 우리동럼단과 합하야 원동에 웅컨한 백파군대와 일본군대를 파

발하지 않으려 하는 레닌선생의 지시대로 붉은군대와 로시아 의병대의

즉 가뭄엇지 큰 원쑤와 싸호아 일비지력으로 가의 용력을 세상에 한번

동생이 이와같이 생각하여 내가제일 사랑하은 이와같은 단총을 선자한

도의게 들인다 홍범도는 딸삼화시기를

하여 방으로 들어가터니 "쾨창" 가무집에 붉은 것을 양손으로 밫도러 형 범

적이를 달여며 손님들 아참 준비를 아부지와 갈이 하 제때에 아참이 되엿든 지라 손님들은 아참상을 받고 식자하는터 범도 춘발하여 말삼 하시기를 동무들 자의게 의견 하나가 있으니 들으밀난지오 손님들은 홍범도、 대장님 말삼하라 한다. 홍범포은 말삼하시기를

• 그런티 좋은 의견이래 다른것이 아니라 이잠막당에 온 지금도 조이갈라가 그참 잇으니 엇젼사 라곡이 되터요 쥐틸은 좋아라꼬 조이가라를 들고 갈 형펴이고 주인은 지금 일본 놈들에 형벌에 맥을 못쓰니 우리는 이런것을 보꼬 가만히 엇지 잇으터요 오늘 우리 한편 묘프그들은 아참 식사를 하며 모도 말삼하시기를 꿍둥토동을은 함이 엇더한자요?

• 그말삼이 참 정당한 말삼이와다 주인은 지금 아참을 걸신 잡수시고 마당 아부진 손님들과 말씀하시기를 질 차별를 하여 놓으시오

• 손님들이 이누지에 우연히 옴도 과연 감사한 인인데 아렇게 망녕의는 말삼

• 주인장 그걸 무슨 말삼임닛가 모도 손님들은 말씀하시기를 불 하시수잇가 말삼만 하여도、 과연 감사하외다

넓은 조이마대 륙십여 마대라 홍범도 말잠 하시기를

성싸게 하시 불파 멫지 동안에 금빛구는 조이알을 마대에 볍기시작한

하며 자리를 펴고 자각질을 시작하다 벼가라 곡식을 갈나오면 수삼명이 지각전을

이 바람에 이곡식은 지어보자

허 좋고 리순신이 숭전할때 붙어 오턴 바람이 솔솔히 자도 불어온다

나가보더 범도는 말씀하시기를

~별서 마당질은 펼되고 곡식가리는 집가러요 변 하엿터라 범도는

온 사람들은다 공동모동에 참예 직히기 때문 이라 점심을 쓴 후 한시넘으

절군은 삼십여명에 말 하엿터라 그는 홍범도 대장이 왓다는 소식을 듣고 찾어

며 한편으로 두다리며 하~ 점심전에 별서 갓가리 민굼을 듣게 되엿터러 마당

아부지는 엇지못하여 모든 화곡 차비를 하여 굼는다 한쪽으로 조이 이삭을 잘트

반이~ 허러지엇비 엇덩턴지 오늘 저물기전에 이마당질을 핀하며 봅시다

~점은게 점은게지 저사람턴 보바니 우러들이 말한 사이에 낫가리 점

려 친다 범도는 말삼하시기를

아춤식사를 왼한 다음에 젊은 두청넌은 별서 갓가리에 올나가 갓단을 마당에서

야부지는 그분들의 의량이 그러하다니 터 사양치 못하고 억색하여 있는 사이에

5

을 없이 하고 땅은 빈민이 가지고 지주와 토호무러텰을 박멸 하였다비

뒤접허 꿀고 새세상을 창조하여야 퇴녀 지금 토시아에는 이런 억울함 일

물다가도 가을이면 그듭의 두지간은 허절 지경이 그렇기에 이세상을 박

원호지인들은 누훗저인의게 그렇게 주고 여름에 그늘속에서 장구와 수천을

홍범도는 말삼하시기를

우리지금 삼뿐병작 청이 아금것가 그러다보니 떨어지는것이 별반없음묵다

하며 물는다 아부지는 대답 하기를

그건 엇지거락고

범도는 말삼 하기를

잠으로 갈 꾹직임니다

만을 주고가면 무엇이 기튼것이 있씀것가? 저괴턴 붕은 마대는 다 주인턴

형겸은 잘 못틒니다 이조이를 다 장이로 먹을진댐 삼뎐게량도 넘겟지만 주

아부자는 말삼하시기를

은 퇴엿비

금뎐에 반작공사가 잘 되엿비 륙십여 마뎌에 조이를 넣엿으ᄼ 아마 량뎐게량

6

오늘 걱정스럽은 대로 역사하여 잡아 여러분들을 며절하려 하오서

잡으며고 따로 도야지 한마리를 길르고 또 한마리는 경영었이 깃브옵떠

러분들을 대하오니 엇찌거저 있으릿카 새가 처삼번상이 금련에 도라와

미안한듯하 용서하시오 그렇 수년간 보지못하던 범도형금도 대하요여

참 감사함은 일비 그를티 없사와 일배주로 당신들을 위로하옴이

온늘 여러분들 이역으로 마당칠도 필되고 실음을 공앗잏여 여러분털 빌이

리고 아부지는 말삼하시기를

틀하고 집으로 들어가 누이와 아부지는 주앙을 가추어 손님들을 접대한다고

하엿다 모도들 동지를 턴고 시원히 조이마당절을 필하엿다는 뜻으로 세수

하며 마때 막애를 맺여 소술기에 실겨보건다 보러저녁때 못되며

타라

그 호호들 두지깐 까지 메며가맞지 너의들 빼가 불너 어느떼에 러질때가 있으

그러면 오늘 토 호를 공동로둔을 하엿구만 참 역울한 일이지 그러면

마당질을 하턴 손님 들은 말쯤하시를

질것이고 호지는(빈민) 농민이 가질것이 안인가

우리 원둥도 일본연합군과 백파를 모라버면 공장과 제조소는 오동자가 가

놓았는지라

아부지는 누이 마리야와 벌서 말하여 마리야는 도야지 뒤할 물을 다 끌여

잡긴간 여반장이것가

동생의 의량이 정 그러하다면 도야지 뒤할 물을 꼬리시오 도야지 한마리

범도 말삼 하시기를

할겸 나는 꼭 잡으려 하겠이다

못할것이 걱정들 하여 잡아 주서요 그러면 알는동생도 기른 고기로 보양

지 도야지 한마리가 앗잡으리오 도야지를 잡아대접 못하면 마음아 녀려지

형금말삼과같이 아니잡으리오 몇해만에 맞곳다가 형금을 대하오니 엇

형금 원말삼이 짐곳가 게가 형금과 여러 대장섬녀를 위함이 엇지

아부지는 말삼 하시기를

야지 고기먹은것 만침 깃뿌니 자라는 도야기를 그만 두라니

동생이 그와같이 나의게 위촌하 대접은 겨만하니 도야지른 잡지않어도 도

범도 말삼 하시기를

걱정하여 주기를 믿쓰니다

8

하니 이사람 경영도야지 참 크며 그 정성이 지극할세 지금 잡을 도야지는

범도는 아부지를 향하여 하시는 말삼이

어질것임니다.

야지는 여섯부대 훨신 벗어지고 지금 잡을 적은도야지도 다슷부대는 훨신벗

·저 큰 도야지는 경영도야지 이고 지금 잡을것이 적은도야지이와다 경영도

하며 도야지 굴고 가갑이가 도야지를 본다 아부지는 말씀하시기를

가는 욕심ᄂ데 총이있가 한번 총이 깁을 바토하는가 보겠네

그만 두라ᄂ 꺼가지고 자네 선사찬 총을 좀 시험하여 보겟네 이총은 째

·이사람 싹거두락 피곤해 무열하는가 누가앗아 순대할 사람도 없는데.

하ᄂ 범도는 말삼하시기를

·도야지를 피르 받으려고 칼을가지고 나가나이다

하고 물으ᄂ 아부지는 대답하시기를

·자네 칼은 엇재가지고 나간는가?

하ᄂ 아부지는 칼을가지고 앞서나가ᄀ 범도는 말삼하시기를

·오러면 나가보게

범도는 말삼하시기를

7.

아 전부 없이 세상을 파하엿지 자 그러겨 말고 도야지 굴 문을 열고 내

야녀러 실고 순양활 사람이엿지 참 앗갑른 사람이 고생하다가 낙이라는 것

즈반일것가 하며 즐겨할가 참 그제수는 동생이 며리와 잇다하여 말안것

아해의 세간사러라 하겟는가 참 제수만 잇엇으면 열마나 가르 보고

이 못나게 하더니 참 길륵하다 어머본을 꼭 한엿고 집을 보니

참 그애가 제수의 본을 꼭 받엇네 제수가 그리 어전마음에 세간자더에 물

범도는 말삼 하시기를

—엿지오

•여저어런게 집에 잇으며 제동생을 돈보지 도야지을 기르지 고생이

아부지는 말삼 하시기를

•그도야지도 아마 오륙부대은 되 누구이렇게 잘며여 자래우엇는가?

하고 아부지 대답하니 범도는 말씀 하시기를

예

아부지는 더답하걸을

이작온 도야지인가

19

조준하여 도야지를 쏘겟는가 기달구며 도야지를 몰고 가는 청변은 원

사람이 갓줄안이 같이 서서 도야지를 몰고 나가는데 사람털은 언제나 저

이 들엇기로 숭단사람이 모여서 구경한즌 참이라 도야지와 도야지 똘구는

고 사간다 홍범도 총을 잘 꿍은다른 말을 이왕에 사람들의 많

하며 범도는 젊은 청변과 식히니 그사람이 빈강낭이 받으료 또야지를료

게가 이총이 길을 바로 하는가 한번 시험 하여불터이야

하시기롤

도야지를 저혀양지에 뚤구아 한 팔백보 상거에 너여 몰가하고 말삼

또 나왓은지라 좋다고 뛰고의를 시작하엿는데 범도는 젊은사람을 식혀

아부지는 도야지 굴문을 열고 도야지를 내모니 그도야지는 굴을 떠나

이사람 근세 별말말고 새 짯초라니 내가잡을 것이안가

범도 말쌈 하시기를

도야지 줄기전에 엇재 도야지를 굴에서 새 짯초라 하야 잇가?

아부지는 말쌈 하시기를

꼬추라니

살고 죽은 도야지를 꼬집어 온것을 보니 사각은 성환터 철드러간

총이라 어듸 가지고 온면 알게지

야 하고 만약에 잡아아서 심장을 맞앗스면 총 이 길을 잘하는

별별 떨엇네 앗타러 총 조준 하는것을 모리와 르고 쳐

하 이사람 이만한 불질도 총꾼인가 새 총소리에 일본 놈들이

범도 말삼 하시기를

형금은 불질을 모하게 하떠 든고 떨어 집네다

아무지 말살 하시기를

자턴 가서 도야지를 끄어오지오

도 낯만 치여라 본지라 홍범도는 말삼 하시기를

머 총소리와 같이 도야지 꺼구러 직 사람들이 정신이 혼망되여 홍범

여 또야지 모든 사람과 주위도 주지않고 법쩍 하기와 같이 혼망되여 홍범

나 이리저리로 뛰달키는 것을 홍범도는 보더니 홍집에서 총을 내

고 가까운 허이라 한 철백보 되여 밭이 끝이가는지라 또야자 갈겨 볼

제가 서라는 소리가 늘기껏은 가고 의심없이 도야지를 이리저리로 몰

울음에 눈물이 싰는 편임이라

좋다고 부르는 그래 러에는

침침한 그늘이 벙키여 있꼬

향화의 바랄이 부난 곳에는

직 그형상이 엇더하리오

라 쓰러고 긔박히는 가슴을 움켜쥐고 앙음소리가 점점 변하며 낫아

홍하는 춘화의게는 흥분 욕망 생애가 없는 침묵을 가저오믄지

주에 술을 마이믄 그들은 흥분과 옥망이 가득하려만 방에서 고

들 맞어 죽엇터라 도야질를 잡어 고기를 흠석 삶아 굶고 좋은

들 잡어 해부틀하야 실고 도야지는 철백여보 박기서 바로 멈통이

하며 갬벼한다 그때에도 홍범도 불질을 잘 한ᄂ것이 소문이 갓다 도야

엿곰 바로 염동이을 바로 조준한대로 맞엇곰

참 총이길믄 바로 하는 총이라 참 ᄲᅢ동성이 며 소원을 널녀주

를

야지는 마감숨소리 한번도 못 치고 죽엇는지라 범도는 말삼하시기

자리는 없고 철빠진 자리밖에 없으며 피한 고처 흘ᄀ지 않고 도

아이 무정한 춘화야 엇지 이렇게 무정히 죽엇느냐? 나는 너를 살니
는 녹누 하사며 하시도 말삼이
범도는 아부지와 한가지로 그 불상히 죽음 그를 보고 눈물짓고 아부지
말씀 하시기를 청년이 불상히 세상을 파하엿오다
·아· 참 젊은 청년이 불상히 세상을 파하엿오다
을 소리진동하야 정주에서 술마이던 손님들도 방에 들어와 먹색하여
화는 불상도 하고 가면도하다 우리아부지는 대성통곡하고 우리들의 울
백편을 사분일도 살지 못하고 가슴에 맹은 원한을 곱곱쪽쪽으 춘
김가든 죽소· 야 금석아· 소리와 같이 불상하도 춘화는 인간
떨며 한번 마감힘을 어머니를 부르며 재차 금옥아· 그다음에는 경
하여 지고 사대육신 사절끝에 얽어맨 힘줄은 마감힘으로 부들부들
을 거두고 숨을 불통하야 원한이 가득한 그의 눈멸은 점점히 미
것만 춘화는 엇지 고기와 음식먹거를 원하터오 뛰던 심장은 천천히 얼
지 불상하지않으리오 아부자와 누이는 춘화의게 각가지의 고기로 권하
하는 이시 한절은 총참과 정상을 그림같이 그리어에서 그형상이 엇

는 울지말고 저사람을 엇지 행상할일을 서로 호론하여 보세 죽

동생은 범우밍강하여 말르시고 사람은 죽으면 흠이 비단이라 자비

즘 하지기른

그날밤을 쓰우며 그를 엇덯게 행상할일은 호론하더라 홍범도는 말

뭇심히 수엇으니 그정상이 엇터하려오 손님들은 우리와 아부지를 위로하여

겡 무정히도 상사낫슷것가 하며 우리 족하텬 가궁히 우는 소리도 듯지앟고

닛은 사람이 되엿도다 그리도 우리를 사랑하던 우리숙부는 엇지흥하여 이렇

에 손을 언친후에 세맥기를 묵구어 천성판에 울녀급히 인간세상을

나리오사지는 켤멩하며 가고 가슴은 식어가 사람들이 모여들어 가슴

하며 양 손으로 양편을 막고 슬어한텬 엇지죽은 춘화가 다시 살아.

어야! 야-! 긔차기도 하꼬사

야 춘화야 한번숨을 듣기고 정신을 차려라 실노 너는 죽엇단 말

도 아부지는 범우애석하여 춘화를 안고 흠들며 하시는 말삼이

아부지는 죽은 춘화를안 꼬돈텬 엇지 춘화는 형의 애절합을 알어 그리하

잣턱 엇지하여 이러도 무전히 죽엇느냐!? 긔차기도 하꼬

려고 애를 쓰엇것만 네가 살어 이세상에서 감과같이 즐긴는 양을 보

-15-

집이나 굴신을 푼푼이 하여 줍시다

람던을 조미를 보내여 저불상한 시신을 한누를 살아갈 따

이 동리에·머슴차러 군들이 있을터이니 일 하려 나가는것은봉

좀에 동생은 별말하지 말고 풍장을 청하시오 그리고 새

말이오 그럼다면 향두고 무에고 막 불을질너 버리어야지 내일아

더 엇재 될것같지 않다하오 외몸사람은 사람이 아니고 즘생이란

·그건 무슨말삼이오 향두라는 것은 사람이 죽으면 형상하라는 거

범도 말씀하시기를

할것같지 않소이다

·내일 아츰에 풍장님 집으로 갈보기는 하겠오다 만은 향두를 윤

아부지 말씀하시기를

불상한 절를 엇지걸 채에 모시리오 향두른 운거하여 봅시다

생이 이곳속에 향두령이 있을터이라 세일아츰에 풍장을 청하시오 져

최면 한번식 이거름은 있는털이라 암만맹겅한털 엇지하려오 그런터동

은 사람을 글고 암맛애동한털 살아오지 못헐겨고 사람차람이 실수

16

고하게 범도가 대로하여 자괴터라고 온 두청변을 청하여 글을 써주
하되 아부지은 두말도 못하고 집으로 도라와 범도와 그와같은 삼엽을
하지말고 걸채를 사용함이 좋을것이오
두룰 필언코 쓰자면 풍속에 소개가 있어야 하겟스거 맛당히 거피
향두는 공속에 공동한것이니 나로 홀즈윔이대로 할수없고 만약에 향
말하기를
히 그동러에 풍장의집으로 찾어가 인사연후 사연을 고하기 풍속풍장이
하며 그밤을 손님이 많아야 불밤으로 지우터라 아부지는 아츰에 일즉
오
하아턴 내일아츰에 풍장을 청하면 내가 말 하오리다 그런법이 어떠있
여보 동생 그러도 무섭초 사람이 죽으면 사람으로 감장하는 법인데
범도 말씀하시기를
있쓸것가 차라리 편니하게 행함이 좋을듯 하외다
형금 공연히 머슴군털이 머슴사리도 못하여 먹게
하니 아부지는 말삼하시기를

14

풍장은 속심이 추어후러 하여 말하기를·

소령이라 함니다 그런데 내가 풍장의게 할말이 있어 풍장을 청하영

에· 안령이다 무엄것가 풀속을 훼치고 단니 그것이 나의게는 안

홍범도는 분이 탱출하야 하는 말삼이

며 그러실것가 선영은 많이 들엇슴니다 안령하심닛가?

그다음에야 풍장이 속이 후러후러 하야 한른말이

에· 가른 충서사랑으로 유리하는 독립군 대장 홍범도와다

하범도가 말씀하지기를

에이공속에 풍장임니다 어머에 와 게지오

풍장이 말하기를

말을 끄집어 낸다· 당신은 몽중에 풍장이 오시까?

갈이 뒤를 딸아 오너라 뱀조른 풍장이 온것을 인사이후에 홍범

도는 풍장의게 찾어가 그서간을 딜이니 풍장이 또한 두말이 없이 그사람달과

며 이 풍속풍장의게 전하라 한다 그 청변 두사람은 두말도 없이 풍

18.

웬 시체를 풍속에서 거행하는대요 행상을 거행하시오 그리고 올

그럽지 않어 나를 보러오 인끼에 사람 탈을 쓰엇거든 이 점은 청

무엇이라 하엿으니 조선사람의 웅모를쓰고 탈을 쓰엇거던 엇지붓

라도 위토코자 당신의게 소개하엿더니 당신들은 체령 잠에 앉아 무엇

은즉 그 불상함은 누기여 한번 향두를 윤겨하여 그 을 죽은시체

이들어 죽은 나의독립군 청년이 오는고 욕망을 달치 못하고 죽엇

강토를 위하여 제 조선사람을 위하여 동서사방으로 유터하다가 명

사히 고생없이 행낙을 누리면서도 께가 금일 당신들의게 우러조선

오 그렇다면 당신들은 따뜻한 온돌집에서 부모처자를 꿓고 무

마 당신들은 우리와같은 조선사람이거던 엇지 애국지심이 없으미

먹고 침음을 무릅쓰고 헤매며 꼬생하는 진정스럽은 사람덜임

하며고 사랑스러운 부모처자를 리별하고 하외에 나서서 먹을것을 못

• 우리독립균이란 것은 강적텬 당이 아이외다 조국을 위하야 폭

홍범도는 말을 끄집어 써며 시작한다

• 어서 말씀 하서요

14.

· 예 누는 그렇게 알고 가가이다

풍장은 말하기를 · 예 매일노 장며를 하려 하가이다

· 홍범도 말씀 하기를

· 대장검 그러면 행상은 어느말고 한우잇까

오니 범도와 하는 말이 가지고 들어와 풍장은 범도을때 까지 잇다가 홍범도 집으로 들어

하요 범도는 박그로 나가터니 중축사원에 가서 상수할 헌거줄 싸

· 그러면 그렇게 하시오

홍범도 말삼하시기를

· 이다

· 엇지 대장검의 말삼을 거역하려오 백으로 다 허아려 실헝코저 하

풍장은 겁난 어조로 하는말 게하도록 하시요

아춤으로 삽지를 보아 굴신할사람을 보거여 굴선을 픔픔히 결을

20

잠으로 도라가서 춘화옥 삼십 벽곡에 실음없이 잠들어 두견

하여 시신을 안장한후 평도제자를 지번 후에 향두군은 각각 제

군아 붕망산이 먼다말수 뒷동산이 붕망산이다 하며 향두군은 윤동

너는죽어 모르지만 부모철척 그마음이 엇터하랴 엔화낼차 향두

중 하엿다 엘자낼차 불상하다 청춘죽엄 왼일이냐 엘자낼차 불상하다

향두군은 향두노래를 부르며 갈지자로 거름은걸어 향두군은

오 삼일을 당하니 향두를 윤동하야 그시체를 덩덩구령게 꿀이실고

덧어라 낫은 가고 밤은도라와 응답없는 그에게 애통한털 구열하려

물 윤거한 사람들의게 통지하여 내일 평명으로 장네를 기내게 되

일변으로 소임을 차저 조미할사람은 보내여 일변으로 향두

비록 외몸사람의 시신이나 보기좋게 제외엿더라 풍장은 집에 도라가

한번으로 뒷집 최영감 노댁이 상수를 징어 매수한후 입관하고

풍장은 예하고 집으로 가고 한번으로 집별을 어더 관을 짜고

그러면 실지 없어야 되겟씁니다

홍범도 말씀 하시기를

21.

깁히 땅을·파 넉는 임이

앗갑도 하다 그고운얼골과 그마음

실음업시 걸어걸이 참 들엇고나

너는 무정히도 이세상을 바리고떠나

그정상을 보면가슴이 터지리라

장중에 보옥갓이 걸넌 그부모

청춘에 쑥머가니 애석도 하도다

뚝겁은 그심장 뭇꼿던 그청춘

청춘도 굿고 황천길이 외일인야

청춘에 사랑이 다정도 한데

꼿피기젼에 낙엽이 웬일이냐

동산에 봄은와 다시금 무름터

여나는 졍은시가 이러하더라

새와 동무하야 그넷불어 산지에서 지낫더라 그정상이 불상하

22

자래우어 일취월장하야 새세상에 영웅아 인물을 만들도록 주의

의오니 동생은 어린아이들을 잘 기루며 저 불상한것들을 명심히

이번걸노 허발포로하여 모쓰크바로 들어가 테건선생을 때하기로

복의 세상이 도라오면 그때에 또다시 맞나기로 언약하세 나는 지금

룬것이오 시간이 없어 종종대하지 못하겟나이다 언제나 승려하여 행

생은 평안히 게시오 나는 혁명을 위하여 나선사람이것가 정처가 없

동생! 동생의집에 와서 숫탄페단을 기러엿고 떠접이 컷사오 동

리멸하며 넘도는 우리 안부지와 말삼 하시기를

접대 하여 그 쓸쓸한 날을 지써더라 기여몃은만에 오신 손김들 퍼

하하고 부방산에서 도라와 정상을 차려놓고 여러손김 들은

아시와같이 애룡하던 우리안부지는 동중여러 분들과 반만히 차

녀는 죽어모르지만 살어 애룡하라

한번실수되면 황천걸이 멀지않다

초료같은 인갓아 그세상의걸다 말구

62.

이 으러무은 동생의게 죽어가는 길에까지 그와 같이 후하게 학참

·동생! 동생은 세상에 마음이 후하기를 터 없는 사람이라· 그와같

하 범도는 말삼하시기를

물 어느시절에 감사외잇가

화의 상측도 형님의 덕택에 그만큼 꽁장이 되엿으니 엇찌

하시기만 나는 민쓸니다 그리고 형님욱 이런에 오아서 사의 동생 준

루치 못하옥 엇지고생하시 깃슴잇가 못쯔톡 형님은 자신맘음을 성공

오려 모시여시면 얼마 좋겟씀잇가 하지만 할수무가써트 오래 오래 정

형님! 형님은 평안히 도라가서오 형님은 사회에 밧인 몸이라 오래

아부지는 쭉이 상하는 사람이라 범도을 붑잡고 훅훅 눅기며 하순 말삼이

하고 범도는 동생 금석이를 안고 뜬겁은 키쓰를 하여 준다 우리

·너의 들이 의복이나 한멸식 하여입어라

하며 우리의게 금심원식 각각 근하주며 게속하여 말삼하시기를

백배 당부하얏이다

좋은 더자뺵필을 어더 어린아해던 기루는데 근심을 덜기를 누는

하세 그러고 동생은 엇지 잔 식솔을떨이고 홀노세월을 보러오

24.

가며 그들은 갈터로 다 까마

러 영웅하기 손님들과도 이와같이 악수로 리별하며 곧 오리회는 거리까지야

하며 우리 아부지와 뜨겁은 키쓰로 리별을 한다 그리고 아부지는 여

자! 잡비 말과 한가지로 누른 혁명에 영웅적 승리를 어드려 하며

그 고맙은 말을 더 닐을터 없네

86 5 25
87 5 25

곧

문금동 작

아버지와 홍범도

1.

　나는 어렸을 때 보낸 그 시간들을 잊을 수가 없다. 당시 나의 아버지는 러시아의 추풍[1]이라는 곳에 터를 잡고 사시던 분이었다. 아버지는 당시, 이 나라 이 땅이 이토록 안타까이 일본에게 짓밟히게 된 것은 수백 년을 거슬러 올라간다고 말씀하셨다.

　아시아 동방, 한반도 삼천리금수강산은 흰 옷 입은 이천만 동포들이 오랜 세대에 걸쳐 살아오던 곳이다. 삽으로 밭을 일구어 나가며 겨우 목숨을 부지하며 살아오던 동포들의 삶은 돌보지 않고 위정자들은 소위 '예의지국(禮儀之國)'이라 칭하면서 상하의 계급을 나누어 양반과 상놈을 구분하였다. 귀족과 양반층은 부귀와 공명을 누리며 고진금퇴(鼓進金退)[2]조차 모르면서도 빈민층에 대한 학대는 무지막지하여 백성들의 삶은 신음과 고통의 연속이었다. 황제와 대신들은 궁전에 편안히 앉아 국사는 살피지 않고 양반들에게 벼슬 내어주는 것에만 골몰하고 있었다.

　조정의 상태가 이렇게 한심할 때, 동해에 있는 일본국이 백만 대병을 이끌고 조선을 쳐들어왔다. 그 형세가 맹렬하니, 임금이 궐을 버리고 도망가고 백성들이 난을 피하여 우왕좌왕하는 도중에 국가의 운명은 풍전등화(風前燈火)였다. 그때에 의병장 김덕령(金德齡)[3], 수군통제사 이순신(李純信) 등의 충성으로 백성을 모아 일

----

1) '추풍'은 '수이푼 강'으로, 지금의 '푸칠로브카(Putsilovka)' 지역이다. 이곳은 바로 뒤에 나오는 '육성촌' 마을을 이룬 곳이기도 하다. 1867년부터 한인들이 대거 이주해서 살았으며, 1880년대에는 연해주에 있는 한인마을 가운데 규모로는 1위를 차지할 정도로 큰 마을이기도 했다. 본문의 배경이 되는 시대는 1937년 스탈린의 한인 강제 이주정책이 있기 몇 년 전이며, 한인들이 연해주 인근에 몇 개의 큰 한인촌을 만들어 자치적인 삶을 이어가던 때이다.
2) '鼓進金退'는 '북을 치면 군사가 나아가고 징을 치면 뒤로 물러난다는 뜻'으로, 초보적인 군사훈련을 이르는 말이다.
3) 조선 중기의 의병장으로, 임진왜란 당시 왜군을 물리치는 데 큰 공을 세운다. 원문에 나오는 '김응세'라고 하는 장군은 임진왜란 당시에 기록된 바가 없다. 당시 김씨 성을 가진 장군으로서 이름을 떨친 것은 '김덕령' 장군이 유명하므로 이를 대신한다

본을 물리칠 수 있었다. 일본은 임진년의 대패를 경험 삼아 이를 갈며 복수를 다짐하였다. 그리하여 수백 년 후, 일본은 군사와 무기를 정비하여 군함 수백 척에 나누어 싣고 조선 각 항구에 상륙하기에 이른다. 당시 외적에 대항할 힘조차 갖추지 못한 조선은 일본의 항복서류에 서명하고 말았다. 이에 1910년 8월 29일에 조선은 국명을 잃고 일본의 식민지가 되고 만 것이다.

조선의 무산 계급은 조선 양반과 귀족들의 압박으로도 모자라, 일본 제국주의가 실시한 식민지 민족의 착취라는 멍에까지 덤으로 짊어지게 되었다. 일본인들은 소위 개화라 하면서 갖가지 세납이라는 명목으로 조선 사람의 뼈와 살을 긁어내었다. 조선인들은 뼈품을 팔아도 그들이 원하는 세납을 다 댈 수 없었다. 그러자 그들은 더욱 심혹하게 조선인들을 채찍질하였고, 이에 견디다 못한 조선 백성들은 집과 땅을 모두 잃은 뒤 피눈물을 흘리며 고국산천(故國山川)을 떠나 두만강 넘어 중국과 러시아로 도망가게 되었다.

나라 잃은 백성들이 어디로 간들 제대로 된 대접을 받을 수 있을까. 당시 도강(渡江)을 하여 온 조선의 백성들 역시 중국과 러시아 지역의 지주와 도호의 머슴살이 노예가 되어, 온갖 천대와 구박으로 인해 짐승보다 못한 삶을 살았다. 내 아버지도 그 즈음에 러시아로 도강하였다고 한다.

일본 제국주의는 삼천리금수강산 식민지 민족에게 더욱 심한 착취(搾取)와 강포(强暴)로 다스려, 일본의 법률은 조선인들에게만 불합리하게 적용되었으며 우리 민족을 더욱 옭아매고 있었다. 일본 제국주의는 추풍 지방의 경찰 망을 거미줄 늘이듯 촘촘하게 늘이어 애국 사상이 조금이라도 보인다 싶은 고려 사람들4)은 무조건

---

4) 러시아에 한국인들이 한인촌을 만들어 거주하기 시작한 것은 1800년대 후반부터이다.(조선 철종 시기, 1863년 경) 그러므로 이 시기에는 이미 어느 정도 규모의 한인촌이 만들어졌고, 이때 당시에 러시아에 이미 거주하고 있던 한인들은 자신들을 '고려 사람'이라 불렀으며, 한일합방 이후 새롭게 유입된 한인들은 '조선 사람'으로 구분해 불렀다. 작품 본문에 '조선 사람'과 '고려 사람'이 따로 구별되어 나오기 때문에 원문대로 이를 구분해서 정리한다.

잡아다 사형과 악형으로 처벌하였다. 이때 죽은 자와 감옥에 수감된 자의 수를 헤아리기 힘들 정도였다.

때마침 1919년 삼일운동이 일어났으니, 일시에 삼천리강산에 있는 고려 사람은 남녀노소를 막론하고 붉은 손에 태극기를 만들어 들고 거리로 뛰어나왔다. 중국 용정(龍井), 해삼위(海蔘威)5), 소왕령(小王嶺)6), 포시에트7), 추풍을 비롯한 각 지역에서 고려 사람은 모두 태극기를 손에 들고 독립만세를 불렀다. 그러나 이는 힘없는 외침에 그칠 뿐, 일본 제국주의는 총과 칼로 더욱 고려 사람들을 탄압할 뿐이었다.

삼일운동 이후 고려 사람에 대한 학살과 악형은 더욱 늘어났으며, 그러는 와중에도 독립 운동가들의 활동은 더욱 활발해지고 있었다. ‘칼에는 칼로, 총에는 총으로!’라는 애국사상으로 똘똘 뭉친 독립 운동가들이었건만, 조직적인 결집 없이 불타는 애국심만으로는 독립운동이 성공할 리 없었다. 일본 수비대는 조선 독립군이 발생했다고 하는 곳이면 어김없이 나타나 민가에 불을 지르며 토벌작업을 해나갔다. 이로 인해 억울하게 일본군의 칼에 찔리고 총에 맞아 죽어나가는 자가 부지기수였다. 또한 비밀리에 붙잡혀 죽임을 당한 자, 죽지는 않더라도 지독한 고통 속에 고문을 당하는 자들이 수두룩하여 독립운동은 매번 실패만 하였다.

이때에 나는 젊고 아까운 나이의 청년 독립군들이 일본 수비대에 붙잡혀 악형을 받고 사형선고를 받는 것을 지켜봤으며, 이를 그냥 지나칠 수 없어 훗날 누군가에게라도 전해주고자 뇌리에 똑똑히 새겨 두었다.

당시 추풍 지방에는 러시아에 도강한 지 수십 년이 된 고려 사람들이 많아서, 그들은 이미 러시아 호적에 올려 러시아국의 국민으로 살아가고 있었다. 이들은 근방의 지역에 모두 논밭을 소유하

---

5) 블라디보스토크를 한자 이름으로 바꾸어 부른 것이다.
6) 니콜스크 우스리스크라고 부르는 지역이다.
7) 블라디보스토크 내에 있는 지역으로, 이곳에는 현재 포시에트 향토박물관(고려박물관)이 있다.

고 있었으며, 그곳에 즐비하게 가옥을 건축하고 살고 있었다. 육성촌8) 등탑봉9) 아래 산기슭을 따라서는 원호(原戶)10), 누호(漏戶)11) 수백 채가 줄지어 들어섰다. 등탑봉 아래에는 원호 지인(知人)들이 지은 학교가 웅장하게 위용을 자랑하고 있었다. 학교에서는 러시아어를 가르쳤는데, 원호 지인들은 모두 한 마음으로 자녀들을 학교에 보내 공부를 가르쳤다.

어느 날인가, 갑자기 학교에 일본 군인들이 들이닥치더니 학교 운동장에 군인 몇 백 명을 세워 지키게 하였다. 일본 수비대는 마을 곳곳에 방을 붙이게 하였는데, 그 내용은 이러했다.

"러시아 카자흐스탄 사람들은 조선 사람에게 사납게 하고 거짓을 꾸며대며, 또 중국 도적들은 늘 고려사람 농촌에 들어 고려 사람의 재물과 양식을 탈취하려는 위험이 매우 크다. 이에 일본 수비대가 이를 지켜줄 것이니, 학교를 열어 일본 수비대를 접대하라".

주민들은 학교를 비워주기 싫었으나 일본 수비대의 강압으로 인해 어쩔 수 없이 학교를 내어주게 되었다. 일본 수비대는 학교를 병영으로 사용하여 마을에 주둔하게 되었다.

말로는 허울이 좋아 주민을 지켜주기 위함이었지, 실은 이 지역에서 독립운동이 일어날까 우려되어 이를 감시하기 위함이었다. 러시아가 세계전쟁에 참가하여 국방력이 쇠약해진 틈을 타서 일본은 이를 지켜준다는 명목으로 러시아 국경 지방에 군사를 들여보냈다. 당시 조선에서는 더 이상 독립운동이 힘들다는 판단 하에 대다수의 독립 운동가들이 근거지를 해외로 옮겨 독립군을 조직하고 있던 때였기에, 일본 수비대가 이를 알고서 미리 방비를 하고

---

8) '육성촌'은 1869년 4월에 러시아 수이푼강 주변에 조성된 한인 마을로, 러시아 연해주 일대로 이주한 한인들이 거주하였던 마을이다. 주변의 여러 한인 마을 가운데 가장 부유한 마을이자 러시아 최대의 한인 마을이었다.
9) 1920~30년대 프롤레타리아 작가 벽초 조명희의 시 <소금쟁이>에 육성촌의 산 (山) '등탑봉'이 나온다.
10) 호적에 들어 있는 집
11) 호적에서 빠져 있는 집

자 이 한적한 러시아 농촌 마을에까지 들어온 것이었다.

일본 수비대는 한편으로는 호우재[12]라고 하는 중국 강도단을 만들어 고려 사람들을 괴롭혔다. 호우재는 국경 지방에 사는 카자흐스탄 사람들을 부추겨 고려 사람들을 노략질하고 괴롭히도록 했던 것이다. 이는 일본 수비대가 이 마을에 있어야 한다는 것을 강조하기 위한 눈속임이었다. 일본 수비대는 또한 농촌 마을에 있는 마차와 우차를 가진 자들에게 명령하여 봄철 바쁜 농사일 대신 모새[13]를 운반하도록 하였다. 운반한 모새를 마대에 넣어 성을 쌓고, 그 주변에는 철사를 날카롭게 빼어 가시를 만들어 겹겹이 돌려 막았으며, 각 곳에 속사포를 장착하여 위험에 대비하였다. 또한 잡인 출입을 엄금하여 등탑봉 위에는 보초실을 짓고 사면을 살피도록 하였다.

병영 방비를 한 것만이 아니라 민가도 세세히 감시하였다. 가을바람이 불 때면 굶주림을 피해 조선에서 빈민들이 품이라도 팔까 싶어 들어오는데, 이들은 품팔이를 구하는 즉시 일본 수비대에서 조사를 받아야 했다. 때로 의심이 가면 주인과 품팔이꾼을 함께 가두어 조사한답시고 형벌을 심하게 주기도 하였다. 추풍의 주민들은 중국 강도단이나 카자흐스탄 사람들이 아니라 일본 군인들을 더 두려워하면서 미워하게 되었다.

고려 사람들은 일본 수비대의 악행이 심해지면 질수록 오히려 더 똘똘 뭉쳤다. 강동으로 돈벌이를 오는 조선 사람들을 같은 민족이라며 더 불쌍히 여기고 감싸주었다.

추풍이라는 곳은 봄이면 하루건너 비가 오는 곳이라 비를 피하고자 해도 피할 곳이 없어 심한 감기에 걸리는 이들이 많았다. 굶주림에 건너온 사람들인데다 일자리조차 구하지 못하고 비를 맞아

---

12) 홍의적(紅衣賊 혹은 홍후즈)을 말하는 듯하다. 홍의적은 중국 마적 떼로 조선인들이 사는 농촌 곳곳을 다니며 약탈하고 불을 놓았다. 부유한 원호촌 토호들이 일본 군인들로 하여금 비적을 방어해달라고 청했다고 전해지는데, 이는 일본군들이 추풍에 주둔하기 위한 명분을 만든 것에 불과하다.
13) '모새'는 '세사(細沙)'로, '가늘고 고운 모래'를 일컫는다.

감기에 걸리면 이들은 십중팔구 죽어나가기 일쑤였다. 같은 민족으로서 고려 사람들은 이들을 그냥 보아 넘기지 못하였다. 나의 아버지도 그런 사람 중 한 분이었다.

나의 부모는 1910년 한일합병 이후에 조선에서 품을 팔아 살 수 없다는 것을 깨닫고 1912년에 러시아로 넘어 오셨다. 이곳에서 당시 조선사람 중 제일 부자라고 하는 박승관의 집에 와서 삼분반작(三分半作)[14] 농사 머슴살이를 시작하였다 한다. 고금리의 소작료를 내기 위해 부모님은 살과 뼈가 다 닳도록 고생하였으나 겨우 목숨을 부지할 정도의 수입밖에 얻지 못하였다. 그러던 중 어머니가 득병(得病)을 하시어 세상을 떠나게 된 지 얼마 되지 않아 또 다른 질병으로 인해 아버지는 아들과 딸을 하나씩 잃으셨다. 나는 어린 나이여서 잘 알지 못하였으나 그때 아버지의 절통한 심정이 오죽했으랴 싶다.

아버지는 품에 남아있는 어린 물 같은 삼남매를 데리고 홀아비로 살아가기로 결심하셨다. 그간 알뜰히 모은 재물로 집을 사고 궁핍한 세간이나마 장만하여 나왔다.

아버지는 힘들게 장만한 집에 일자리를 찾아 들어오는 조선 사람들을 집안에 들이기 시작하였다. 아버지도 추풍에 건너와 힘들었던 시절을 보냈기에 그들의 딱한 사정이 남의 일 같지가 않았던 것이다. 이집 저집으로 품팔이를 알아보러 다녀도 일자리 얻기가 힘들고 먹을 것도 없고 잠잘 곳도 없는 이들의 수가 부지기수였다. 아버지는 이들을 가리지 않고 받아주어 잠시 머물다 가게 하였다. 그렇게 모여 오는 나그네들이 방과 정주간(鼎廚間)[15], 마당과 헛간에 차고 넘쳤다. 며칠을 먹지도, 자지도 못하고 방황하던 사람들은 누워서 잠든 이, 앉아서 조는 이가 수십 명이었다.

우리 집에 나그네들이 많이 든다는 말을 들은 일본 군인들은 언

---

14) '半作'은 '소작(小作)'과 같은 말로, '삼분반작'은 1/3을 소작료로 내는 것을 말한다.
15) 부엌과 안방 사이에 벽이 없이 부뚜막에 방바닥을 잇달아 꾸민 부엌으로 함경도 지방에서 많이 볼 수 있는 가옥의 형태이다.

제부턴가 우리 집 주변을 에워싸고 감시하고 시작하였다. 언젠가는 품팔이하러 온 사람들을 모조리 붙잡아 앉힌 후 조사하더니 우리 아버지를 붙잡아 가기도 하였다. 누이와 나, 아직 젖먹이인 어린 동생까지 셋이 울며 기다려도 아버지는 돌아오지 않으셨다. 수일이 지나서야 아버지는 지팡이를 짚고 몸을 겨우 운신(運身)하여 집으로 오셨는데, 그 형상이 참으로 참혹하였다.

아버지는 입맛을 전혀 잃어 아예 음식을 못 자시었다. 며칠을 미음을 떠먹이며 보양을 하니 며칠 만에 정신을 차리고 일어나셨다. 그제야 속옷을 벗고 형벌을 받은 상처를 보여주시는데, 그 상처를 보니 형벌이 얼마나 모질고 잔인하였는지 짐작이 갔다. 나는 너무 놀라고 무서워 그만 두 눈을 가리고 말았다. 아버지의 몸 구석구석 살갗이 찢어졌으며 못이 박혔던 상처가 즐비하였다. 엉덩잇살은 인두질로 지진 상처로 인해 짓뭉개져 있었다.

"이런 곤경을 당하고도 어찌 살아서 오셨어요? 형장(兄丈)16)은 참 운이 좋은 것 같아요."

며칠 전부터 집안에 들었던 김(金)이 말하였다. 아버지는 형벌을 받을 때가 기억나는지 몸서리를 치며 대답하였다.

"악독한 놈들이지. 사람을 때려도 분수가 있지. 때리는 사람이, 내가 맥이 끊어지려 하니까 때리는 걸 멈추고 인두를 불에 시뻘겋게 달아서 지지며 거짓 항목이라도 대라지 뭔가. 그것조차 대지 않으니 그 다음에는 사람을 천장에 거꾸로 달고 고춧물을 입과 코에 부어 넣으니 사람이 어떻게 되었겠는가?"

그 말을 듣던 이(李)가 딱한 듯 말을 이어갔다.

"형장이 우리들을 위하여 일본 수비대에 끌려가 그 형상이 참혹하게 되었습니다."

다른 사람들은 억울하고 원통해 가슴이 답답하여 말을 잇지 못하고 있었다. 한참동안 모두들 침묵을 지키고 있는데 정(鄭)이라는 사람이 불끈 나서서 화가 난 듯 소리쳤다.

---

16) 나이가 엇비슷한 친구 사이에서, 상대편을 높여 이르는 이인칭 대명사이다.

"그놈들이 무엇이라고 형장에게 그와 같은 악형을 하였으며, 무슨 죄로 며칠을 두고 사람을 이와 같이 만든단 말입니까?"

"그들이 언제 무슨 큰 죄가 있어 사람을 못살게 하는가요? 당신들을 글쎄 독립군인가 하여 나더러, 너의 집에 있는 사람 가운데 누구누구가 독립군인지 대라고 하더이다. 이는 독립군도 아니려니와 독립군인들 저들에게 받는 형벌이 겁난다고 실제로 누구누구가 독립군이라고 대답하리요? 사실대로 말을 아니 한다고 그러한 갖은 악형을 하였지요."

아버지는 잠시 말을 끊으며 길게 한숨을 내쉬었다. 상처가 쑤시고 아픈 듯 인상을 찡그리며 몸을 고쳐 앉으셨다.

"일본 놈들은, 네가 바로 대지 않으면 너의 아이들까지 산 채로 잡아다 불에 사를 터라고도 하고, 너의 집을 잿더미로 만들 터라고도 하더이다. 많이 생각하고 너는 남 대신 이 무서운 악형으로 고생하겠느냐? 만약에 실속 있게 대답하고 앞으로 몰래 다니는 독립군들을 많이 일러준다면 너에게 특별한 상을 줄 터이니 그리 알라고 하더이다."

말을 이어가기가 많이 힘이 드신 듯 아버지는 중간 중간 말을 쉬었다. 그 다음 이어진 아버지의 말은 이러했다.

공책하고 연필을 든 수비대 대장이 아버지를 구슬렸다.

"너의 집에 있는 사람 중 누구누구가 독립군인지 말하라."

"나는 알지 못하오."

아버지는 결코 그들의 말에 넘어가지 않았다. 그들은 연거푸 독립군을 대라고 말했고, 그때마다 아버지는 모른다는 대답만 하였다. 일본 수비대장은 아버지의 계속되는 모르쇠 대답에 마침내 분기탱천(奮起撑天)하여 부하에게 큰소리로 지시를 내렸다.

"이놈을 형장에 매달고 항복할 때까지 모진 형벌을 하라!"

수비대장의 말을 들은 하사(下士)가 아버지를 끌고 나가며 온갖 당근과 채찍으로 구슬리기도 하고 겁박하기도 하였으나 아버지는 한사코 모른다고 하였다. 이윽고 하사에게 이끌려 형장간(刑杖間)

으로 가니, 그곳에는 큰 판에 잔잔한 못을 박은 가시 철판이 놓여 있었다.

"어서 항복하여 말하라. 그리하지 않으면 이 널판 위로 굴릴 것이다."

"내가 무슨 죄를 지었다고 나를 이 위에 굴린단 말이냐? 나는 너희들에게 지은 죄도 없을뿐더러 이 악형조차 거부할 것이니 나를 죽이려면 빨리 총살하라."

그러자 하사는 쇠로 땋은 채찍을 들고 와서 아버지에게 매질을 해대기 시작했다. 그로서도 성에 차지 않았는지, 마치 고슴도치 등판과 같이 생긴 가시 철판 위로 아버지를 굴리라고 지시했다. 아버지는 발가벗겨진 채 군인 네 명의 힘에 이끌려 가시 철판 위에 던져졌다. 이내 아버지의 온몸은 피투성이가 되었고 곧 정신을 잃었다.

"촤아!"

차가운 물이 얼굴에 끼얹어지는 느낌이 들어 잠시 정신을 차리고 보니 여전히 형장간이었다. 정신을 잃었다 깨었다 몇 번을 반복하면서 얼마의 시간이 흘렀는지 가늠조차 할 수 없었다. 얼마나 지났을까. 가물가물한 정신으로 다시 장교의 앞에 끌려갔다.

"문 선생, 형벌이 어떠하신가? 집에 있는 사람들 중 누가 독립단과 연락이 닿는지 바른대로 말하시오. 그리하면 살려줄 것이고, 그리 하지 않으면 너희 집에 불을 질러 버릴 것이야. 아이들이 불쌍하지 않으신가? 그 불쌍한 것들이 불에 타죽어 버릴 터인데?"

"우리 집에 오는 이들은 독립운동가가 아니오. 나는 그들이 제 식구들을 살리겠다고 돈벌이하러 여기까지 와서 굶주림과 목마름에 허덕이기에 도운 것뿐이외다. 같은 동포끼리 어찌 그 처참한 광경을 그냥 보고만 있겠소. 나는 그들을 집에 들인 죄밖에 없으니 마음대로 하시오."

"왜 이러시오, 문 선생. 내가 무얼 마음대로 한단 말입니까? 독립군이 누구인지 말하면 문 선생에게는 아무런 해도 가지 않을 것이야. 그리하면 그자들에게 모든 죄가 돌아갈 터인데 어쩌자고 그리 모진 형벌을 당하면서도 감추는 것인가? 문승열, 너도 독립군인 것인가? 속히 바른 대로 말하라!"

장교는 아버지의 얼굴을 향해 총구를 들이대었다. 하지만 아버지는 눈도 깜빡이지 않고 또 대답하였다.

"난 정말 모르오."

"여봐라! 이놈을 절대로 그냥 보내주지 말라. 반드시 자복을 받아. 자복할 때까지 형벌을 멈추지 말도록 하라!"

장교의 명에 의해 아버지는 다시 하사의 손에 끌려 형장간으로 갔다. 지난번 흘린 피는 그사이 말라붙어 시커멓게 물이 들어 있었다. 군사 하나가 그곳에 물을 뿌리더니 아버지를 발가벗겨 넘어뜨렸다. 어디선가 도리깨17)보다 조금 넓은 널빤지 조각 몇 개를 가져오더니 그것으로 아버지를 내려치기 시작했다. 미처 아물지 못한 아버지의 살과 피가 널빤지에 묻어났다.

"대라! 그놈들 이름을 대라!"

"모른다. 정말 모른다."

의식을 잃어가면서도 아버지는 모른다는 말만 되풀이했다. 자신의 몸이 두들겨 맞는 소리가 아득하게 들려왔다. 이제는 고통을 느낄 기력조차 없어 무엇을 대답하고 기억할 정신조차 없었다. 죽은 듯 움직이지 않는 아버지를 군인 하나가 일으켜 세워 의자에 앉히더니 이번에는 벌겋게 달아오른 인두를 가져왔다.

"으아아악!"

의식이 없는 중에도 뜨거운 인두가 닿는 것을 느끼고 절로 비명이 새어나왔다. 살타는 냄새가 코를 찌르고 또다시 정신을 잃은 아버지를…….

"그놈들이 삼천리강산을 다 훔치고도 욕심이 차지 않았나보오. 여기 노령(露領)18) 영토까지 와서 행패가 지독하니, 이놈들을 대체

---

17) 콩·보리 등 곡식을 두들겨서 알갱이를 떨어내는 데 쓰이는 연장
18) 러시아의 영토. 시베리아 일대를 말한다.

어떻게 해야 할까?"

그때까지 옆에서 조용히 듣고 있던 청년 박(朴)이 주먹을 불끈 쥐고 일어나 소리쳤다. 아버지가 한숨을 내쉬었다.

"세상에 못된 놈들이지, 모르는 일을 알려 달라 하니 내가 무엇이라고 말을 하겠는가? 나는 그 사람들 일을 전혀 모른다고 하니 글쎄, 백정들이 짐승을 죽여 거꾸로 매달고 탈피하는 것 마냥 사람을 다루지 뭔가. 내 발을 매어 천장에 거꾸로 걸어놓고 코에 고춧가루 푼 물을 들이붓더이다. 나는 또 곧바로 정신을 잃었지."

"그럼 어떻게 풀려난 것입니까?"

"모르지요. 정신을 잃은 후로는 하나도 기억이 안 나는데, 나를 끌고 어딘가로 데리고 가더니 집어던지더이다. 그리고는 겨우 지팡이 하나를 의지해 집으로 온 것이지요."

"나흘이 넘었습니다. 형장은 우리로 말미암아 자칫하면 목숨을 잃을 뻔했습니다. 고춧가루는 그들이 고향에서는 안 가져왔을 터인데, 어디에서 얻었을까요?"

러시아에는 고춧가루가 없었다. 조선인들이 들어와 살게 되면서 고추농사를 지어 그때부터 비로소 먹게 된 것이 고춧가루였다.

"여기 사람들이 고추를 많이 심어 고춧가루를 독하게 만들어 놓고는 여기저기 다니며 판다고 합니다."

누이 마리아가 불쑥 끼어들어 대답하였다. 마리아는 집안의 살림을 도맡아 했다. 그러다 보니 식재료를 구할 방법을 잘 알고 있었던 것이다.

"이런! 고춧가루를 만들어 팔러 다니는 사람들은 일본 놈들보다 배는 더 독한 사람들이구려. 쯧쯧……."

이(李)가 혀를 차며 말했다.

"이 추풍에 든 원호(原戶)들이 다 그렇지는 않을 터지만, 더러는 겉만 사람의 탈을 썼지 속은 사람이 아닌 것들이 있습디다. 나와 같이 온 저 노인 분 있잖소, 찬 눈과 비를 맞은 데다 병까지 얻어 걷기도 힘들어 죽게 생겼기에, 한 집에 들어가 주인을 찾았지 않겠소. 아, 그랬더니 그 집주인이 승냥이보다도 더 크고 무서운 개를 풀어놓지 않았겠소! 이런 사람들이 고춧가루 파는 걸 양심에 꺼려하겠소? 생사람조차도 잡아먹을 사람들이지요.”

“한심한 일이지. 나는 돈과 밥이 없어 이 땅으로 품을 팔러 들어왔지만 내일 죽는다 해도 그리하지는 못하겠소.”

아버지의 말을 들은 나그네들은 다들 화가 나서 저마다 한마디씩 거들었다. 좌중에 모여 앉은 사람이 족히 삼십 명은 넘었다.

“아니요. 여기 사람들이라고 다 그렇겠소? 나도 여러 집을 다녀 보았는데 어떤 집에서는 일본 개 무리들이 무서워 나그네를 꺼리기도 하고, 어떤 집은 정말 집이 작아서 나그네를 들이지 못하기도 하였소. 그런 집은 집이라고 할 것조차 못 되더이다.”

“에이, 그런 말씀 마십시오. 아무리 집이 작은들 사람 두세 명은 재울 수 있소. 방이 없으면 헛간이라도 있지 않겠소?”

“하, 이 사람! 세상에 사람이 한가지인 줄 아는가? 이 집주인 같은 사람은 세상에 드문 줄 아시게. 자, 그러지들 말고 내일부터는 주인 고생시키지 말고 각자 흩어져 일자리를 얻어 봅시다.”

나이가 제법 먹은 몇몇 사람들은 주섬주섬 몸을 일으켜 세웠다. 그러나 박(朴)은 그 자리에 그냥 앉아서 뭔가를 생각하는 듯했다.

“집주인님, 나는 실로 분을 참지 못하겠습니다. 주인님, 여기 어디에 독립단이 있단 말입니까? 나는 내일 곧바로 독립단을 찾아가 참 독립을 위하여 이 한 몸 바치겠습니다. 일본 개 무리들을 향해 총대를 빗겨 들고 작은 힘으로나마 무찌르려 합니다. 좀 알면 가르쳐 주십시오.”

그 옆에서 듣고 있던 정(鄭)도 말을 보탰다.

“이 젊은이 말씀이 적당하고 옳소. 나도 나이는 삼십이 가까우나 청년인데 독립단으로 한번 가려 하오. 총과 칼만 있으면 그 왜놈의 무리 천 명이라도 겁나지 않고 혼자라도 대적할 수 있을 것 같소. 주인님 아시는 대로 알려주시오.”

그들의 말을 시작으로 그 자리에 있던 삼십여 명의 나그네들이 이구동성으로 소리쳤다.

"맞습니다. 우리 모두 독립단으로 갑시다. 좀 알려주시오."

아버지는 아픈 와중에도 손을 들어 그들의 소요를 가라앉히려 애썼다.

"여러분, 제발 분을 참으시오. 당신들 마음이 진정 그러하다면 진정하시고 잠을 좀 주무십시다. 내일 저녁에도 그 마음이 변함이 없거든 내가 당신들을 다시 생각해 보리다."

겨우 사람들을 진정시켜 각자 잘 곳으로 보내고 난 후 아버지는 뭔가를 골똘히 생각하는 표정이었다. 한참 후 잠자리를 보아드리는데, 아버지가 우리 삼남매를 앉혀놓고 말씀하셨다.

"얘야, 금동아. 너는 우리가 여기서 하는 말을 다른 사람들에게 절대로 말하지 마라. 특히나 일본 놈들한테 통역하는 자들 있지 않니? 그자들에게는 정말로 말조심해야 한다. 통사(通事)19)들이 아무리 어르며 달래고 물어도 너희들은 절대 모른다고 말하여라. 만약에 이런 비밀이 탄로 난다면 이번에는 나를 독립군 바람잡이라고 붙잡아다 총으로 쏴 죽인다. 일절 너희들은 모른다고 말하여라. 잘 알겠느냐?"

"예, 정말 모른다고 말하겠습니다."

"마리아, 너도 내 없을 때라도 일본 군인들이 통사를 데리고 와서 묻거든 전부 모른다고 말하여라."

"아버지 말씀한 대로 말하겠습니다. 금동이도 시키면 시키는 대로 말을 잘 듣습니다. 아버지 말씀 잘 듣겠습니다."

우리는 정말로 무서워서 아버지 말씀에 고개를 끄덕였다. 우리가 자칫 말실수라도 하면 아버지가 또 끌려가서 고초를 당하실 것이라 생각하니 두려워서 손이 떨렸다. 나는 아버지가 또 끌려가기라도 할까 싶어 아버지 옆에 꼭 붙어서 잠이 들었다.

---

19) '通事'는 조선 때 통역을 맡아서 하던 벼슬아치를 이르는 말이다.

2.

　다음 날 저녁, 나그네들은 다시 아버지 앞으로 모여들었다. 지난 밤보다는 훨씬 더 기력을 회복하신 아버지는 벽에 기대앉으시어 좌중을 둘러보았다.

　"당신들의 마음이 정말 변함이 없습니까?"

　"없습니다. 집주인님이 좀 알려주십시오. 독립단에 가려면 어찌 찾아가야 합니까?"

　"여기에서 서쪽으로 한 백 리쯤 가면 솔밭관(松田關)20)이라고 있소. 거기에 지금 조직된 지 수 개월이 된 독립단이 있소이다. 수천 명이 되는 군사가 제식훈련을 배우고 있으니 거기로 가면 될 것이오. 내가 글을 써서 줄 터이니 가지고 가시오."

　"주인장은 어찌 그리 자세히 아십니까?"

　"다 알 일이 있소. 그 독립군 혈성단(血誠團)21) 사령관 허승환22)은 나와 친근한 친구요. 대장 최 씨23)는 내가 전에 중대장으

---

20) '솔밭관 고려혁명군', 일명 '솔밭관 빨치산부대'로 고려혁명군의 전신은 한족 공산당(韓族共産黨)이었다. 1922년 러시아 군대가 솔밭관 부대를 무장해제한 후 1922년 9월, 흩어진 부대원을 비롯하여 추풍 지역의 공산당 조직 등을 규합하여 허승완이 새롭게 만든 것이 고려혁명군이다. 군대를 새롭게 편성하여 1대대-3중대로 조직하였으며, 사관학교 등을 세워 독립에 쓰일 인재를 양성하였다. 당시 대대장은 허승완, 제1중대장 오승환, 제2중대장 이관우, 제3중대장 신(辛)氏, 기병대장 이범진 등이었다. 고려혁명군은 봉오동전투, 청산리전투에도 모두 참가하였다. 독립기념관의 <이해룡(이범진)-솔밭관 공산당, 빨치산 군대 회상기>, 1924년 일본간도총영사의 고려혁명당 해산에 관한 기밀서류 14호 등에 관련내용이 실려 있다.

21) 1920년 만주에서 조직되었던 독립운동단체. 정식명칭은 대한애국청년혈성단 (大韓愛國靑年血誠團). 자체적으로 활동하다 1922년에 고려혁명군과 연합하여 흡수된다.

22) 1893년 통영출신으로 호적에 실린 본명은 허승완(許承完). 1910년 신흥무관학교를 졸업하고 1918년 초(만 25세)에 만주로 떠난다. 대한독립군단과 고려혁명군을 조직, 러시아에서 주로 활동하였으며 이름을 '허승환, 허성환, 허황, 허철' 등으로 바꾸어 다니며 일제의 눈을 피했다고 한다. 1937년 일본을 위한 반혁명 간첩누명을 쓰고 러시아에 체포되어 1938년 총살되었으나 1957년 명예가 회복되어 복권되었다. 2012년 건국훈장 애국장을 추서할 당시 이름은 '허승환'으로 기록되어 있다. 3·1운동 당시 잡혀 고문을 받다 숨진 독립열사 허장완(許璋完)과 형제사이이다. (사)통영사연구회에 관련 자료가 있다.

23) 고려혁명군 대장 최찬식(崔燦植)을 말하는 것으로, 1922년 무장해제 후에는 직접 50여 명의 부대를 지휘하여 항일 무장투쟁을 전개하였다. 1925년 병에 걸려 1926년 1월 사망하였다. 2006년에 건국훈장 애족장을 추서하였다. 국가보훈처 홈페이지에 관련 정보가 실려 있다.

로 있을 때에 하사로 직무 하던 자외다. 당신들은 일제히 몰려가지 말고 하나씩 흩어져 찾아가도록 하시오.”

아버지는 공책에 지도를 그려주었다. 서른 명 남짓 되는 나그네들은 각자 지도를 유심히 살펴 본 후에 지도를 찢어버리고 다들 일찍 잠자리에 들었다.

이른 새벽, 아버지는 불편한 몸을 이끌고는 곤히 자는 나그네들 추울 새라 아궁이에 불을 더 넣더니 조금 있다가 서둘러 사람들을 깨우기 시작하였다.

“어서들 일어나시오. 벌써 삼태성(三台星)24)이 정 하늘에 뜨고 달은 졌소. 아마 아침이 가까운 것 같으니 어서 일어나 아침 시중을 들도록 하시오. 누가 닭장에 가서 닭 열 마리만 잡아다 주오.”

아버지의 음성을 듣고 누군가가 닭장에 가서 재빨리 닭 열 마리를 잡아왔다.

“이것이 웬일이오? 씨닭을 잃을 작정이구먼!”

나이 지긋한 어른 몇 명이 눈을 부비며 일어나더니, 마당에 그득하게 잡아 놓은 닭들을 보며 놀라며 말했다.

“몇 마리 닭이 그리도 아깝겠습니까. 속히들 손질하여 가마에 안치고 얼른 밥을 지읍시다. 누가 밥을 잘 잦히나이까? 좀 도와주시오.”

마당과 부엌은 순식간에 시끌벅적해졌다. 누구는 밥을 안치러 가고 누구는 닭을 잡으러 가고 누구는 상을 보고 누구는 바닥에 멍석을 깔았다. 얼마 지나지 않아 아침이 준비되어 모두들 둘러앉아 아침식사를 시작하였다. 아버지는 필묵을 갖추어 편지를 썼다.

혈성단 사령관 허승환의 앞
나의 자필로 글을 써서 올리는 바, 독립에 자원하고 나선 삼십

---

24) 국자 모양의 북두칠성의 물을 담는 쪽에 길게 비스듬히 늘어선 세 쌍의 별이다. 서양의 큰곰자리의 발바닥 부근에 해당된다.

일(三十一) 인의 군인 될 사람들 각각의 이름을 기록하여 품팔이 형식으로 떠나보내오니 사령부에서는 알아서 수리하여 주시오.

　한바탕 식사를 마친 사람들은 하나씩, 혹은 둘씩 짝을 지어 집을 떠났다. 31인의 사내들이 모두 떠나고 난 뒤 뒤에 남은 노인들마저 일자리를 얻으려 집을 나가니 마침내 집은 텅 비게 되었다. 하지만 적막(寂寞)은 그리 오래 가지 않았다. 저녁때가 되자 또 다른 품팔이꾼들이 몰려들었다. 십여 명 정도 되는 나그네들이 집을 찾아들었다.
　아버지는 사람들이 올 때마다 당신이 경험한 이야기들을 들려주었다. 지금 이곳에서 일본군들이 어떻게 조선인들을 괴롭히고 있는지, 죄 없고 불쌍한 조선인들이 어떻게 죽어나가고 있는지 열변을 토하셨다. 그때마다 지난번 사람들처럼 너도나도 독립단에 들어가겠다고 하는 사람들이 늘어났다. 아버지는 사람들을 살펴보아 쓸 만하다 싶으면 모두 편지를 써서 솔밭관으로 보냈다.
　"이래 죽으나 저래 죽으나 죽는 건 매한가지요. 어차피 여기서도 품팔이를 구하지 못하면 굶어죽거나 병들어 죽을 터, 내 조국을 위해 이 한 몸 사르다 죽겠소."
　집을 찾아오는 나그네들은 그렇게 독립을 향한 열망으로 들끓어 며칠씩 몸을 추스른 후에는 혈성단을 찾아 떠났다. 아버지는 몸을 추스르는 동안에도 변함없이 사람들을 위해 편지를 써주고 군불을 때고 끼니를 해결해주었다.
　며칠이나 지났을까, 아버지의 몸 상태가 많이 좋아져서 이제는 다른 이의 도움을 받지 않아도 운신할 수 있을 정도가 되었을 때였다. 느닷없이 일본군인 세 명이 통사를 데리고 집을 찾아왔다.
　"문 씨는 그간 형벌에 공연히 고생이 막심하였소. 우리가 온 바를 모르지 않겠지? 문 씨는 공연히 말 돌리지 말고 바른대로 말하시오. 이 집에 출입하는 독립군이 누구누구요? 이미 다 알고 왔소이다."

"이미 다 아신다며 나에게 와서 묻는 연유가 무엇입니까? 나는 몰라요. 우리 집에 들어오는 나그네들이 어디 한둘입니까? 다들 돈벌이를 위해 오는 사람들인데, 그 사람들 중 누가 독립군인지 내 어찌 알겠소? 그렇다고 먹고 살기 급급하여 찾아오는 사람들을 야멸차게 쫓아내리까? 나는 독립군을 양성하는 사람이 아니외다. 어찌 무죄한 사람을 독립군이라 일러바치라 합니까?"

"그러면 그들이 어디로 갔소? 여기 왔던 사람들 말이오. 당신은 알 터이니 바른 대로 말하시오."

"내가 어찌 안단 말입니까? 혹 일자리를 얻어서 가는 사람도 있고, 제대로 된 일자리가 없을 때는 임시변통이라도 밥벌이를 할까 해서 나가는 사람도 있고, 일이 없다고 소왕령 등지로 간 사람도 있으니 어찌 내가 그 사람들이 간 곳을 다 알 수 있단 말이오?"

"정말 모른단 말이오? 허면 좋소. 내가 여기 인구성책(人口成冊)을 하나 주고 갈 터이니, 앞으로는 여기 오는 사람들의 이름을 모두 여기에 기록하시오. 한 사람도 빼놓지 마시오."

일본군이 아버지에게 공책과 연필을 건넸다. 하지만 아버지는 받지 않았다.

"우리 집에는 글 아는 사람이 없기 때문에 인구성책을 쓸 수가 없습니다. 당신들이 직접 와서 적어가시오. 나는 글을 몰라 인구성책을 기록할 수 없습니다."

"그리도 무식하단 말이오?"

통사는 한심하다는 듯 잠시 아버지를 노려보다가 다시 말을 이었다.

"집 식솔은 누구누구요?"

"식솔들도 글 모르기는 매한가지요. 우리 부모들이 무식하고 가난하게 살다 보니 공부할 사이가 없었습니다. 열세 살 먹은 딸 하나, 여덟 살 먹은 사내아이, 세 살 먹은 어린 사내아이, 그리고 나까지 모두 네 식구외다."

"부인은 없소?"

"없습니다. 부인은 두 해 전에 죽고 지금 홀몸으로 아이들을 데리고 살아가고 있습니다."

"그러면 무슨 직업으로 살아갑니까?"

"저를 돕고 보살펴 주는 지인들의 밭을 맡아 소작농사로 일하여 생계를 부지합니다."

통사가 일본말로 뭐라 뭐라 말하자 일본군들은 못내 아쉬운 듯 입맛을 다시며 돌아섰다.

"그러면 평안히 계시오. 뒷날 다시 찾아오겠소."

"예, 평안히 다녀가시오."

일본군 일행이 동리 어귀를 돌아나가 보이지 않을 때까지 지켜보던 아버지는 이내 방으로 우리들을 끌고 들어오더니 신신당부를 하신다.

"너희들, 혹시 내 김매러 나갔을 때나 다른 일로 나갔을 때에 저 사람들이 오거든 절대로 모른다고 말해야 한다. 너희 집에 밤이면 독립군들이 다니는가 물어도 절대 모른다고 하여야 하느니라. 너희 집에 장총, 폭탄 같은 것이 어디에 있냐고 묻거든 절대 모른다고 말하여라. 마리아, 대답하여라. 절대 모른다고, 없다고 하여라."

"예, 아버지. 그리 말하겠습니다."

"내 오늘은 김매러 가야 하니 아이를 울리지 말고 잘 보아라. 절대 집을 비우지 마라."

마리아는 불안하면서도 내색하지 않으려 애썼다. 침을 한 번 꿀꺽 삼키고는 굳건히 대답하려 했으나 목소리는 떨려 나왔다.

"비우지 않겠습니다. 밭에 갔다 너무 저물어 오지 마세요. 아버지가 너무 저물어 오면 아이들끼리 무섭습니다."

"그러마. 암, 일찍 오고말고. 어린애 암죽을 꼭 데워서 먹여야 한다."

마리아에게 집과 동생들을 부탁하고는 아버지는 밭으로 가셨다. 나는 아버지가 나간 후에 세 살 먹은 동생이 울면 마리아와 함께 순번을 짜서 아이를 업고 다니며 달래었다. 울타리 그늘에 앉아 소꿉놀이도 하고, 어린 금석이를 목마를 태워 놀아주기도 했다.

다음 날, 점심때가 지나 저녁그림자가 뉘엿뉘엿 질 때쯤 또 일본군들이 집을 찾아왔다. 군인 다섯 명과 전날 함께 왔던 통사였다. 나는 아장아장 걸어 다니는 금석이 뒤를 쫓아다니다가 그 모습을 보고는 무서워서 동생을 냅다 등에 업고는 마리아 있는 데로 달려갔다. 누이는 동생들 앞이라 의연한 척했지만 내가 꼭 붙잡고 있는 마리아의 등허리가 조금씩 떨리는 걸 느낄 수 있었다.

"너희 아버지는 오늘 어디로 갔니?"

"조이25)밭 김매러 갔습니다. 어째 그럽니까?"

통사가 부드럽게 웃으며 다가온다.

"내가 너희 아버지를 좀 보려고 그런다. 그런데 지난밤에 잠을 자고 간 독립군은 어디로 갔니? 독립군이 몇이 왔던고?"

마리아는 고개를 꼿꼿하게 들고 대답했다.

"우리 집에는 독립군이 아니 다닙니다. 지난밤에는 우리 식솔밖에 없었습니다. 누가 그럽니까? 우리 집에 독립군들이 다닌다고."

"글쎄 말이다. 독립군이 다니는가 해서 그러지. 야, 그러지 말고 내 말을 들어 보아, 응? 너희 아버지 차고 다니는 단총과 폭탄이 어디에 있니? 알면 나에게 알려라."

"우리 아버지에게는 차고 다니는 단총도 없고 폭탄도 아무 것도 없습니다."

마리아는 말투도 또랑또랑했고 강단이 있었다. 두 주먹은 너무 세게 쥐어 손바닥이 하얗게 파였지만 나는 그런 마리아가 자랑스러웠다.

"만약 너희 집을 수색하여 장총, 단총, 폭탄이 나오면 그땐 네 어쩌겠니?"

"수색하여 보십시오. 우리 집에는 그런 물건이라고는 전혀 없습니다."

---

25) 조. 볏과에 속한 한해살이풀

통사와 일본군이 저들끼리 일본말로 지껄이더니 긴 나뭇가지를 가져와서는 뒷간, 헛간을 다 들추고 다녔다. 방에 들어가서는 어머니의 유품이 남겨 있는 상자까지 열어보고, 서까래 밑 빈 간까지 샅샅이 훑어본 후에도 나오는 것이 없자 괜히 흰소리를 한다.

"너희 아버지 차고 다니는 단총과 폭탄이 있는데 어디 있는지 모를 일이다!"

밖에 서있던 다른 일본군은 가죽 망태기에서 개눈깔사탕을 하나 꺼내어 내게 내어주며,

"네 이름이 금동이라지? 이 개눈깔사탕을 먹어라. 너는 네 아버지가 엊그저께 차고 다니던 단총을 어디에 뒀는지 모르니? 그리고 뭉친 메줏덩이 같은 쇳덩이는 어디에 파묻더냐?"

하고 물었다. 목소리가 자못 상냥했다.

"우리 아버지는 단포(短砲)를 아니 차고 다닙니다. 우리는 정말 모릅니다."

"알면서도 모른다고 말하는 것이냐?"

옆에 서있던 통사는 구리돈을 꺼내더니 내 손에 쥐어준다.

"본 대로 가리켜라, 응?"

"정말 모릅니다."

나는 정말 울 것만 같았다. 겁이 무척 났다. 그때 누나 마리아가 내 앞을 막아섰다.

"금동아, 그 돈을 다오."

마리아는 내 손에서 구리돈을 빼앗아 도로 통사에게 주며 엉엉 울어버렸다.

"야, 금동아! 개눈깔사탕도 도로 드려라. 그런 사탕을 못 먹어서 받았니?"

통사는 두 아이가 울어버리자 멋쩍은 듯 구리돈은 챙겨 넣고 개눈깔사탕은 도로 나에게 내주었다.

"이것은 먹어라. 그리고 너희 아버지 오거든 우리 왔다갔다는 말을 하지 마라. 응? 금동아, 내일 아침에 쓰레기통으로 물건 주

우러 오너라. 오면 내 다른 아이들은 다 쫓고 네가 줍게 해주마.
그리고 사탕도 더 주고 주먹밥도 많이 주마. 내일 아침에 오너라,
응?”
　하고 그들은 가버렸다.
　아버지는 저녁때가 되어서야 집으로 돌아왔다. 우리는 그들이
가고 난 후 바로 저녁을 다 해놓고 아버지 드실 저녁상까지 차려
놓고 기다리고 있었다.
　저만치 울타리 밖에 아버지 모습이 보이자 나는 한달음에 달려
가 아버지 드신 점심 두레를 받아 가지고 들어왔다. 마리아 등에
업혀 있던 금석이는 아버지를 보자 안기겠다고 팔을 내저으며 좋
아한다. 아버지는 아이를 받아 안고 기쁘게 입을 맞추었다. 이틀
동안 아버지를 보지 못한 금석이는 아버지 얼굴을 이쪽저쪽을 어
루만지며 까르르 웃는다. 아버지가 너털웃음을 웃으셨다.
　“어찌 오늘은 저녁 땟거리를 못 끓였느냐?”
　우리 집 앞마당, 몇 해 묵은 버드나무 아래에 아무것도 차려지
지 않은 것을 보고 아버지가 의아한 듯 물으셨다. 앞마당에 있는
버드나무 그늘 밑은 아주 시원해서 여름이면 그 아래에서 밥을 먹
고 더위를 피하고는 했었다. 한겨울만 빼고는 등잔도 아낄 겸 버
드나무 아래에서 주로 식사를 하였다. 그런데 저녁상이 차려지지
않았던 것이다.
　“아버지 일찍 오실 줄 알고 벌써 저녁을 차려놓았지요.”
　“이이고, 내 딸 마리아가 이제 다 컸구나. 고맙구나, 벌써 저녁
을 다 하였느냐? 참, 아이는 먼저 먹였느냐?”
　“금석이는 벌써 먹였습니다. 밥도 먹이고 몸도 깨끗이 씻어주었
습니다.”
　“금석이 나를 찾아 울지 않더냐?”
　“오늘은 울지 않고 많이 먹고 잘 놀았습니다.”
　“그래, 오늘은 잘 놀았니? 내가 김을 질 매어 제초를 잘 해야
우리가 먹을 게 많을 것 아니냐. 밭에 며칠 만에 가보니 잡초가

우거져 범이 새끼를 치게 되었더라.”

“내일은 저도 아버지와 함께 가서 김을 매겠습니다. 금석이 울지 않고 금동이와 같이 말놀이를 놀며 잘 놀아요.”

“야, 그만두어라. 내 몸이 이렇기로 김 하나 못 매겠니? 아이나 잘 거두어라. 울리지나 말고. 아, 배가 고프구나. 저녁이나 차리어라.”

아버지가 버드나무 밑으로 가시며 말씀하셨다. 마리아가 얼른 아버지 뒤를 따라간다.

“저녁상은 방에서 드시어요. 방에 차려놓았어요.”

“왜 어두운 방에다 차렸느냐?”

“아버지와 할 말이 있어서 집에다 차렸습니다.”

아버지가 금석이를 안고 방으로 들어가니 저녁상이 다 차려져 있었다. 찬 없는 밥상이지만 어린 마리아의 정성이 깃든 밥상인지라 아버지는 아주 좋아하셨다.

“마리아, 네 이제 다 자랐구나. 금동아, 점심 두레를 가지고 오너라.”

내가 아버지에게 받아들었던 점심 두레를 가지고 들어갔다. 무게가 제법 나갔다. 아버지는 점심 두레에서 참외 여섯 개를 꺼내 놓으셨다.

“이것을 큰아이와 고루 나누어 먹어라.”

마리아는 껍질을 발라 큰 것을 아버지에게 드리고 다음 하나는 나를 주고 또 다음 하나는 절반을 잘라 씨를 털어 금석이를 주었다. 아버지는 낮에 밭에서 실컷 먹었다며 사양하셨다.

“너희들이 다 먹어라. 고루 나눠 먹어라.”

“나는 아니 먹겠습니다. 금석이 내일 참외를 달라 하면 어쩌겠습니까. 두었다가 금석이에게 주려고 그럽니다.”

아버지는 마리아를 가만히 쳐다보시며 웃으신다.

“옳지, 그렇구나. 그러나 참외를 너무 많이 먹이지 마라. 참외 곽란(霍亂)26)을 할 수도 있으니 조금씩 씨를 털어 먹여야 하지.”

---

26) 음식이 체하여 갑자기 토하고 설사하는 급성 위장병

"예, 아버지. 그리 하겠습니다."

아버지는 많이 시장하셨던 듯 이내 저녁 식사를 아주 맛나게 하신다. 마리아는 잠시 밖에 나갔다 오더니 여태껏 참았던 말을 시작한다. 아버지는 정대(正大)한 자세로 저녁을 잡수시며 신중히 딸 마리아의 말을 듣는다.

"오늘 저녁 어스름에 일본 군인 다섯과 통사가 왔었습니다."

"그래, 와서 뭐라 하더냐?"

"아버지 차고 다니는 권총이며 단총, 장총 탄약을 어디에 두었냐고 묻고 집안을 다 뒤지더니, 글쎄, 지난밤에 너희 집에 독립군이 몇이 자고 갔는지 바른대로 대라고 겁박하였습니다."

아버지는 화가 나셨는지 목소리가 떨리었다.

"그래, 뭐라 말하였니? 금동이에게도 묻더냐?"

"아버지 시키신 대로 말하였지요. 우린 아버지가 그런 거 가지고 있는 걸 보지도 못했고 알지도 못한다고. 우리 집에 아무 나그네도 없이 우리 식솔들만 잤다고 했습니다. 그랬더니 금동이에게 개눈깔사탕을 주고 돈도 주어 어릅니다. 그래, 금동이도 모른다고 하니 또 어르며 말하고, 또 말하고……. 내 너무 무서워 울며 금동이 가진 돈을 빼앗아 도로 주고 개눈깔사탕도 도로 주니까 돈은 받고 개눈깔사탕은 다시 금동이를 주었어요."

"아버지, 그이들이 우리 집을 다 뒤지고 갔어요. 집안 구석구석을 다 뒤져도 아무것도 나오지 않으니 그냥 갔어요."

"그이들이 또 금동이를 어르며 독립군들이 와 자거든 자신들에게 와서 지체하지 말고 말하라 하며, 내일은 쓰레기통으로 무엇을 주우러 오면 다른 아이들은 쫓고 금동이한테만 줍게 한답니다. 그리고 사탕도 더 주고 주먹밥도 주겠다 하옵디다. 그러면서 아버지에게는 자기들이 왔다 갔다는 말을 절대 하지 말라 신신 부탁하고 갔습니다."

아버지는 마리아와 나의 말을 신중히 다 들어주었다. 아버지의 표정이 많이 어두웠다.

"그러게 내가 무어라 하더냐? 필시 내 없는 틈을 타서 너희들에게 아니 될 수작을 하리라고 하였지? 일체 너희들은 독립군이 다닌다고 말하지 말 것이며 명심하여라. 만약 말을 잘못 하게 된다면 이번에는 나를 끌고 가 주리를 틀어 죽인다. 허니 일절 모른다고 말하여라. 응, 금동아?"

나는 고개를 주억거리며 대답했다.

"예, 아버지 시킨 대로 꼭 그렇게 하겠습니다."

"꼭 내 말대로 해야 한다!"

아버지는 다시 한 번 다짐을 시킨다.

"예, 아버지."

"아버지, 이제는 금동이더러 쓰레기 주우러 가지 말라고 해요."

마리아가 걱정스러운 듯 나를 보았다가 다시 아버지를 보았다.

"어찌 그러느냐?"

"그러다 그들의 어름에 떨어지어 아무 말이나 하면 어쩝니까?"

"나는 아무 말도 아니한다. 아버지를 또 그들이 붙잡아다 때리라고 내 아무 말이나 하겠니?"

나는 발끈하여 소리쳤다. 하지만 마리아는 내 말은 듣지도 않고 제 할 말만 한다.

"그런 것이 어째 돈을 주니 받고, 개눈깔사탕은 받았니?"

"그래, 또 그들이 주면 받겠니?"

아버지가 진중히 내게 물어보셨다.

"이제는 아니 받겠습니다."

"그래, 아무리 좋은 것을 주어도 받지 마라."

"예, 나는 다시는 아니 받고 아버지가 시키는 대로 하겠습니다."

그제야 아버지와 마리아는 안심한 듯 더는 나를 다그치지 않았다.

"마리아, 통사는 어찌 생긴 사람이더냐?"

"낯에 점이 박힌 놈입니다."

"그래, 그 놈이 제일 못된 놈이니라. 나를 악형할 때에 번역하던 놈. 어느 때에 한 번 나에게 항복할 때가 올 것이야. 금동아, 일본군대로 쓰레기 주우러 가도 된다. 잘 살펴보다가 지난봄처럼 독립군을 붙잡아 왔는지 보고 오너라. 허나 조심하여라. 통사들이 아무리 얼러도 절대 모른다고 하여라. 절대로!"

나는 힘차게 고개를 끄덕였다. 그리고 다음 날, 해가 뜨기도 전에 일본군대로 달려갔다.

나는 벌써 몇 해째 일본 군병으로 들어가서 동네 아이들과 다니며 아침 일찍 쓰레기통을 뒤지며 필요한 것들을 주워오고는 했다. 헌 양말짝, 헌 신짝, 헌 옷 등을 주워오면 그 재미가 쏠쏠하였다. 날마다 하루도 빼놓지 않고 헌 옷을 주워오는데, 다른 아이들에게 지는 것을 싫어하여 늘 제일 먼저 달려가곤 하였다. 일찍 가면 헌 옷을 더 많이 줍고 더 좋은 것을 주웠다.

내가 일본군대 안에 가서 쓰레기를 줍는 일을 아버지는 반대하지 않으셨다. 그 이유는, 군대 안에 어떠한 사건이 생기는지를 알 수 있기 때문이었다. 아버지가 특별히 군대 안의 사정을 봐달라고 부탁을 하는 날이면, 다른 날보다 일찍 나가느라 낯도 제대로 씻지 못하고 달려가고는 했다. 옷도 비렁뱅이처럼 헤진 것을 입고 가면 함께 쓰레기 주우러 간 아이들이 놀려대기도 했었다. 그러면 아이들의 구박이 서러워 엉엉 울어버린다. 제대로 씻지도 못한 낯에 묻은 먼지와 함께 눈물범벅이 된 얼굴은 불쌍하기 그지없었다. 일본장교들과 통사들은 나를 아주 불쌍한 아이로 보아 어떤 때에는 옷도 좀 단단하고 깨끗한 것으로 따로 챙겨났다가 주기도 하였다.

눈치껏 일본 군인들을 도와 물건도 날라주고 마당도 깨끗이 쓸어주면 때때로 사탕도 얻을 수 있었다. 군인들의 식당에 가서 물도 들어다 주고 구정물도 버려주면 그들은 또 좋다고 한다. 그리고 내가 너무 더럽다 싶으면 데려다 세수도 시켜주고 내 낯을 닦은 수건은 또 나에게 쓰라며 준다. 일본장교들과는 제법 친해져서 다른 아이들이 여럿이 뭉쳐 나를 괴롭히고 때릴 때는 그 아이들을 쫓아내 주기도 하고, 군인들과 장교들의 침실과 집무실까지도 나를 들어갈 수 있게 해주었다. 장교실 바닥을 빗자루로 깨끗하게 쓸어주면 그들은 아주 좋아하였다. 어떤 장교는 나를 예뻐하여 몰래 감추어놓은 맛난 사탕까지 꺼내주며 머리를 쓰다듬어 주기도 하였다.

어떤 날이었다. 그날도 첫 새벽에 쓰레기통으로 달려갔다. 그런데 분위기가 어수선하여 살펴보니 전날 총 쏘고 포탄 던지는 연습을 했던 모양이었다. 일찌감치 아침을 먹은 군인들이 모두 전쟁판으로 나가는 것처럼 무장을 하고는 두 줄로 행렬을 지어 움직였다. 지난밤 폭탄을 던져서 망가진 모래더미를 수리하느라 바쁘게 움직였다. 나는 헌 옷을 마대에 넣어 메고 그들이 바로 보이는 풀숲에 가서 물끄러미 서서 구경하였다. 그러다가 돌아서서 나오는데 발끝에 무언가 걸리는 것이 있었다.

"이게 뭐지?"

허리를 숙여 살펴보니 그것은 둥글게 빚은 메주덩어리 같이 생긴 쇳덩이였다. 나는 헌 옷을 담은 마대에 쇳덩이를 집어넣고는 서둘러 집으로 돌아왔다. 누가 쫓아오지도 않았건만 괜히 마음이 졸여서 집에 도착하니 온 몸에 땀이 흥건하였다.

"금동아, 어찌 오늘은 그리 늦었니? 어디 아프냐?"

마리아가 걱정스레 묻는다.

"아무 일도 없다. 배고파."

아침을 먹으며 나는 마리아의 눈치를 살폈다.

"저, 누나……. 내가 오늘 별난 것을 얻어왔다. 보겠니?"

"무엇인데?"

"쇳덩이 같은 것을 얻어 왔다."

"무엇이? 쇳덩이?"

마리아는 화들짝 놀라며 내게 다그쳐 물었다.

"네 어디에서 그걸 얻었니? 누가 주던? 네가 군사들 사이로 다니면서 훔쳐왔니?”

“아니다. 내 수풀 사이에서 얻어왔다.”

“정말 얻어온 것이 맞아?”

“정말 얻어왔다는데도!”

마리아가 서둘러 마대자루를 열어 쇳덩이를 꺼냈다. 찬찬히 살펴보니 그 쇳덩이 한쪽 끝에 해를 그린 천이 묶어져 있고 한쪽 끝은 고리가 달려 있다. 한 번도 사용하지 않은 새것이다.

“이제는 정말 너를 아버지에게 말하여 몹쓸 쓰레기 주우러 아니 보내겠다. 이것을 무슨 일에 쓰자고 얻어 왔니? 일본군대에서 알면 너를 죽인다, 죽여!”

나는 마리아의 말을 듣고서야 내가 한 짓이 얼마나 위험한 것이었는지를 알았다. 무서웠다. 정말 나를 죽이는 걸까?

“누나, 그러면 빨리 치우라.”

마리아는 그것을 치마 앞에 담아 가지고 밖으로 나갔다. 한참이 지나서야 방으로 들어온 마리아는 나를 붙잡고 신신당부를 한다.

“너 절대로 그것을 주워왔다고 말하면 아니 된다. 누가 오든지, 누구한테도 그러한 말을 하면 아니 된다고. 알았지?”

나는 머리를 크게 끄덕였다. 그리고는 후회를 했다. 놀잇감도 되지 못하는 그런 쇳덩이를 왜 주워 왔는지 알다가도 모를 일이다.

시간이 조금 흐르자 또 다른 걱정이 하나 생겼다. 아버지가 돌아와서 내가 그 쇳덩이를 가져온 것을 알고 야단을 치실 것이 생각난 것이다. 나는 다급히 마리아에게 말하였다.

“아버지 오거든 그런 쇠뭉치를 주워 왔다고 말을 하지 마라. 그리고 저녁에 남몰래 늪에다 갖다 던져버려. 응?”

“너나 다른 사람에게 일체 말하지 마라. 네가 아무래도 그리 겁내는 것을 보니 필시 훔쳐온 것이구나?”

“아니라니까! 정말로 수풀 사이에서 주워 왔다! 내 무슨 연유로 너와 거짓말을 하겠니?”

내가 정말로 화를 내자 마리아는 내가 겁먹지 않도록 달래기 시작했다.

"됐다. 훔친 것이 아니면 별일 없다. 이미 늪에 가져다 던졌다. 걱정 마라."

그제야 나는 안심하고 마음을 놓았다. 그날은 하루 종일 동생을 데리고 놀았다. 요즘 아버지는 우리가 두려워한다는 것을 알고는 일찍 집에 돌아오신다. 아직 깜깜해지기도 전인데 저녁 일찍 아버지가 돌아오셨다.

나는 혹시 아버지가 아침의 일을 아실까 하여 잔뜩 겁을 먹었다. 하지만 아버지는 아무런 내색도 하지 않으셨다. 여전히 금석이를 반겨 안으시며 우리들과 즐거이 대화를 나누었다.

저녁을 먹고 동생이 잠이 들자 나도 피곤하여 일찍 잠이 들어 버렸다. 마리아는 금석이 먹일 암죽을 끓이느라 오늘도 늦게 잘 모양이다. 잠결에 두런두런 말소리가 들려왔다. 마리아와 아버지의 대화였다.

"…… 그래서 그 쇳덩이를 제가 숨겨두었습니다."

나쁜 누이! 내가 아버지한테 말하지 말라고 부탁했는데도!

나는 마리아가 괘씸하여 화가 났다. 하지만 일어나면 아버지한 테 혼이 날 것 같아 꾹 참고 자는 척했다. 그러면서 손가락 사이 로 아버지와 누이를 내다보며 살폈다. 아버지는 마리아의 말을 신 중하게 듣는다.

"그러니까 아버지, 내일부터는 금동이를 쓰레기 주우러 보내지 마세요."

아버지는 한참 아무런 말씀 없이 생각을 하시었다.

"그 쇳덩이를 가져오너라."

마리아가 나가더니 조금 지나서 쇳덩이를 치마폭에 감싸서 가지 고 들어왔다.

"새것이구나. 이것이 터지면 어쩌려고 저게 이런 것을 주워가지 고 왔단 말이냐. 정말 너에게 주워 왔다고 하더냐?"

"정말 주워 왔답니다."

“다시는 이런 것을 줍지 말라고 단단히 일러라. 만약 일본놈들이 알기만 하면 나를 붙잡아다 죽일 것이야. 그때에 독립군들을 붙잡아서 불에 넣어 살랐던 것처럼 나도 그리 될 것이다. 내일 일어나거든 내 말한 대로 단단히 일러라. 말을 듣지 않거든 때려서라도 가르쳐라. 남들이 알면 큰일 난다.”

“예, 이미 그리 일렀습니다. 아이가 겁이 나서 두려워하던걸요. 다시는 이런 걸 주워 다니지 않겠다기에 제가 이미 늪에다 버렸다고 했습니다.”

“잘하였다. 다시는 못 가져올 게다.”

아버지는 쇳덩이를 한참동안 살피셨다.

“이것이 바로 폭탄이라는 것이다.”

“그렇습니까? 보기에는 참으로 아무렇지도 않습니다.”

“위험한 것이다. 금동이에게도 말하여라. 이런 쇳덩이가 있는 것을 알면 우리를 몰살시킬 것이야. 그러니 절대 발설하지 말도록 하여라.”

“참, 아버지. 앞서 번에 집을 수색할 때에 너희 집에 폭탄이 있느냐고 말했었는데요, 만약 또 와서 이것이 발견되기라도 하면……?”

“걱정마라. 내 알아서 할 터이니.”

아버지는 폭탄을 손수건에 싸고 또 큰 수건에 싸서 어디엔가 감추신다. 그리고 그 일은 그렇게 조용히 묻히었다.

일본 군인들이 전쟁 연습을 하며 폭탄을 던져 터지는 시험을 할 때가 자주 있다. 그럴 때면 일본군들이 던져놓고 잃어버린 폭탄을 미처 수거하지 못하여 주워오는 아이들이 간혹 있었다. 그러다 폭탄이 터져서 주워온 그 아이도 죽고 그 아이 집안도 붙들러 가서 고초를 당한 일이 있었다. 나는 크게 안심하였다. 다행히 내가 주워온 폭탄은 터지지도 않았고, 폭탄을 주워온 사실을 누가 알아차리지도 못했던 것이다.

3.

덧없는 세월은 흘러 여름철이 지나가고 음력 칠월 보름이 되었다. 농부들은 한창 바쁜 시절이라 농부가(農夫歌)로 화답하며 추수에 비지땀을 흘리고 있었다. 등탑봉에 있는 떡갈나무는 가을바람이 불어 올 때면 흔들흔들 춤을 추고, 웅성하게 자란 풀은 그 누구를 감추려는 듯 크고 수북하게 자라났다.

소동(小童)들은 노래하고 그믐밤에 뜬 기러기는 제 새끼를 까서 공중에 높이 날아 남쪽나라 먼 곳으로 고향을 찾아 날아갔다. '기럭기럭' 소리치는 기러기들의 울음소리가 멀어지면 부모처자와 이별하고 수풀 속에 숨어 다니는 독립군은 고향 생각이 더욱 간절해졌다. 반드시 일본 원수와 대전하여 승전곡을 울려 고국산천으로 돌아가 부모처자를 다시 보리라는 열망이 더욱 불타올랐다. 그러나 독립군들의 삶은 만만치 않았다. 숨어 다니며 배고픔과 추위에 떠는 것만이 힘든 것이 아니었다. 간혹 실수하여 못된 일본군에게 붙잡히는 날이면 아까운 청춘을 그대로 잃어버리게 된다.

나는 삼 일 동안을 집밖 거동을 못하였다. 학질(瘧疾, 말라리아)에 걸린 것이었다. 그래서 쓰레기통에도 가지 못하고 된통 앓다가 사흘이 지나서야 겨우 일어설 수 있게 되었다. 조금씩 후들거리는 다리를 추슬러 겨우 걸음을 옮기며 쓰레기통에 갔는데, 이미 시간이 한참 늦어 주울 것이 별로 없었다. 얻은 것도 없이 어정어정 걸음을 옮기고 있는데 저만치에 조선사람 몇 명의 모습이 보였다.

"어이! 너, 저기 가까이 가지 마라."

보초병이 나에게 손짓을 한다. 나는 가까이 가지 못하고 선 채로 그들을 자세히 살폈다. 조선사람 열 한 명이 각각 묶이어 끌려가고 있었다. 그들은 모두 똑같은 모자를 쓰고 똑같은 의복을 입고 있었다.

"앗, 저 사람은……."

낯이 익은 이가 있었다. 기억을 더듬어 보니 지난번 우리 집에서 닭을 삶아서 먹여 보낸 사람 중 한 사람이었다. 정(鄭)이었던

가? 안타까웠다. 그토록 패기 넘치게 나갔건만 그사이 붙잡힌 모양이었다. 나머지 사람들은 얼굴은 모르지만 모두 같은 독립군일 것이다. 정(鄭)이 고개를 돌리다가 나와 시선이 마주치자 바로 눈짓을 했다. 나는 얼른 눈길을 피하여 길을 돌아 나왔다.

"너는 요사이 어찌하여 쓰레기 주우러 오지 않았니?"

느닷없는 목소리에 놀라 고개를 드니 얼굴에 점이 박힌 통사였다.

"예, 요사이 학질에 붙들려 앓다 보니 쓰레기 주우러 올 수가 없었습니다."

"그래? 그러고 보니 얼굴이 아주 안됐구나. 그렇게 많이 아팠으면 여기 군대 병원으로 오지 그랬느냐? 가자, 내 학질약을 얻어 줄 터이니."

나는 점박이 통사를 따라갔다. 통사는 군대 의사와 뭐라고 일어로 말하더니 조그만 약 아홉 알을 내주었다.

"이 약을 하루에 세 번씩 꼭꼭 먹어라. 그러면 앞으로 학질을 앓지 않을 것이야."

"예, 고맙습니다."

돌아서 나오는데 통사가 다시 나를 불러 세운다.

"야, 금동아. 네 오늘 쓰레기 주우러 늦게 와서 얻을 것이 없지? 저기 너 주려고 모아놓은 것이 있으니 가지고 가라."

한쪽 구석에 가서 보니 제법 멀쩡한 양말 몇 켤레가 있었다. 그것을 받아 가지고 나오는데 통사가 나를 다시 불렀다.

"기다려라."

하더니 그는 막사 안으로 들어가서 개눈깔사탕과 주먹밥까지 들고 나왔다.

"내 다음에도 좋은 헌 옷을 주마. 단떡도 주고 사탕도 주고 밥도 많이 주마. 이다음에 또 와라."

"예."

"네 이름이 금동이라지? 나이는 몇 살이냐?"

　“나이는 얼마인지를 모릅니다.”

　“어찌 나이를 모른단 말이냐? 아버지에게 네 나이 몇 살인지 알려 달라 하여라. 혹 네가 셈을 헤아릴 줄 아느냐?”

　“셈 헤아릴 줄 압니다.”

　“허면 헤아려 보아라. 잘 세는가 보자.”

　나는 하나, 둘, 셋, 넷, 다섯……. 손가락을 폈다 구부렸다 하면서 되는 대로 마구 셈을 헤아리지 시작했다. 일곱, 아홉, 여섯, 여덟, 열…….

　“그래. 됐다. 이리 와라.”

　통사는 나를 데리고 다른 곳으로 갔다. 마침내 도착한 곳에는 아까 마당가에서 보았던 독립군들이 묶여 있었다. 그들은 소 굴레를 씌워 마장(馬場)에 묶어 놓은 듯 밧줄에 여기저기 묶여 있었으며 족쇄를 채웠다. 나는 통사 뒤를 따라가며 두 주먹을 꼭 쥐었다.

　“이 사람들 중에 너희 집을 다니며 밥을 먹던 사람이 몇 명이나 되니? 찬찬히 보고 가려내라.”

　통사가 사람들을 가리키며 물었다. 나는 침을 꿀꺽 삼킨 후에 말을 이어갔다.

　“여기 사람들 중에 우리 집에 다녀간 사람은 한 사람도 없습니다. 이 사람들이 누굽니까? 되놈27)의 호우재입니까?”

　“아니다. 이놈들이 너희들이 말하는 독립군이다.”

　“허면 이 사람들은 조선말을 하지 않습니까? 직접 물어보면 되지 않아요?”

　“말을 하지 못하게 하여 말을 못 한다.”

　“어째서 말을 못하게 합니까?”

　“아주 못된 놈들이다. 모두들 고문도 받기 전에 제 혀를 물어버려 제 스스로 말을 하지 못하도록 만든다.”

　나는 그들의 용맹함이 자랑스러웠다. 하지만 내색하지 않고 또

---

27) 중국인(中國人)을 낮추어 부르는 말

물었다.

"되놈의 호우재보다 더 몹쓸 사람들입니까?"

"그렇지. 이들이 모두 독립군인데."

잡혀 있는 사람들은 모두들 정신 잃은 사람 같다. 성한 사람이 하나가 없었다. 그때 나이가 정말 어려 보이는 사람이 통사를 향해 소리를 질러댔다. 그의 몰골은 형편없었다.

"너희 개 무리들보다는 좋은 사람들이다!"

"이 개놈의 새끼, 뭐라는 거야?"

통사는 그대로 그 사람에게로 달려가서 구둣발로 그를 걷어차더니 얼굴을 우그러지게 박는다. 그 사람은 비명조차 지르지 못한 채 정신을 잃고 넘어졌다.

"따라와."

통사가 나를 끌고 그 사람들 무리 가운데로 데리고 갔다. 나는 그 뒤를 따라다가다 정(鄭)의 곁에 가서 왼발로 그의 발을 한번 꾹 디뎠다. 그는 벌써 알아차리고 고개를 푹 숙인 채 표 나지 않게 머리를 세 번 끄덕였다.

"없습니다. 아는 얼굴이 없습니다."

입구를 지키는 보초병 다섯과 그들을 지휘하는 상등병이 단총을 차고 왔다 갔다 하고 있었다. 통사가 상등병과 뭐라고 얘기를 하더니 나를 내보내준다. 나는 헌 옷을 담은 마대를 끌어안고 서둘러 집으로 돌아왔다.

"또 학질이 도진 것이야? 왜 그리 못 먹니?"

아침을 먹는데 마리아가 걱정이 된 듯 다가와 묻는다.

"아니다."

"근데 왜 그리 맥이 없어? 내 뭐라더냐, 그 잘난 것 주우러 가지 말라고 했지?"

갑자기 화가 치밀었다.

"내 그까짓 깃 쓰레기 못 주워 와서 그러는 게 아니아! 독립군들이 많이 붙잡혀 와서 그래."

마리아가 갑자기 주변을 살피더니 말소리를 낮추었다.

"너, 독립군인 것을 어찌 아니?"

"어찌 모르겠니? 의복을 보아도 알겠는데."

"네가 언제 독립군을 봤다고?"

"몇 번 보았다. 엊그저께도 독립군 세 명을 붙잡아다 주민들을 불러다 놓고 그 앞에서 일장 연설을 한 후에 총으로 쏘아 죽이지 않았니? 또 그 시신을 불에 사르는 것도 봤는데 그 독립군 의복과 똑같더라."

마리아는 놀란 표정을 지었다.

"너는 나보다 많이 아는구나. 그래, 독립군들 가운데 우리 집에 다니던 사람도 있더냐?"

"한 사람이 있더라."

"그럼 그 사람이 우리를 안다고 하면 어쩌니?"

"걱정 마라. 그 사람 가까이 갔을 때 내가 발로 그에게 신호를 줬는데 알아채고 남모르게 고개를 숙이고 끄덕이더라."

"넌 무섭지 않니? 통사가 널 어떻게 어르더냐?"

"뻔하지. 헌 옷도 따로 모아두었다고 내어 주고, 개눈깔사탕도 주고 단떡도 주고 밥도 주고 그런다고 하더라. 그러다가 그 독립군들이 있는 데로 데리고 가서 어느 사람이 우리 집에 왔던 사람인가 대라고 하더라."

"넌 뭐라고 대답했니?"

"뭐라고 했겠니? 누나는 날 그리 못 믿니?"

"아니다. 그냥 걱정이 되어서 그러지. 그 통사 놈이 얼렁뚱땅 묻는 물음에 잘못 대답하였다가는 큰일이 난다. 꼭 명심하여야 해."

"나도 잘 안다. 잘못 말하였다가는 우리를 다 붙잡아다 죽이겠지. 내가 그걸 몰라서? 아무리 좋은 것을 준다 해서 토설하지 않을 테야."

우리는 동생 금석이를 서로 업어주고 놀아주며 암죽도 먹이고 씻기기까지 다 하였다. 해가 서산으로 기울어지니 마리아는 저녁을 준비하고 있었고 나는 무료히 아버지가 돌아오기만을 기다렸다. 아버지는 너무 늦지 않게 집으로 돌아오셨다.

"아버지, 제가 오늘 헌 옷을 주우러 일본군대에 갔다가……."

"또 갔느냐? 몸은 괜찮고?"

아버지는 걱정이 되신 듯 내 몸을 살피신다.

"괜찮습니다. 하여튼, 좀 늦게 갔는데 이미 아이들이 다 주워가서 없었습니다. 그래서 조금 더 안으로 들어갔는데 그곳에서 독립군들을 봤습니다."

"독립군들? 잡혔더냐?"

"예, 독립군들을 붙잡아다 덩굴로 얽어매었습니다."

"몇 명이나 되더냐?"

"세어 보니 열한 사람입니다."

아버지는 표정이 어두워졌다. 낙망한 기색이 얼굴에 가득했다.

"이 일을 어찌할꼬. 그래, 확실히 열한 사람이더냐?"

"예, 정말 똑똑히 세어보았습니다."

"일본 손에 붙들리면 죽을 수밖에 없어. 이 일을 어찌할 거냐. 아니다, 내 이번엔 너희들을 살려내고 말 테야. 야, 금동아! 우리 집에서 간 사람도 있더냐?"

"한 사람이 있었습니다. 지난번 닭을 삶아서 먹여 보낸 사람들 중에 정(鄭)이라는 사람이 있었습니다."

아버지는 또 신신당부를 하신다. 또 쓰레기 주우러 가서 그 사람을 만나더라도 절대로 아는 척해도 아니 되며, 우리 집에 독립군이 다닌다고 말을 하여서도 아니 된다는 것이었다.

나는 아버지께 통사가 군대 병원에 데리고 가서 약을 받아 준 것을 말씀드렸다. 아버지는 내가 내민 약을 한참을 살피더니 삼 때를 다 챙겨 먹으라고 하셨다.

"오늘 저녁에는 피곤하구나. 일찍 잠자."

아버지는 저녁조차 다 잡숫지 않고 수저를 놓으셨다. 얼굴에 수심이 가득하여 힘들어 보이신다. 마리아가 아버지의 자리를 펴 드리자 아버지는 의복도 벗지 않고 누우신다. 우리는 조용히 잘 준비를 하였다. 동생 금석이는 벌써 깊이 잠이 들었다. 마리아가 등불을 끄자 집안은 곧 컴컴해졌다.

나는 자리에 누웠으나 잠이 들지 않았다. 아침에 본 독립군들의 모습이 눈에 아른거렸다. 아버지는 한숨을 쉬며 우리가 잠이 들기를 기다리시는 모양이다. 마리아는 동생 돌보고 살림 하느라 지쳤는지 금방 곯아떨어졌다. 나는 자는 척하려고 일부로 헛코를 골았다. 달그림자를 보니 시간은 얼추 열한 시쯤 된 것 같았다. 아버지는 우리가 잠들었다는 걸 확인한 후 일어나 나갈 차비를 한다.

외투를 입은 아버지는 안방으로 들어가더니 나와서 등불을 밝히고 무언가를 쓰기 시작하셨다. 누구에게 편지를 쓰는 모양이었다. 나중에 알게 된 편지의 내용은 이러했다.


수금(囚禁)에서 고통 받는 나의 독립군들!

당신들은 수금에서 고통을 받지만 나의 명령을 실행하라. 군령(軍令)으로 하사는 명령하라. 당신들을 내일 아침 조사 후에 족쇄를 벗겨 놓거든, 일시에 한 마음으로 움직여 등탑봉을 향하여 뛰라. 너희 열 명의 군인들은 하사의 명령을 실행하라. 하사는 빈손으로라도 절대로 겁내지 말고 '뛰어!' 명령하라. 이 명령서를 다 읽은 후에 뜯어 먹어 없애라.

허승환 씀


아버지는 편지를 다 쓴 후에 품에 넣고는 마리아를 깨운다. 마리아는 잠결에 일어나 앉았다.

"괜히 걱정할까 미리 말해두는 것이야. 내 지금 잠시 갔다 올 곳이 있으니 너는 아이들이 깨어나 울거든 잘 달래어 다시 재워라. 그리고 만약에 내 날이 새도록 오지 않거든 아침에 금동이를 헌 옷 주우러 보내어 일본군대에 붙잡혀 갔는지 살펴보도록 하여라. 그리고 등불을 끄고 자라."

마리아는 아버지가 나간 후에 등불을 끄고 자리에 누웠다. 하지만 밤새 잠을 이룰 수 없었다. 아버지는 이 밤에 어디로 가시는가? 또 잡힐 수도 있다는 말인가?

밤이 깊었다. 길가에 인적조차 없이 사위가 고요했다. 개조차 짖지 않아 마치 무덤 속처럼 적막하기 그지없었다. 아버지는 그 길로 발걸음을 하여 어느 집 문전에 다다랐다. 그 집 역시 불이 꺼지고 조용했다. 바로 원동(遠東)28)에서 제일가는 부자 박승관의 맏아들 집인데, 집이 워낙에 커서 한쪽에 지어놓은 간에 지금은 김연학이라고 하는 통사가 세를 얻어 살고 있다. 다른 통사들은 대부분 홀몸이기에 군대 안에서 머물지만 김연학은 식구가 있고 부인이 있어 따로 나와 이 집에서 살고 있는 것이다.

아버지는 전에 박승관의 맏아들 집에서 농군살이를 한 적이 있어, 이 집의 집채만큼 큰 개도 아버지를 보고는 짖지 않는다. 오히려 반갑다고 꼬리를 흔들며 반긴다.

"주인장 계십니까?"

나직이 불러보았으나 안에서는 기척이 없다. 아버지는 목소리를 조금 높이셨다.

"연학 선생님, 계십니까?"

그제야 안에서 기척이 들리는가 싶더니 조금 있다가 손에 권총을 쥔 김연학이 조심스레 문을 열고 밖을 내다본다.

"이 밤중에 어쩐 일이오?"

김연학은 상대가 아버지인 것을 확인한 후에야 안심하고 들어오라 한다. 아버지는 김연학과 사랑에 마주앉았다. 김연학이 앉으며 상 끝에 권총이 부딪치어 딱 소리가 났다.

"문 선생은 무슨 일로 이 시각에 오셨습니까?"

"연학 선생을 뵙고자 왔지요. 여쭐 말이 있습니다."

"무슨 말씀인지, 어서 하세요."

아버지는 망설이다가 말을 꺼낸다. 들은 바가 있으나 자칫 잘못

---

28) 다른 말로 '극동(極東)', 즉 연해주 지방을 가리키는 말이다.

하면 모두 수포로 돌아갈 상황인 것이다.

"연학 선생님! 선생님도 조선 음식을 먹고 공기를 마시며 자라나서 어찌 조선 사람이 아니라 하시겠소? 조선의 독립을 위하여 품은 마음은 조선 사람으로 탄생한 국민이라면 다 한가지라고 생각합니다. 선생은 생애를 위조하여 통사로 계시지만 어찌 애국심이 없다 하겠습니까? 내 그리하여 이리 방문한 것이외다."

김연학의 표정이 굳었다. 자신이 독립군의 일원이라는 것은 지도부 일부만 아는 철저한 비밀인데 이자가 어찌 아나 싶은 것이었다.

"제가 올릴 말씀은 다른 게 아니라, 독립을 위하여 지금 독립단이 각 곳에 번성하는 것을 연학 선생도 아시겠지요? 그들은 죽음을 겁내지 않고 조선 독립을 위하여 목숨을 바치고 있습니다. 배 곯고 등 시린 것은 고통도 아니지요. 그들의 애국심이 그러하기에 선생께서도 만방으로 주의하고 있는 것은 아오나 힘을 좀 써주시구려. 이번에 체포된 독립군 열한 명의 생명을 구해야 하겠습니다. 어찌하여 체포된 것인지 그 사실을 선생께서 자세히 말씀해주실 것이라 믿습니다. 이야기해 주세요."

통사 김연학은 천장을 쳐다보며 곤란한 표정을 짓더니 좀 머뭇거리다 말을 꺼낸다.

"문 선생, 문 선생 말씀과 마찬가지로 평생 직업을 일본군대 통역으로 일하고 있지만 저 역시 만방으로 조선 독립에 집중하고 있습니다. 그리고 일본군대에 체포되어 고생하는 독립군들을 작게나마 돕고자 하여도 일이 마땅치가 않아 돕지 못하였습니다. 그런데 이번에 독립군 열한 명이 체포된 사건은 음력 팔월 초삼일입니다. 그들은 모두 열두 명이었는데, 이곳에 있는 일본 수비대와 소왕령에 있는 군 사령부의 연락망을 끊으려고 한 것 같습니다. 전화 줄을 끊으며 한편으로는 수이푼 강에 연결선을 없앤 후 그들이 직접 여기 주둔한 일본군대를 장악하려고 한 것입니다. 솔밭관 혈성단 독립단에서 보낸 독립군들인데 솔밭관 본대에서 내려오다가 다 어재 골에 들어서 경유하던 길에 잡혔습니다. 일본군대에서 새벽에 그 집을 둘러싸고는 보초병 한 명을 죽이고 나머지 독립군들을 생포하여 온 것입니다."

"그렇습니까? 그러면 그들을 어떠한 방법으로 구해야 합니까?"

김연학은 한참을 생각하더니,

"그들을 어떻게 구하겠습니까? 그들을 구하기 어렵습니다."

한다. 아버지는 결연한 표정을 지었다.

"연학 선생도 아시겠지만 지금 솔밭관 혈성단 형세가 큽니다. 이번에 이 군인들 체포에 상당히 근심이 많습니다. 혈성단 참모부에서는 나와 연학 선생에게 책임을 맡기고 이 일을 처리하라 하였소. 만약에 이 명령을 실행하지 못할 때에는 군법으로 엄히 다스린다 하였으니 당신과 나는 이번 일을 반드시 성공시켜야 합니다. 잘못하면 모두 죽으니, 우리 죽기를 각오하고 힘써야 될 것입니다."

김연학은 한숨을 내쉬었다. 그도 모르는 바가 아니었다.

"일은 그러하오나 무슨 힘으로 그들의 생명을 구한단 말입니까? 수많은 군사가 건물을 지키고 있는데 어찌 빼낼 수 있을까요? 나는 아무리 생각하여도 묘책이 떠오르지 않습니다. 단 하나도 희망이 없으니 문 선생의 생각은 어떠하신지요? 좋은 의견을 내주시지요."

"내게도 묘책이 없으니 하는 말이오. 일단은 도망치는 것뿐인데, 어디로 가는 것이 좋을까요?"

김연학이 곰곰이 생각하다 대답했다.

"성공하든 실패하든 방법은 하나뿐입니다. 내일 아침 조회에 독립군들 팔다리에 묶인 수갑을 벗기고 군인들 제식으로 세울 것입니다. 일본군이 지키는 한쪽은 군인들이 총이 없고 한쪽은 건물을 지키는 여섯 명이 총을 가지고 있으니 그때를 틈타서 총이 없는 군인들이 있는 쪽으로 독립군들이 있는 힘을 다해 달리면 생명을 보존할 길이 있을 것입니다."

"도망치는 것은 어려운 일이 아니나 몇 길도 넘는 흙으로 쌓은 토성이 있고 그 바깥에는 가시로 된 울타리가 촘촘한데 어찌 꿰뚫고 나갈 수 있을까요?"

"살자고 한다면 흙으로 쌓은 초소가 문제겠습니까? 가시로 된 울타리는 삼 면만 있고 산으로 이어진 곳에는 가시 울타리가 없습니다. 산이 가깝고 수풀이 우거져 길도 없고 하니 그쪽으로 달리면 되지 않겠습니까?"

아버지는 무릎을 쳤다.

"그 말씀이 옳습니다. 그러면 이 일을 성공케 하는 방법은 연학 선생님에게 달려 있겠군요. 연학 선생님이 일본군대에 출입하시니까 일을 주선해 보시지요."

"예, 그렇게 하지요."

"그러면 어느 날이 좋을까요?"

"내일 아침에 들어가 그들과 비밀리에 접촉하고 모레 아침에 걸행하도록 하겠습니다."

"만약 시간을 끌다가 일본군대에서 독립군에게 사형 선고를 내리는 때에는 어쩌겠습니까?"

"그렇지요. 의심할 필요 없이 그들 모두를 죽일 것입니다. 지금 조사 중인데 다섯은 이미 조사를 마쳤고 이제 여섯 사람이 남았으니 하루 이틀 새에 그 일이 끝나지는 않을 것입니다."

아버지는 그제야 마음이 좀 놓였다. 김연학은 겉으로는 일본군 통사의 직업을 갖고 있었으나 영락없는 독립군이었던 것이다.

"선생님, 이번 일이 성사되면 당신이나 그들이나 모두 안심이 될 것 같습니다. 여기 이 글이 독립군 사령부에서 보내는 글인데 독립군 하사에게 전하십시오. 모쪼록 조심하시오."

김연학은 아버지가 전해주는 편지를 받아 깊이 감춘다. 아버지는 잠시 후에 인사를 하고 그 집을 나온다. 아버지가 나오자 김연학은 이내 불을 끄고 잠자리에 누웠다. 아버지는 혹여나 김연학이 다른 마음을 먹을까 싶어 창밖에 숨어 방의 기척을 엿들었다.

김연학은 긴 한숨을 내쉬며 눕는 모양이다. 그의 부인이,

"내가 뭐라고 합디까? 통사인지 뭔지 그거 내버리고 다른 직업으로 살아가자고 하지 않았습니까?"

하며 닦달하는 목소리가 들린다. 김연학이 부인에게,

"이 사람, 내가 좋아서 그 노릇을 하는가? 억지에 이기지 못하여 하는 일이지. 별 수 없네. 이 일을 마치고 나면 자네를 고향으로 보내고 나도 도주하여 독립군 안으로 들어가야지." 라고 대답한다.

두 사람은 그 후로 한참을 더 의논을 하였다. 김연학은 내일 당장 아내를 고향으로 보낼 방법을 찾아야겠다고 중얼거렸다.

"나도 고향으로 못 갑니다. 나도 당신과 같이 독립군 안으로 들어가서 간호부로 복무하겠습니다."

"고맙소. 그럼 우선은 가만히 있으시오. 내일 당신은 남들 눈치 채지 못하게 짐이나 좀 꾸리고 있구려. 일을 성사하고 봅시다."

아버지는 그들이 조용해질 때까지 기다렸다가 창문 밖을 떠났다.

집에 돌아오니 시간은 한참 지났으나 아직 해가 뜨기 전이라 집 안은 어두웠다. 마리아는 불은 켜지 않았으나 동생 금석이를 업고는 깨어있었다. 아버지가 불을 켜고 마리아의 얼굴을 보니 눈물자국이 그득했다.

"아버지, 어찌하여 이리 오래 걸리셨습니까?"

"시간이 그리 오래 걸렸더냐?"

하며 아버지는 무심한 듯 품에서 권총을 꺼내어 총알을 빼고 감추었다.

"너는 어찌 울었느냐?"

"아버지는 오지 않고 시간이 오래 가니 아버지를 일본 군인들이 붙잡아간 줄 알고 울었습니다."

"그랬느냐? 안 붙잡혀 갔으니 이제 마음 놓아라. 더 자자."

아버지는 마리아의 머리를 한 번 쓰다듬어주고 나서 자리에 누

웠다. 마리아도 그제야 안심이 되는지 금동이를 내려놓고 다시 잠
자리에 누웠다.

아침 일찍, 아직 사위가 어슴푸레한데 아버지가 나를 흔들어 깨
웠다.

"금동아, 금동아, 일어나라. 얼른 일어나서 일본군대에 가보아
라. 양말짝이나 뭐 좋은 것이 있나 보아라, 응?"

나는 아버지가 깨우는 바람에 일어나 잠도 깨지 않은 채로 밖으
로 나와 신을 신었다.

"어제 봤다던 독립군들이 어디에 있는가 보아두어라. 그리고 그
들을 아침에 어찌 하는가도 살펴보아라."

나는 서둘러 군부대로 갔다. 마침 주번이 오기에 나는 함께 쓰
레기통을 들어 주었다. 주번이 내게 헌 옷 통에서 일본 군인 구두
를 하나 주었다. 제법 신을 만했다. 양말도 몇 켤레 더 얻어 주머
니에 넣고 나오는데 그제야 아이들이 쓰레기 주우러 몰려왔다.

"저놈의 새끼는 잠도 없나?"

일찍 나와서 쓰레기를 주운 나를 보고는 저희들끼리 수군대며
지나간다. 나는 그들을 놀려줄 양으로 큰소리를 쳤다.

"너희들은 쓰레기통으로 가봐야 밑씻개도 없다. 아예 들어가지
도 마라."

그러자 아이들이 안으로 들어가지 않고 내가 있는 곳으로 모여
든다.

"네 무엇을 그리 많이 주웠니? 좋은 것이 있으면 나를 좀 주
렴."

미쌰가 내 마대를 기웃거리며 묻는다.

"그래."

나는 헌 양말 몇 켤레를 꺼내어 주었다. 이러는 사이에 해는 한
발쯤 더 떠서 마침 일본 군인들이 사열을 지어 나오는 것이 보였
다. 그들 뒤로 독립군들을 줄을 세워 몰아 나온다. 아이들은 모두
한곳에 모여 그 광경을 구경하였다. 보초병 다섯이 일식 장총을

겨누고 군인들을 몰고 나온다. 나는 장총으로 그 자리에서 독립군들을 쏘아 죽일까봐 걱정이 되었다.

독립군들을 나란히 세운 후에 일본 군인들이 독립군들의 족쇄와 얽어맨 밧줄을 풀어놓더니 러시아식 장총 열한 자루를 독립군들에게 쥐어준다. 모두 총알을 뺀 것이다.

"너희들 군대식으로 줄을 서라."

독립군들은 손에 든 러시아식 장총조차도 무거운 듯 비척비척 겨우 걸음을 옮기며 훈련받는 형식으로 줄을 선다. 신발은 다 떨어져 신지 않은 것만도 못한 독립군 하사가 구령을 외친다. 몇 번 왔다 갔다 하더니 이내 일본 군인들이 다시 와서 그들에게 족쇄를 채우고 밧줄로 얽어맨다. 몸이 자유롭지 못한 독립군들을 가운데 몰아놓고 몇몇 일본군들이 옹위(擁衛)하고 난 후, 나머지 일본 군인들은 사열을 지어 함께 체조를 한다. 그것이 끝나자 일본 군인들은 군 막사로 들어가고 독립군들은 지하실로 몰아갔다.

여기까지 보고 난 후 나는 집으로 돌아갔다. 집에 가니 여태 아버지는 밭에 가지 않고 주무신다고 한다.

"오늘은 아버지가 아직 밭에 안 가시고 너를 기다리시더니 잠이 드셨다."

"내 오늘은 일찍 가서 아버지 신으실 만한 신발을 하나 얻어 왔다."

나는 자랑스레 신발을 내보였다.

"그 구두가 새것이구나. 또 점박이 통사가 준 것이야?"

"아니다. 내가 쓰레기통을 같이 들어다 주고 얻은 것이다. 양말은 많이 주웠는데 나오다가 미쌰라고 있지 않니? 걔들에게 나눠주었다."

"그럼 점박이 통사는 뭣을 하더냐?"

어느새 깨어나신 아버지가 나와서 물으셨다.

"그 통사는 독립군들이 체조하는 데 나와서 조선말을 일어로 통역하고 있었어요."

　나는 아침에 본 일본 군인들과 독립군들의 이야기를 소상하게 아버지에게 말씀드렸다.
　"그 말이 진실이구나. 아침마다 체조를 시키는구나."
　"독립군이란 사람들이 걸음도 겨우 걷고 아주 힘이 없습니다. 굶어서 그러는 모양인지 아주 볼 수가 없어요."
　"그래. 먹지도 못하고 너무 맞아서 그러지. 야, 마리아. 점심을 좀 싸거라. 늦었다."
　아버지는 서둘러 자리에서 일어나셨다.
　"아버지, 오늘은 늦었는데 좀 쉬시지 않고요?"
　"그게 무슨 말이냐? 조이를 비어놓은 것을 묶어야지."
　"금동아, 오늘은 아버지와 같이 가서 조이단을 묶어라. 묶어서 함께 날라 놓아라."
　마리아는 아버지 혼자 가서 힘든 일을 하시는 게 안타까운지 내게 그렇게 말하였다. 누이 마리아는 나이는 어리지만 다른 집 아이들보다 일찍 철이 들어 부모에게 극진하여 아버지를 극진히 공경했다. 아버지에게는 제일 가까운 보조자가 바로 누이였다.
　"아니다. 혼자 가도 된다."
　"한 단을 날라도 수월하지 않겠습니까?"
　"예, 아버지. 저도 조이단을 나를 만합니다. 이제 컸습니다."
　아버지는 뿌듯하게 나를 내려다보시더니 함께 가자고 하셨다. 아버지는 내가 새로 얻어 온 구두를 신고 집을 나섰다. 나는 점심 망태기를 들고 아버지 뒤를 따라갔다.
　조이밭에 도착하여 아버지는 조단을 묶고 나는 부지런히 쉴 새 없이 그 단을 날랐다. 저녁때가 다 되어 보니 내가 날라다 놓은 조단이 꽤 많았다.
　"애고, 내 새끼. 오늘 일을 많이 하였구나. 이제는 조박이(糟粕-이)29)를 찾아 마저 하자."

---

29) '1. 술을 거르고 남은 찌끼 2. 학문이나 서화 등에서, 옛사람이 다 밝혀서 새로운 의의가 없음을 비유적으로 이르는 말 3. 양분을 빼고 난 필요 없는 물건'의 뜻을 가진 단어인데, 여기에서는 3번의 뜻으로 사용되어, 조를 수확하여 옮기고 나서 남은 찌꺼기를 일컫는 것이다.

잠시 쉬고 나서는 조박이를 줍기 시작하여 제법 많은 조박이를 주웠다.

"아버지, 이제 집으로 가요."

"잠깐 있어봐라. 우리 금동이가 아주 일을 잘하는 걸? 참외나 하나 따다 주지."

아버지는 옥수수 밭 너머로 참외를 따러 가셨다. 그런데 가신지 한참이 지나도 오지 않아 나는 걱정이 되어 아버지를 찾아 나섰다. 아버지는 낯선 어떤 남자와 조단을 묶으며 이야기를 하고 있었다. 내가 다가가니 인기척을 느껴 말을 멈춘다.

"같이 갑시다."

아버지는 안(安)이라 불리는 사내를 데리고 함께 집으로 왔다. 우리는 집에 와서 함께 저녁을 먹고 일찍 잠을 잤다. 어두운 밤이 돌아왔어도 집에는 불도 켜지 않았다. 모두 일찍 잠자리에 들었을 때 나는 오줌이 마려워서 일어났다. 아버지는 안(安)과 이야기를 나누다가 내가 나오는 것을 보고는 말을 멈춘다.

다음 날 아침, 나는 아버지가 깨우는 소리에 잠이 깨었다.

"오늘은 금동이가 늦었구나. 빨리 일어나 좋은 양말 켤레나 있는지 갔다오너라."

나는 낯도 씻지 않고 눈썹이 휘날리게 뛰어나왔다. 쓰레기통에 도착하니 이미 다른 아이들이 물건을 다 차지하여 내가 건질 것은 없었다. 대신 어제처럼 독립군들을 운동시키는 것을 구경할 수 있었다. 독립군들은 여전히 비실대고 힘이 없어 보였다.

그때였다.

"가자!"

누군가 구령소리를 내니 기운도 없어 총도 제대로 쥐지 못하던 독립군들이 빈총을 거꾸로 쥐고는 보초병 여섯을 순식간에 때려눕혔다. 그리고는 "만세"를 외치더니 힘차게 달리기 시작했다. 일본

군인들은 갑작스럽게 벌어진 상황에 놀라 모두 넋이 빠진 듯했다. 그러다 곧 정신을 차리고 더러는 독립군들을 쫓기도 하고, 더러는 병영에 들어가 총을 가지고 나오기도 했다. 그러는 사이 독립군들은 벌써 토성을 뛰어넘어 떡갈나무 우거진 산으로 피하였다. 빈손으로 쫓던 일본 군인들은 더 쫓아가지 못하고, 마침내 총을 가지고 온 장교들이 총을 쏘며 쫓았으나 이미 독립군들은 시야에서 사라진 후였다. 그런데 토성을 넘을 때 한 명이 실수하여 미처 넘지 못하고 총에 맞고 말았다. 그 다음에도 연속적으로 총소리는 들렸으나 우리 눈으로 독립군이 총에 맞는 것은 볼 수 없었다.

"가! 가, 이 새끼들아!"

뒤늦게 우리가 지켜보고 있었다는 걸 알아차렸는지 일본 군인들이 총대로 우리를 마구 내려치고 쫓았다. 우리는 그들이 무서워 힘껏 도망쳤다.


4.

집에 도착하니 누이 마리아가 울타리 밖까지 나와서 기다리고 있었다. 여기까지 요란한 총소리가 들려서 걱정하고 있었으리라.

"이제는 정말 그 잘난 양말짝 주우러 다니지 마라, 좀!"

마리아는 정말로 걱정이 되었는지 눈물까지 글썽이며 내 등짝을 떠민다. 나는 마리아의 그 마음이 고마웠다.

"오늘 어찌 총소리가 그리 많이 났니?"

"말을 마라. 독립군들이 비틀비틀하더니 일시에 소리를 치며 달리는데 어찌나 잘 달리던지. 말을 마라, 정말."

"기차기도 하네! 그래, 총에 맞아 죽은 사람도 있더냐?"

"한 사람은 토성을 넘다가 총에 맞아 죽었어. 더는 못 봤어. 독립군들이 빈총을 가지고 총대로 일본 군인을 쳐서 때려눕힌 것이 아마 열서너 명은 될 것이야. 독립군들이 도망간 다음에 일본 군인들이 걸채30)에 담아 군병으로 데리고 들어간 것이 그 정도 되었

─────────────────────
30) 말이나 소의 등에 얹는 운반구 위에 올려 볏단이나 보릿단 따위를 싣는 기구

으니. 일본 군인들이 총을 쏘면서 독립군들 뒤를 쫓아 산으로 달려갔어."

"기차기도! 그런데 너는 그 잘난 양말짝 주우러 계속 다닐 거야?"

마리아가 결국 울음을 터트렸다. 나는 어찌할 바를 모르고 멀뚱멀뚱 마리아를 바라보았다. 이제 와 생각하니 그 울음은 정말로 나를 위하여 우는 울음이었다.

"아침을 다 먹었니? 먹었으면 얼른 서둘러 아버지 아침을 갖다 드려라. 너에게 아침을 가져오라 시키고 밭으로 가셨다. 빨리!"

나는 아버지 계신 밭까지 달려갔다. 아버지는 어제 본 안(安)과 함께 무언가를 속삭이고 있었다. 나는 밭 한가운데 서서 계신 아버지를 불렀다. 아버지는 밭 한가운데로 들어오라고 손짓을 하신다.

"어찌 오늘 아침에 일본 군인들이 총질을 그리 많이 하더냐?"

나는 내가 본 것을 세세하게 아버지에게 말씀드렸다. 아버지는 낯에 화색이 돌았다.

"그래, 저희들이 우리를 우습게보더니 이번에 아주 넋이 나갔을 게야. 참 잘되었다. 도망친 자들도 절반은 살아날 것이야."

"아버지, 독립군은 하나밖에 안 죽었어요."

"아직은 모른다. 저들이 저리 총질을 해대며 산으로 들어가 쫓는데 무시할 수 있겠느냐? 도망친 자들이 잘 숨기만을 바라야지."

"그 사람들이 정말 잘 달려요. 달리는 속도가 마치 날아가는 것 같아요."

"그러게 말이다. 잘 달려서 더나 죽지 않았으면 싶다."

"금동아, 가서 참외를 좀 가져다주련?"

안(安)이 나를 불러 심부름을 시킨다. 그가 가리키는 곳을 보니 옷을 벗어놓은 밭 저쪽에 참외 따놓은 것이 보인다. 나는 일어나 참외를 가지러 갔다. 나를 보내놓고 아버지는 안(安)과 둘이 또 말씀을 나누신다.

“금동아, 이제 집으로 가거라.”

아버지는 우리가 먹고 남은 참외를 망태기에 넣어 주시며 나를 보낸다. 나는 집으로 가라는 소리에 기뻐서 얼른 달려왔다. 그날은 동생과 이런저런 놀이를 하며 하루를 보냈다. 저녁때가 되어서야 아버지는 혼자서 집으로 돌아오셨다.

“어째, 삯꾼은 아니 옵니까?”

안(安)이 삯꾼은 아닌 게 분명했으나 나는 아는 척하지 않았다.

“우리 조이를 모두 수확하여 다른 데로 일하러 갔다. 금동아, 밭에서 돌아와서는 군대에 갔다 오지 않았니?”

“내가 금동이를 보내지 아니하였습니다. 오늘 아침에 독립군들이 다 달아나서 일본 군인들이 막 헛총질을 하는데 어디를 보냅니까? 괜히 나다니다가 총에 맞으면 어쩝니까?”

마리아가 아버지 말을 가로챘다. 이 위험한 때에 자꾸 금동이를 내보내려는 아버지가 원망스러운 모양이었다.

“죄 없는 아이들에게까지 총으로 쏘겠니?”

“독립군들을 잡으려고 마구 헛총질을 하는데 자칫하면 맞을 수가 있어요. 오늘은 안 되어요, 아버지.”

저녁식사를 마치고 그날은 일찍 자리에 들었다. 등불도 켜지 않고 일찍 잠자리에 들었다가 밤이 깊어서 소변이 마려워서 깼다. 막 소변을 보고 돌아서려는데 바깥 동정이 수상했다. 누군가가 지켜 서서 집을 살펴보는 것 같았다.

“아버지!”

나는 잠든 아버지를 흔들어 깨웠다.

“어찌 그러니?”

아버지는 놀라 깨어나며 물었다.

“울타리 밖에 사람들이 와서 몰래 지켜보고 있습니다.”

아버지는 긴 한숨을 내쉬었다. 그러고 나서 한참 후, 밖에서 문을 똑똑 두드린다. 아버지는 잠시 뜸을 들이시다가 높은 목소리로 되물으셨다.

"거기 누구요? 아닌 밤중에 남의 집 문을 두드리는 자가."

"문을 열어. 빨리 여시오. 열라 하면 열 것이지!"

밖에서 화가 난 듯한 목소리가 들려온다. 아버지는 불을 켜고 일어나 문을 열었다. 일본군인 다섯 명과 통사가 일시에 들어온다. 아버지는 영문을 모르고 얼떨떨한 표정으로 서있었다.

"어찌하여 이렇게 오신 겁니까?"

"그래, 오늘 도주한 독립군들이 풀 속에 숨어 있다가 기갈(飢渴)이 심하여 여기로 찾아들었을 것이오. 어디에 감췄소? 생명을 도모하려거든 일찍이 내놓으시오. 만약에 이번에 독립군들을 숨겨두고 내놓지 않을 때에는 그대로 죽을 것이야!"

점박이 통사가 으름장을 놓으며 아버지를 위협했다. 아버지는 협박에 못 이겨 벌벌 떠는 듯 거짓으로 행동했다.

"이게 무슨 말씀입니까? 당초에 나는 꿈에도 생각지 않은 일이외다. 정 의심하시거든 집을 수색하여 보십시오. 우리 집에는 독립군이 출입도 아니 하였거니와 그런 사람을 보지도 못하였습니다."

"보지 않기는! 거짓말하지 마. 만약 집을 수색하여 독립군들이 나타나면 어쩔 터인가?"

"그것은 당신들 마음대로 하시오."

일본 군인들은 일사분란하게 움직여 하나는 마당에 지키고 섰고 나머지 군인들은 집안을 다 돌아다니며 수색을 했다. 집안을 다 뒤져도 독립군이 나오지 않자 통사가 아버지에게로 와서 의복을 입고 같이 가자고 한다.

"나는 독립군도 아니고 지은 죄도 없는데 어디로 가자는 것입니까?"

통사는 미처 제 분을 삭이지 못해 씩씩댔다. 분명 이 집에서 뭔가 나오리라고 기대하고 온 것인데 아무것도 건지지 못하여 화가 난 것이다.

"글쎄, 가자면 갈 것이지 무슨 딴소리가 그리 많은가?"

아버지는 한숨을 쉬며 웃옷을 입고 신발을 신은 후 일어나 그들을 따라 나갔다. 나는 아버지 다리를 부여잡았다.

"아버지, 아버지! 어디로 가십니까? 아버지!"

통사가 큰 주먹으로 내 볼을 때리더니 아버지 바지를 움켜쥔 나의 덜미를 잡아채어 온돌에 내팽개쳤다. 그 꼴을 보고 마리아는 겁에 질려 엉엉 울고, 자다 깬 어린 동생도 울고 나도 울었다.

"얼른 다녀오마. 울지 말고 기다리고 있어라."

아버지는 우리를 안심시키며 나가셨다. 하지만 남은 우리들은 아버지를 이렇게 맥없이 내어주게 되어 원통하고 또 원통하여 계속 울고만 있었다.

그로부터 몇 날이 지나도 아버지는 돌아오지 않으셨다. 우리 집은 매일 초상집 같았다. 그 누구 하나 우리 집을 찾지 않았는데, 그나마 우리 집 뒤에 사는 최(崔) 영감 내외가 우리를 보살펴주었다. 낮에는 최 영감이 우리를 달래주고 놀아주고, 밤이면 최 영감 부인이 와서 함께 동무하여 주어 우리는 무섭지 않았다. 하지만 일본 군인들에게 잡혀간 아버지가 얼마나 고초를 당할지 생각하면 설움이 차올라 울음을 참을 수가 없었다. 어머니에 이어 이제는 아버지까지 잃는가 하여 걱정이 되었다.

하루는 마리아가 나를 불러 앉혔다.

"너는 어째 요 며칠째 쓰레기 주우러도 가지 않니? 헌 옷도 주을 겸 아버지가 어떻게 되셨는지도 알아볼 겸 오늘 아침에는 가 봐라."

"나는 무섭다. 또 통사 놈이 때리면 어쩌겠니?"

지난번 주먹으로 맞은 것이 너무 아파서 두려웠다. 평소처럼 개눈깔사탕을 내어주며 웃던 통사가 아니었다.

"가만히 있는 아이를 때리겠니? 오늘 아침에는 늦었다. 내일 아침에는 한 번 가봐라. 그놈들이 우리 아버지를 어찌 하는지 좀 살펴보아. 아마 굶기를 밥 먹듯 하겠지."

"응, 내일 아침에 가볼게. 아버지를 보게 되면 달걀을 삶아 와도 되는가 물어보겠다."

　"아니야. 가서 보더라도 달걀이든 뭐든 아무런 말도 하지 말고 먼 데서 보고만 와. 괜히 아버지에게 말 건다고 또 너를 때리면 어쩌니?"
　"알았어. 그러면 아버지를 보고만 오겠다."
　나는 금석이를 업고 이리저리 다니며 놀고 마리아는 내 바지를 깁고 있었다. 하루해는 참 길다. 아버지를 일본 군인들이 붙잡아 간지도 벌써 십일이라는 날이 지났다. 나는 일찍 일어나 일본 군 막사 문 녘으로 달려갔다. 오늘의 목적은 헌 옷 줍는 것이 아니라 아버지를 살펴보기 위함이었다. 내가 도착했을 때 마침 우리 아버지를 포승으로 매고 족쇄를 채운 채로 일본군인 두 명이 어디로 끌고 가는 것이 보였다. 아버지는 나를 발견하였으나 낯을 외면하고 보지를 않는다. 이것은 나더러도 아는 척하지 말라는 신호였다. 나는 아버지를 먼 데서 보고 아무 말도 하지 않았다. 아버지 의복은 집에서 입고 나가신 것이 아닌 죄수복이었다. 이미 그것도 피가 말라붙어 제 색을 알아보기 힘들었다.
　쓰레기 주울 생각도 사라져서 그냥 집으로 돌아왔다. 마리아가 울타리 밖에서 금석이를 업고 나를 기다리다가 한달음에 달려온다. 나는 아버지를 보고 온 사실을 세세히 말해주었다. 그 자리에 함께 있던 최 영감이 혀를 차며 말하였다.
　"못된 놈들, 저 어린 것들이 저렇게 불쌍히 제 아비를 기다리고 있는데……. 하늘이 알 것이야. 무슨 죄가 있어 무죄한 사람을 잡아다가 악형을 하고 그 아이들까지 울고 다니게 하느냐? 맑은 하늘이 산벼락을 쳐서 한시에 몰살시킬 놈들! 어느 때에 꼭 망할 때가 있으리라."
　최 영감은 울고 있는 우리를 꼭 안아주며 안심시켜 주었다. 마침 참외 팔러 온 수레가 있어 참외를 몇 개 사서 주며 두고 먹으라고 한다. 최 영감 돈 일 원은 다른 사람들 돈 십 원에 대할 정도로 힘들 터인데, 우리 형상이 너무도 불쌍하고 가련히여 우리를 어르느라 그 귀한 돈 일 원짜리 은전이 나온 것이다. 우리는 그 참외를 하나씩 먹으며 아버지를 떠올렸다. 아버지와 함께 먹고 싶은 생각이 간절했다.

하루는 마리아가 금석이를 업고 나와 나더러 밭에 가보자고 했다. 우리는 아버지 없이 우리들끼리 밭으로 갔다. 그런데 밭에 웬 사람이 있었다. 깜짝 놀라서 달려가 보니 지난번 밭에서 보았던 안(安)이었다.

"아주버니31)입니까?"

나는 반가이 달려가 인사했다. 안(安)도 나를 알아보고 반겨주었다.

"금동이 왔는가? 마리아, 너 얼마나 운 것이냐?"

손님은 어린 금석이에게 입을 맞춰주며 쓰다듬어 주었다.

"불쌍하기도 하다. 너도 참 때를 잘못 만나 고생이구나."

"아주버니는 그간 어디 가서 일하신 것입니까?"

"그간 일할 곳이 어디에 있더냐? 숨어 다니며 고생하는 사람이다. 너희들은 일절 일본 군인들을 보면 나를 봤다고 하지 마라. 내 너희 아버지 소식을 알려고 왔다가 지금 밭이 어수선하여 일을 하고 있었던 것이다."

"지난밤에는 어디에서 주무시고, 아침은 어디에서 잡수셨습니까?"

"지난밤에는 이 밭에서 잤다. 그리고 밥은 벌써 네 끼를 내리 굶다가 오늘 아침에 비로소 참외를 조금 먹고 나니 정신이 좀 나는구나."

"그럼 우리 집으로 오시지 그러셨어요?"

"너희 집에 들어갈까도 했다만 네 아버지처럼 붙잡힐까 봐 못 들어갔다."

마리아는 내게 금석이를 건네주며 말했다.

---

31) 현재는 남편과 항렬이 같은 사람 가운데 남편보다 나이가 많은 사람을 가리키거나 부르는 말로 사용되지만 이 작품에서는 아버지와 '의형제'를 맺었거나 혹은 아버지와 '호형호제'하는 사이에서는 모두 사용되었다.

“금동아, 저 나무 그늘에서 아이를 데리고 놀겠니? 내 먹을 것
을 좀 챙겨 와서 아주버니께 드려야겠다.”

마리아는 아이를 내려놓고 서둘러 걸음을 옮겼다.

“아침을 준비해 오느라고 너무 번거롭게 하지 말고 찬밥 남은
거나 좀 있으면 가지고 오너라. 남에게 내 여기 있단 말 하지 말
고!”

“예! 남들이 어디 가느냐고 물으면 조이밭에 새들이 많아 새 쫓
으려 점심을 싸간다고 하겠습니다.”

마리아는 달려가면서 외쳤다. 과연 마리아가 집으로 달려가니
최 영감이 어디 갔다 왔느냐고 묻는다.

“조이밭에 새들이 너무 들어 새 쫓으러 갔다 왔습니다.”

“참 기특하구나. 불쌍한 것들.”

최 영감은 아버지 없이도 농사일을 챙기는 아이들이 기특한 모
양이었다.

한참이 지난 후 마리아는 달걀 스물다섯 개를 삶고 아침에 먹고
남은 조밥과 간장 병을 챙겨서 가지고 왔다. 나는 마리아가 가지
고 온 점심 망태기를 받아 들고 밭 가운데로 갔다. 마리아는 병에
물을 담아서 금석이를 업고 밭 가운데로 들어왔다.

“아주버니, 아침 잡수세요.”

“내 지금 묶던 줄을 마저 묶고 가마.”

마리아는 안(安)이 나오기 전에 달걀을 까서 나와 금석이에게 하
나씩 주고 나머지 달걀을 먹기 좋게 까놓는다.

“아이고, 내 조카. 정말 어찌 이리도 조카는 내 배고파 하는 것
을 잘 아는가? 집을 떠난 지 한 해 반 만에 처음으로 식량으로 배
를 채워 보겠구나.”

안(安)이 정신없이 달걀을 입에 집어넣었다. 그리고는 찬밥을 물
에 말아서 우걱우걱 입에 넣어 삼킨다.

“탈나시겠어요. 천천히 드세요.”

우리가 걱정스레 바라보니 안(安)은 씩 웃어주더니 그대로 음식

을 맛나게 먹어치웠다. 잠시 후 밥을 다 먹은 후 담배를 피워 한 모금 빨더니 따뜻한 햇살 아래에서 꾸벅꾸벅 존다.

"아주버니, 좀 누워서 허리 쉼을 하십시오."

"응?"

잠결에 그는 벌떡 일어서며 여기가 어딘가 두리번거렸다. 그러다 멋쩍은 듯 다시 자리에 앉았다.

"지난밤에 제대로 자지 못하였더니만……."

괜스레 사방을 살펴본다. 그러다 우리에게 물었다.

"너희들은 집으로 언제 가느냐?"

"조금 있다가 가겠습니다."

"그래? 그러면 내 나무 그늘 밑에 의지해서 조금만 쉴 터이니 너희들은 집으로 가라."

"오늘 저녁에는 일찍이 집에 들어와 쉬세요."

"나는 집에 들어가 한가하게 잘 수가 없다. 십에 들어가 자다가 일본 놈들 손에 잘못 붙잡히면 나는 죽는다. 그러니 오늘 저녁에도 밭에서 자야지. 형장이 언제 나오는지 알아오라기에 형장이 나오기만 하면 나오는 것을 보고 가려 한다. 그동안 미처 비어내지 못한 조이도 마저 비고 묶음질도 마친 다음 조박이도 다 가려 놓아야지. 옥수수도 베고 그러다 보면 그 사이에 형장이 나올 것 아니냐. 죄가 없으니 형장이 곧 나올 것이야. 그러면 보고 가야겠다. 내가 밭에서 잔다는 말을 너희들은 일절 하지 마라. 그것을 일본 군대에서 알면 나를 붙잡아 목을 매달아 죽일 것이야."

"우리는 아니 말합니다. 조금도 염려마세요. 그러나 밭이 차고 이슬이 많아서 어찌 주무시겠습니까?"

"일없다."

"그러면 저 나무 그늘 밑에 가서 좀 주무십시오. 우리는 집으로 가겠습니다. 아주버니, 점심은 좀 늦어서 점심 삼아 저녁 삼아 늦게 내오겠습니다."

"그러려무나. 올 때 형장이 입던 외투 하나만 가져다다오."

집에 돌아오자마자 마리아는 자고 있는 금석이를 내려놓고 바깥 가마에 불을 지피러 간다.

"어찌 바깥 가마에 불을 지피니?"

"금동아, 네가 닭을 좀 잡아와라. 초저녁부터 날개를 치며 우는 수탉이 있지 않니? 다른 닭들에게 모이를 주고 그 닭을 붙잡아라."

나는 마리아가 시키는 대로 닭장에 갔다. 우리 집 닭장에는 닭이 많았다. 지난번에 그렇게 잡아먹었어도 아직 칠십여 마리가 남아 있었다. 볏이 붉고 몸집이 좋은 수탉을 잡아서 가지고 오니 마리아는 무서워서 닭을 죽이지 못한다고 하여 결국 닭을 죽이는 것도 내가 하였다. 닭의 모가지를 비틀어 죽여서 가지고 오니 그제야 마리아가 뜨거운 물로 닭의 털을 뽑고 내장을 제거하여 가마에 안친다.

누나가 닭을 잡아 안치는 동안 나는 자고 있는 금석이 얼굴에 달려드는 파리를 몰아주곤 하였다. 때는 오후 네 시가 넘었다. 마리아는 찰기장쌀을 가져다 밥을 하겠다고 씻고 있는데 그때 아버지의 모습이 울타리 너머로 보였다.

"아버지!"

내 고함소리에 가마 앞에 있던 마리아도 벌떡 일어나 달려왔다. 아버지는 형편없는 몰골로 눈물을 글썽이며 우리를 끌어안았다.

"너희들이 죽지 않고 살아 있구나!"

평소 웅장하고 멋지던 아버지의 목소리에 맥이 하나도 없었다. 우리는 아버지가 이리 살아 돌아온 것이 마냥 기쁘고 즐거워서 아버지 손을 쥐고 팔짱을 끼고 얼굴을 쓰다듬으며 엉엉 울었다. 잃었던 아버지를 다시 만난 것 마냥 좋았다.

네 식구가 전과 같이 모여 앉았다. 우리는 그동안 아버지를 보내고는 울며 지낸 일, 뒷집 최 영감 내외가 우리를 달래며 지켜줬던 일 등을 얘기하며 시간 가는 줄 몰랐다. 중간에 마리아가 밥을 안치러 나가고 난 후에도 나는 계속 아버지 옆에 있었다. 오늘 아침에 밭에 갔던 일, 지난번 보았던 안(安)을 보고 먹을 것을 내다 드린 일까지 전부 말씀드렸다. 지금도 아버지가 나오길 기다리며 추수를 하고 있는 그이에게 갖다 주려고 닭을 삶고 있다는 것도 말씀드렸다.

"그간에 너희들이 얼마나 무서워 울었겠느냐? 기가 찬 일이지. 저들도 반드시 간담이 서늘할 날이 있을 것이야!"

잠시 후 마리아가 찰기장밥과 닭고기 삶을 것을 곁들여 아버지 드시라고 들여왔다. 아버지는 갑작스럽게 눈물이 맺힌 듯 훌쩍이셨다. 금석이가 놀라서 아버지 무릎으로 파고들었다.

"금석아, 울지 마라. 너도 불쌍한 일이지. 탄생한 지 며칠이 아니 되어 어미를 잃고 어린 누이 손에 자라니 이 어찌 불쌍치 않겠느냐! 누이와 철모르는 형의 신세를 크면 알려나? 너는 이렇게 불쌍히 자라서 장차 좋은 세상이 돌아오면 좋은 세상에서 살 것이야."

아버지가 닭고기 한 점을 떼어 금석에게 주니, 어린 그것이 고기를 이리저리 살피더니 그것을 도로 아버지 입에 넣어준다. 또 닭의 다리를 아버지 잡수라고 쥐어준다. 아버지는 금석이 머리를 한 번 쓰다듬어주시고는 닭다리를 쥐어 입에 넣으셨다. 그러나 미처 잡숫기도 전에 기침을 하시더니 욕지기가 일어나는지 그대로 먹은 것을 다 토하셨다. 아침에 군대에서 얻어 잡순 것이 무엇인지는 몰라도 제대로 소화를 시키지 못하신 모양이다. 마리아는 걸레를 가져와 토하신 것을 다 치우고 상도 물리었다.

"아버지, 밭에서 일하시는 아주버니에게 저녁 삼아 자실 것을 좀 내가야겠습니다."

"그래. 얼른 내 가거라. 금동이도 제 누이와 같이 가거라. 아이는 두고 빈 몸에 얼른 가서 음식을 드리고 오너라. 그리고 내 나왔다고 이야기하여라."

"그 아주버니가 아버지 외투를 좀 가져달라 하였습니다."

"갖다 주어라. 그러나 밤중이 넘으면 집에 들어왔다 가라 하여라."
　우리는 저녁을 가지고 밭으로 갔다. 안(安)은 벌써 남은 조단을 다 묶고 제법 많은 일을 해놓았다.
　"아주버니, 식사하시어요."
　"아버지 왔더냐?"
　밭에서 나오면서 먼저 묻는 말이 그것이었다.
　"예, 점심 조금 지나서 풀려나셨습니다."
　"그 참 잘 되었다. 근데 사람이 못쓰게 되지는 않았니? 몹시 여위셨지?"
　"예, 좀 여위고 잘 걷지를 못하십니다. 그리고 욕지기를 하여 자신 것을 전부 토하십니다."
　"그래, 형벌이 얼마나 힘들었겠느냐?"
　안(安)은 우리가 준비해 간 것을 남김없이 맛있게 먹었다. 우리는 아버지 외투를 건네주며 밤늦게 집에 다녀가라 했다는 말을 전했다.
　"야, 실로 뜨뜻하게 덥힌 닭고기 국물과 따끈따끈한 찰기장밥을 얼마 만에 먹어보는 것인지! 집 떠나 처음으로 너희들이 제대로 된 곡기를 가져와 정신이 번쩍 난다. 어서 저물기 전에 집으로 가거라. 그리고 외투도 그냥 가지고 가거라. 내 밤이 저물어 집으로 찾아가겠다."
　우리는 집에 가면 아버지가 있다는 사실이 기뻐 즐겁게 집으로 돌아왔다. 아버지는 그새 잠이 들어 주무시고 어린 동생이 혼자서 이리저리로 기어 다니며 울지도 않고 놀고 있다. 우리는 아버지 양옆에 나란히 앉아 아버지의 모습을 바라보았다. 주무시는 아버지의 얼굴만 보아도 이것이 진짜인가 싶어 좋았다. 얼마나 주무셨을까, 아버지가 잠에서 깨어 우리를 보고 웃으셨다.
　"너희들이 어버이를 잘못 만나 고생이다. 언제나 자유로운 세상이 너희들에게 돌아올까?"
　우리는 네 식구가 다시 모여 전처럼 웃음꽃이 피었다. 저녁상을 차려서 서로 먹여주며 즐겁게 식사를 했다. 아버지가 없던 지난 며칠의 슬픔이 다 가시는 듯하였다.

"아버지가 무슨 죄가 있다고 일본 놈들이 아버지를 감옥에 가두고 포승으로 얽어매고 족쇄까지 채우고 끌고 다녔습니까?"

"포승으로 얽어매고 다닌 것은 약한 것이지."

아버지는 바지를 걷고 다리를 보여주신다. 아버지 다리는 피부가 상하여 차마 눈을 뜨고 볼 수조차 없을 지경이었다. 마리아는 그새 눈에 눈물이 그득하였다.

"아버지가 무슨 죄를 지었다고 이리 형벌을 심하게 하였답니까?"

"글쎄, 말을 마라. 달아난 독립군이 집에서 몇 명이나 자고 갔는지, 지금 어디에 있는지 대라고 코와 입에 고춧물을 부어 넣기도 하고, 바늘같이 뾰족한 못을 박은 널판에 굴리기도 하고, 기다란 널빤지로 마구 때리기도 하고, 채찍으로 후려치기도 하며 가지각색 형벌을 다 하더구나. 사지가 못 쓰게 되고 피투성이가 되어 살점도 다 떨어져 나가서 이제 죽게 생겼다 했을 때 풀어주더구나."

"나는 이제 정말로 쓰레기 주우러 아니 다니겠다. 그 잘난 것들을 자꾸 주워서 무엇 하겠니? 무섭다. 이제 아니 갈란다."

나는 아버지가 당했을 형벌이 무서웠고, 나까지도 그렇게 당할 수 있다는 것이 무서워 벌벌 떨었다.

두런두런 떠드는 소리에 금석이가 깨어 울었다. 우리는 금석이에게 암죽을 먹이며 여전히 이야기꽃을 피우고 있었다. 그때, 밖에서 누군가 문을 두드리는 소리가 들렸다. 우리는 깜짝 놀라서 아버지 뒤로 숨었다.

"납니다."

안(安)의 목소리였다. 문을 열어주자 안(安)은 아버지를 보고 별말없이 앉아 신발을 벗는다.

"어찌 이리 늦었소?"

안(安)은 방으로 들어온 후 그제야 아버지를 붙잡고 숨죽여 통곡을 한다. 아버지가 그를 마주 안아주었다.

"그리 설워 마세. 죽기도 하는데 목숨이 살아서 나왔으니 다행일세. 야, 금동아, 먹을 것을 좀 내오너라."

"아닙니다. 아까 아이들이 가져다주어 먹은 것이 아직 내려가지도 않았습니다."

"그러면 얼른 불 끄고 자자."

안(安)도 아버지 곁에 누워서 잠을 청한다. 한밤중, 소변이 마려워서 깼는데 아버지와 안(安)이 두런두런 말씀을 나눈다.

"이번에는 명심하오. 자칫 잘못했다가는 정말 큰 낭패를 보리다."

"그렇고말고요."

"우리 아이가 일본 군대에 가서 사용하지 않은 폭탄을 하나 주워왔소. 이것은 오늘 가지고 가고, 육혈포(六穴砲)32) 열세 자루를 준비해둔 것은 조만간 와서 가져가시게."

"그렇게 하겠습니다."

"자네는 내가 급한 때에 쓰려고 준비해 둔 화창(火槍)33)을 차고 오늘 저녁으로 본대에 당도하시게."

아버지는 안방으로 들어가서 비밀리에 감추어 놓았던 권총과 폭발탄을 꺼냈다. 안(安)에게 권총 쏘는 법을 가르쳐주고 그것을 들려주자 안(安)이 시범을 해 보인다.

"이렇게 당기면 총신(銃身)이 길어지네."

"형장, 과연 좋은 총입니다."

"총알은 일백 마흔 개네. 다 가지고 가게. 혹 총알이 부족한가? 내가 홍범도 형을 드리려고 단총 두 자루를 준비해둔 것인데, 두 단총에 각각 일천 일백 마흔 개씩 총알이 있네. 부족하면 거기에서 더 **빼주겠네**."

"예, 형장. 그 총알에서 마흔 개를 더 **빼서** 주시오. 이번에 이

______________________________________________

32) 탄알을 재는 구멍이 여섯 개 있는 권총
33) '총포(銃砲)'를 달리 이르는 말

총으로써 한 번 왜놈들과 싸워 형이 고통당하신 원수까지 갚으려 하오."

"꼭 명심하여 행해야 하네. 이 총 두 자루는 밭갈이하던 황소를 육십 원에 팔아 장만한 것이네. 모쪼록 잘 간수하여 가다가 좋은 기회에 사용하여 주게. 남자가 한 번 먹은 마음을 꼭 성공하여야 하네. 자, 밥을 한 술 뜨고 어서 떠나게."

안(安)은 손수 밥과 찬을 차려 와서 먹었다.

"든든히 드시고 출발하게. 산길이 백여 리는 되니 쉽지 않을 거야."

"한 구십 리는 됨직 합니다. 초저녁에 빨리 걸으면 동 트기 전에 도착하지요."

아버지는 안방에서 군인 장화 하나를 꺼내오셨다.

"이 장화가 아마 자네 발에 맞을 것이네. 신고 가."

"형장, 그 신발이 내 발에 어찌 이리도 딱 맞습니까? 아마 내 것으로 생긴 것 같습니다."

안(安)은 아주 좋아하며 군인 장화를 신었다.

"발에 딱 맞으니 잘 되었네. 내가 지금 글을 쓸 수 없으니 꼭 가서 말로 전하시게. 독립군 한 사람이 체포되어 일본 놈들이 그 사람을 불 속에 태웠다 하게. 그리고 독립군들이 달아나며 일본군들을 때려눕혀서 일본군인 네 명은 그 자리에서 즉사하고 다섯 명은 아직 병원에 있으며 그 가운데서도 살지 못할 놈이 대부분이라 하네. 그밖에는 다친 일본군인 몇 명이 더 된다 하고."

"그렇게 전하지요. 그러면 형장께서는 몸조심하십시오."

안(安)이 떠나고 난 후 아버지는 힘든 몸을 운신하여 밖에 나가 소변을 보고 방으로 들어왔다. 밤이 꽤 깊었다. 아버지는 우리에게 이불을 덮어주더니 주무시지 않고 무엇을 골똘히 생각하신다. 그러다 동이 텄다.

아침 일찍 뒷집 최 영감 내외가 죽을 쑤어 가지고 왔다.

"어제 나왔다는 것을 듣고도 밤에 기침이 심하여 이제야 나와

보네. 몸은 괜찮은가?"

"공연한 말씀입니다. 뭐 하러 나오셨습니까? 올라오십시오."

"나쁜 놈들. 저들이 뭐라고 생사람을 붙잡아다 저렇게 못 쓰게 만든단 말이오? 사람이 아주 못 쓰게 되었구먼."

최 영감 안노인이 혀를 끌끌 찬다.

"조카는 음식이 입에 맞는 것이 없더라도 억지로라도 먹어야 해요. 몹쓸 말로 조카가 어떻게 되면 이 어린애들을 어쩌겠소? 그렇기에 입맛을 잃었더라도 억지로 잘 잡수어야 쓰오. 내 햇병아리를 잡아 찰기장쌀을 넣고 죽을 쑤어 내왔으니 맛이 없어도 다 자시오. 내 저녁에 또 다른 것으로 죽을 쑤어 내여오리다."

"그러시게. 안사람이 정성들여 쑨 것이니 잘 자시오. 젊은이라 잘만 먹으면 잠깐 사이에 몸을 추스를 것이니."

아버지는 노인 내외가 주고 간 죽을 가져오라 하여 금석이와 함께 다 드시었다. 이렇게 잘 먹고 조용히 지내는 동안 날이 가고 밤이 지나 닷새가 흘렀다. 아버지는 이제 겨우 운신하여 혼자 다닐 정도가 되었다. 이제 아버지 몸만 회복이 되면 되겠다 싶은 조용한 날들이었다.


5.

점심때가 훨씬 지난 시간이었다. 한낮의 고요를 깨고, 우리 집 앞 대로로 한 소대의 군인 사십여 명과 장교가 칼을 빼들고 달려가는 것이 보였다. 육성관소에서 남쪽으로 한 오 리쯤 가면 몽도완촌이라는 마을이 있다. 군인들이 향하는 곳이 그곳이었다. 해는 어느덧 서산에 기울고 있었고 붉은 노을은 하늘을 물들이고 있었다. 집집마다 저녁 짓는 연기가 굴뚝으로 솟아오르고 있을 때에, 풍경과 어울리지 않게 총소리가 들려왔다.

밤이 깊어지면서 소리는 점점 더 요란스러워졌다. 간헐적으로 들리던 총소리에 이어 이번에는 속사포 소리, 권총 소리 등이 요란하다. 길가를 내다보니 일본군인 두 부대가 행진하여 지나간다.

“지금이 몇 시나 됐니?”

시계를 보니 밤 열두시 반이다. 그때, “퉁!”하고 대포소리가 들려왔다. 아버지는 혼잣말로,

“이제야 터지는구나.”하신다.

총소리는 좀 덜하다가 한참이 지나서는 아예 잦아들었다. 시계를 보니 벌써 새벽 다섯 시이다. 길가에서 마차 소리가 나더니 조선 사람 말소리가 들린다. 새벽 어스름에 비친 흐릿한 형상으로 보니, 말 수레를 채찍질하여 빨리 몰아가는 것이 보인다. 우리는 길옆에 나가서 수레들이 들어오는 것을 구경하였다. 수레마다 일본 군인이 장총에 창을 꼽아 들고 앉아서 온다. 수레는 열여섯 채이다. 소 수레 다섯 채, 말 수레 열한 채이다. 앞선 말 수레에는 죽은 군인들을 몇 명씩 나누어 실었고 그 다음 말 수레에는 중상자들도 실려 있다. 소 수레 다섯 채에 실린 군인들도 죽은 사람들이 많았다. 제일 뒤에는 사복한 사람을 실었는데, 그 수레에는 보초군도 없었다. 가까이 가서 보니 아직 죽지는 않았으나 고통에 신음하고 있는 점박이 통사였다. 피를 많이 흘려 낮에 박힌 점이 미처 보이지 않을 정도로 심하게 부상을 입었다. 그는 연신 ‘나는 죽소, 아이아이!’하며 조선말로 신음을 했다.

나는 집으로 달려가 아버지에게 본 것을 그대로 말씀드렸다.

“죽은 군인이 많더냐? 부상당한 군인은 얼마나 되더냐?”

“죽은 군인들도 많고, 부상당한 군인도 많았어요. 얼마 죽고 얼마가 부상을 입었는지 정확한 것은 잘 모르겠습니다.”

“오늘이 지나면 알겠지. 그런데 마지막 수레에 실렸다던 통사는 누구더냐? 똑똑히 보았니?”

“낮에 점이 박힌 점박이 통사입니다. 그런데 정말로 죽을 것처럼 많이 다쳤습니다.”

“그거 잘되었다. 그래, 다 죽어가면서도 일본말로 죽는다고 하지 않고 조선말로 신음을 하더냐? 죽으면서도 비위 좋은 놈! 저밖에 없는 것처럼 조사장에서 일본 장교들보다도 더 심하게 사람을 걸

어차며 기세등등하더니 너도 죽을 때가 있구나!"

아버지는 밤을 지새운 탓인지 피곤하다며 자리에 누우셨다. 나는 밖으로 나가보려고 벌떡 일어섰다.

"금동아, 너 어디 가니? 절대로 군대에 가지 마라. 지금 그놈들 약이 올라서 아이, 어른 가리지 않는다. 잘못하면 아이들도 총에 맞을 것이다."

"군대에 가지 않겠습니다. 거리에 나가 아이들과 같이 놀겠습니다."

상점 모퉁이로 달려가니 조선 사람들이 많이 모여서 수군거리고 있었다. 나는 그 사람들 속으로 들어가서 수군거리는 소리를 들으려고 귀를 쫑긋 세웠다.

"이번에 죽은 일본 군인이 스물일곱 명이요, 중상한 군인이 열네 명이요. 통역까지 열다섯 명이 죽었다 하오. 독립군들은 산속에 숨어 일본 군인을 습격해서 한 명도 사상자가 없었다 하오. 독립군들은 백여 명에 달한다고 합니다."

"아이고, 또 무슨 난리가 나겠구먼. 이놈들이 이렇게 당하고 가만히 있지 않지."

"그러게, 또 무슨 일이 일어날까. 무섭다, 무서워."

사람들은 저마다 앞으로 일어날 일들을 걱정하며 수군거렸다. 나는 한참을 더 돌아다니다가 집으로 들어갔다. 마당에 들어서자마자 마리아가 나를 보고 소리를 질러댄다.

"너는 무섭지도 않니? 지금 어느 때라고 그리 돌아다니는 것이야? 아버지는 너를 찾아오라 하여 내가 너를 찾느라 동리를 다 돌았다."

"그냥 아이들과 놀다 왔다. 왜 그리 호들갑이니?"

"뭐라고? 빨리 들어가자. 다시만 나가 봐라. 아버지에게 아주 혼이 날 터이니!"

집에 들어오니 다행히 아버지는 잠이 들어 있었다. 나는 마리아 눈치를 보며 금석이와 놀아주었다. 금석이는 막 잠에서 깨어 칭얼

댄다. 마리아가 데리고 나가 소변을 보고 들어와서 죽을 차려준다. 금석이는 숟가락을 쥐고 제 스스로 퍼먹겠다고 우겼다.

"이제는 우리 금석이가 정말 컸구나. 내 새끼, 무엇을 먹는가?"

언제 일어나셨는지 아버지가 그것을 보시고 기뻐하시며 말씀하셨다. 금석이는 아버지를 보더니 제 숟가락을 들어 아버지 입어 넣어주었다.

"아빠, 먹어, 먹어."

발음도 정확치 않았으나 분명 알아들을 수 있는 말이었다. 우리는 금석이의 재롱을 보며 즐겁게 한바탕 웃었다.

"새벽나절에 어디 갔다 왔니?"

아버지가 나를 향해 물으시는 것이었다. 나는 야단맞을 것이 무서워 움츠러들었다.

"상점 모퉁이에 가서 놀다 왔습니다."

가서 들었던 이야기들을 아버지께 말씀드렸더니, 다행히 아버지는 야단치지 않으시고는 독립군들이 다치지 않았다는 말에 기뻐하셨다.

그날 하루는 또 그렇게 지나갔다. 주변이 어수선하여 그날 밤에도 일찍 잠자리에 들었다. 나는 또 밤중에 소변이 마려워 일어났는데, 아버지는 누구를 기다리는지 문창호지에 구멍을 뚫어서 연신 밖을 내다보신다. 바깥에는 동네 개들이 요란하게 짖어대고 있다.

"지금 일본 군인들이 눈이 벌게서 돌아다니고 있으니 나가지 말고 그냥 요강에도 보아라."

아버지 말씀대로 볼일을 보고 다시 자리에 누웠는데 잠시 후 아버지가 다급히 제자리에 와서 자리에 눕는다. 곧바로 밖에서 인기척이 나는가 싶더니 불시에 일본 군인이 문을 열고 창끝을 방으로 들이댄다. 달빛을 받은 창끝이 번쩍 빛이 났다. 탐조등을 켜서 집 안을 낮같이 밝힌 후 우리를 모두 깨운다.

조선말은 하나도 못하는 듯 모든 것을 통사에게 시키던 일본군

수비대 소대장이 서있었다. 나이는 스물다섯이나 되었을까? 그냥 흉내만 내는 것이 아니라 아주 유창하게 조선말을 하는지라, 아마도 조선 사람인데 일본 사관학교를 마치고 일본군 소대장으로 일하는 모양이다.

"이보오. 당신은 악형을 받고도 또 독립군과 연락하고 토벌을 하도록 부추기었소? 근방에 이 집으로 들어온 독립군을 어디에 피신시켰소? 빨리 내놓으시오."

아버지는 몸을 고쳐 앉으며 태연하게 말씀하셨다.

"독립군이 언제 들어왔다고 그러오? 만약에 독립군이 이 집으로 들어오는 것을 보았다면 어째 곧바로 체포하지 않고 나에게 와서 독립군을 내놓으라 하는 것이오? 당신들이 나를 이렇게 만들고도 지금도 내가 독립군을 감춘다고 하는 것이오? 겨우 집으로 기어 돌아온 사람을 의심하여 독립군들을 감춘다 하니 참 난감하오. 그리 의심이 되거든 마음대로 수색하여 보시오. 만약에 독립군이 나타나면 이 자리에서 나의 목을 치시오."

수비대 소대장이 민망하여 더는 우기지 못하고 순순히 물러났다.

"이번에는 순순히 가니 목숨이 중하거든 일절 독립군들을 집에 들여놓지 말고 그들과 연락을 취하지도 마시오. 만약에 연락하고 미약한 흉계를 꾸미다가는 죽고 살지 못하리다!"

"연락을 어찌 하겠습니까? 이 어린것들을 두고 그 몹쓸 놈들과 연락하면 이 아이들은 어쩌란 말입니까?"

"그러게 말이외다. 문 선생, 모쪼록 주의하시고 그 건달이패들을 우리에게 일러 모두 잡아 치우게 해주시오."

"예, 그리 하오리다. 일하기는 싫어서 무리를 쓸어 다니는 도적 놈들을 가만히 둘 수 있습니까? 남까지 이러한 고통에 넣는 놈들을 어찌 가만히 두오리까? 모두 잡아 주리를 틀어 죽이게 하오리다."

수비대 소대장의 표정이 많이 누그러졌다.

"그 참 문 선생 말씀이 마땅한 말씀이외다. 그런데 문 선생, 상처가 매우 괴롭겠소. 내일 아침에 아이들을 보내시오. 내 의사와 이야기해서 좋은 약을 지어 보내리다."

그리고 그들은 가버렸다. 한참이 지난 후, 동네에 있는 개들도 짖기를 그만두고 다시 고요한 밤이 찾아왔다. 하지만 아버지는 여전히 마음을 놓지 못하시는지 계속해서 문밖을 내다보신다.

"문 형, 나 왔소."

"들어오시오."

얼마의 시간이 흐른 후, 누군가 그림자처럼 집안으로 숨어들었다.

"그들이 다 갔습니까?"

"모두 갔소. 자네는 방앗간에 좀 숨어 있으시오. 내가 다시 살펴보리다."

아버지는 힘겹게 몸을 운신하여 밖을 살펴본 후 방앗간에 숨어 있는 자를 불러내었다.

"이제 안심하오. 모두 갔소."

"형장은 그간 얼마나 고통을 겪으셨습니까?"

"괜찮소. 당신들은 또 얼마나 고생이시오?"

"우리는 직업으로 삼다 보니 괜찮습니다."

"그런데 동생, 이번 일이 정말 감쪽같이 잘되었소. 이번 일을 누가 지휘하였소?"

"내가 중대장의 명을 받고 직접 군인 일백팔십 명을 영솔하여 실행하였습니다. 군인들을 보내고 그들과 조금 떨어져 있다가 온 것입니다. 우리 군인들 허실은 전혀 없습니다. 상한 자도 한 사람 없이 일이 실행되었습니다."

"우리 군인을 허실이 없다니 그것은 좋으나, 저들이 크게 패하였으니 꼭 무슨 정변이 있을 것 같소."

"제가 그래서 일행과 떨어져 나온 것입니다. 숨어서 저들의 동태를 알고 가야 하겠습니다."

"그러시오. 일단은 내가 살펴볼 터이니 우선 안방에 들어가서 잠을 좀 주무시오."

아버지는 독립군 소대장을 안방에 재운 후 밤을 지새워 바깥 동정을 살폈다. 지난 며칠 동안 잠을 제대로 자지 못한 독립군 소대장은 아주 달게 잠을 잤다.

동이 트고 아침이 오자 세상은 모두 깨어나 하루를 시작하였다. 마리아도 일어나 금석이 암죽을 끓이고 아버지 드릴 국밥을 끓이고 있었다. 넷이 모여앉아 식사를 하는데 뒷집 최 영감 내외가 김이 모락모락 나는 그릇을 들고 들어온다.

"자네 몸은 좀 어떠하신가? 자주 오고 싶었네만 이놈의 기침이 밤새 그치지 않아서 내 이제야 오네."

"힘드신데 무엇 하러 나오셨습니까? 아이고, 또 무엇을 해가지고 오십니까?"

"집에 발바리가 하나 있었는데 이놈이 병아리를 너무 잡아먹어서 영감에게 부탁해 그냥 잡아버렸소. 그놈을 푹 끓인 것이니 약이 될 걸세. 우리 노친은 아들도 하나 없이 자네를 아들 삼아 의지하는데 빨리 추스르고 일어나야지."

"아주머니의 태산 같은 은혜 언제 갚을 날이 있으리오."

아버지는 최 영감과 그 부인에게 깊이 허리 숙여 절을 했다. 최 영감이 마루에 걸터앉아 한숨을 내쉬며 조심스레 말을 꺼낸다.

"염려 말고 많이 드시게. 아이들도 먹이고. 자라는 아이들이니 뭐든 잘 먹어야지. 그나저나, 자네, 들었는가? 어제 글쎄 독립군들과 일본 군인이 이 앞 남산 앞 등대에서 싸움이 일어나 일본 군인이 숱하게 죽고 낮에 점 박힌 통사까지도 죽었다 하오. 죽은 일본 군인은 어제 소왕령으로 실려 가고 통역하던 놈은 영 죽지 않아 군대 안으로 실어 왔는데 그놈도 지난밤에 죽었다 하오. 죽인 일본군인들 시신 태우는 연기가 지금도 가시지 않아서 마당에만 나가도 타는 내가 지독하다오. 아마 앞서 독립군들을 붙잡았다가 도주하였다더니 그 사람들이 도로 와서 일본 놈들을 들이부숴 놓은 모양이지?”

아버지는 모른 척하며 최 영감의 말을 받았다.

“앞선 날 저녁에 총소리가 나며 일본 군인들이 왔다 갔다 한다더니 그런 일이 있었구먼요. 나는 혹 전쟁 연습을 하는가 알았더니 크게 싸운 모양입니다?”

“일본 군인이 몇 십 명이 죽었다네. 그리고 중상자들도 다 죽어 지난밤에 주민들이 소왕령으로 실어 갔다고 하네.”

“그러면 곧 큰 싸움이 일어나지 않겠습니까?”

“큰 싸움이 일어남직 하오. 소왕령에서 숱한 군인들이 올라온다고 하오. 큰일이야.”

최 영감과 그 부인은 혀를 끌끌 차며 집으로 돌아갔다. 곧 일어날 정변을 예고라도 하듯 하늘도 흐리고 바람도 거칠었다. 아버지는 나를 불러 조용히 이르신다.

“너는 오늘 일본 군대 모퉁이에서 다른 아이들과 같이 가서 놀다가 무슨 눈치가 보인다 싶으면 곧바로 집으로 오라.”

마리아는 금석이 똥 기저귀를 빨러 냇가로 가고 나는 아버지 말씀대로 일본 군대 가까이 놀러 나갔다. 그러다 곧 후다닥 집으로 뛰어 돌아갔다.

“아버지, 큰일 났습니다. 일본 군인이 수없이 옵니다. 군대 마당에 지금 일본 군인들이 차고 넘쳤습니다. 대포를 끌고 대포 수레에 말을 묶어서 오는데 그 수가 어마어마합니다.”

“그들이 지금 어쩌고 있더냐?”

“그들이 전부 군대 마당에 모여 아침을 먹고 있습니다. 총알을 실은 말 수레도 수백 채 옵니다. 그리고 마병들도 얼마인지 그 수를 알 수 없습니다. 이렇게 많은 군인은 처음 봅니다.”

아버지의 표정이 걱정스레 바뀌었다.

“아마 이번에는 독립군들 뿌리를 뽑을 작정인 모양이구먼. 아니 되겠다. 급히 이 사실을 사령부에 통지하여야 하겠다.”

아버지는 서둘러 종이를 꺼내 사령부에 통지서를 쓴다.

본대에 통지하는 바는 이번 사건으로 소왕령 일본 군대에서 알고 우리 독립단을 멸하고 복수하기 위하여 일본 군정부에서 대병을 조발하여 수천 명 군인과 포병, 마병 숱한 속사포를 가지고 오늘 아침에 육성촌에 당도하였으니 본대에서는 맞서 싸우지 말고 피함이 좋을까 합니다. 만약 싸우게 되면 승부는 있을지언정 추풍 등지에 거처하는 조선 사람에게 대단한 폐해가 돌아올 듯하니 속히 군대를 피하시오.

아버지는 봉투를 봉한 후에 나를 시켜 안방에 자고 있는 손님을 깨우게 했다. 나는 들어가 그를 깨우는 그는 부지불식간에 공격 태세를 취하고 나를 본다.
"아버지가 깨우라십니다."
"누구 왔니?"
"누구도 아니 왔습니다. 아버지가 깨우라 하십니다."
아버지는 냇가에서 돌아온 마리아를 시켜 개장국을 데워오게 한 후 나를 불러 이르셨다.
"금동아, 마당가에 서서 누가 오는지를 잘 살펴라. 그리고 누가 오거든 너의 아버지 지금 주무신다고 말하여 집안에 들여놓지를 마라."
아버지는 손님이 계신 안방으로 들어가 비밀리에 한 시간을 이야기를 하시더니 아침을 먹고 점심때가 못 되어 길을 떠날 차비를 한다.
"언제나 끝이 있을까. 집에서는 부모님과 젊은 부인이 어린아이를 안고 눈 위에 손을 얹고 나날이 나를 기다릴 터인데……."
아버지는 독립군 소대장의 어깨에 손을 얹어 위로하셨다. 그 어떤 말도 하지 않았지만 그들이 가진 소망은 매한가지였으리라. 어서 독립이 되는 것.
손님이 사라지고 난 후 육성촌 벌판을 내다보니 그곳도 이미 일본 군인들이 가득 들어찼다. 일본 군인들은 물론이거니와 대포 수레, 속사포 수레, 총알 실은 수레, 양식 실은 수레가 넓은 벌판에 꽉 들어찼다. 그들은 낮 시간은 그냥저냥 쉬는 듯 보이더니 밤을 기다려 움직이기 시작했다. 밤이 깊어 민가가 모두 잠들었을 때 일본 군대는 행군을 시작했다. 기나긴 가을밤은 그들의 길을 재촉하여 주었고 차갑게 내려앉은 침묵은 그들을 감추어 주었다. 드디어 새벽녘, 일본 군인들은 솔밭관 산영에 도착하여 숨어 있었다.

아버지가 보낸 통지는 밤 아홉 시 전에 사령부에 도착하였으나 그들은 서로 상의하느라 시간만 보내고 있었다. 서로 논쟁만 벌이다 밤이 늦어 술들을 마시고는 취하여 잠이 들어버린 독립군들의 형세는 답답하기 그지없었다. 늦게야 잠이 든 그들이 한밤중을 헤매고 있을 때 이미 일본 군인들은 바로 턱밑까지 쫓아와 사방을 둘러싸고 있었다. 보초를 서던 사병이 먼 곳에서 그들의 움직임을 포착하고 바로 사령부에 알렸을 때는 이미 동이 터 오고 있는 때였다. 뒤늦게 사령부에서 나팔을 불고 독립군들을 불러 모아 동쪽으로 도망치라고 명령했다.

"목숨을 도모하려거든 죽기를 각오하고 달려라!"

명이 떨어지기 무섭게 독립군들은 내달리기 시작했다. 죽기 살기로 달리는 그들의 용맹은 그 어느 때보다도 무서웠다. 동쪽 면을 포위하여 들어오던 일본 군인들은 느닷없는 독립군 수천 명의 습격에 미처 피하지 못하고 길을 터주고 말았다. 그 덕에 독립군들은 한 명의 손실도 없이 모두 탈출하였다. 일본 군인들은 독립군들을 가볍게 여기고 있다가 모두 놓치게 되자 분노가 치밀어 올라 독립군들의 근거지 군영에 불을 지르며 모두 파괴하였다. 남아 있는 양식과 화약고 등이 타올라 삼일 동안 불길이 사그라지지 않았다.

아버지는 당신의 편지를 읽고도 바로 행동하지 않은 독립군 사령부를 향해 분노를 터트렸으나 그들이 모두 제때 대피했기에 그나마 안심하였다. 독립군들은 그 길로 안전한 곳으로 넘어갔다고 한다.

　아버지는 그날 이후 근 십여 일을 더 조리를 하여 겨우 목발을 짚고 바깥출입을 할 수 있을 정도가 되었다.

　"금동아, 오늘은 밭에 좀 가보자. 추수가 어찌 되었는가 보자."

　아버지를 모시고 밭에 가 보니 이미 독립군들이 와서 일을 해놓은 것인지 밭은 수확이 끝나 있었다. 아버지는 삯꾼을 사서 삼 일 동안 집 마당으로 곡식을 다 실어 들였다. 하지만 상처의 염증이 다시 곪아서 며칠을 더 앓아누우셔야 했다.

　그러던 어느 날, 바깥이 시끌벅적하더니 소 수레가 하나 들어왔다. 수레 위에는 한 병든 남자가 실려 있었다.

　"아니, 이게 누구인가? 춘화 아닌가?"

　아버지가 깜짝 놀라 반긴 이는 일 년여쯤에 우리 집에 와서 함께 지냈던 젊은 내외 중 남편이었던 춘화였다. 그들을 떠나보낸 지가 수개월이 지났는데 이제 와서 남편만 수레에 실려 온 것이다.

　춘화 내외가 우리 집을 처음 찾아들었던 것은 작년 봄이었다. 비는 줄줄 오고 모진 남풍은 사람을 날려버릴 듯 거세게 불어 닥쳤다. 두 사람은 몇 집을 돌아다니며 쉴 곳을 구하다 우리 집까지 온 모양이었다. 우리 집 처마 밑에 서서 차마 안으로 들어오지도 못하고 비를 피하고 있는 그들을 아버지가 발견하였다. 남장을 한 두 젊은이의 얼굴에 흘러내리는 것이 빗물인지 눈물인지 알 수가 없을 정도로 그들은 처량하게 울고 있었다.

　"딱하기도 하지. 안으로들 들어오시게."

　아버지는 두 사람을 집에 들여서 마른 옷가지를 내주었다.

　"어디서 오는 사람들이기에 그리 비를 맞고 서서 울고 있는가?"

　"주인장의 어진 처분에 비를 피하게 되었습니다. 참으로 감사합니다."

　"하, 이 사람들아. 사람이 골뱅이가 아니거늘 집을 떠 가지고 다니겠는가? 염려치 말고 올라와서 온돌에 앉아 몸을 녹이시오. 우리 집은 내가 아내를 일찍 저 세상으로 보내고 저 어린 계집애가 세간을 도맡아 하다 보니 어지럽기가 그지없소. 허물치 마시고 머물다가들 가시오."

춘화 내외는 아주 고마워하며 옷을 말리고 몸을 데웠다. 그러는 동안 마리아가 저녁준비를 다 하여 내놓았다. 아버지와 손님 두 분은 겸상하도록 차리고 우리들은 밥 함지박 근처에 모여 앉아 식사를 하였다.

"이 끼니 반찬도 없고 쓸쓸한 저녁이오만 허물치 마시고 배를 채우시오. 집을 떠나면 고생이 막심합니다."

"형장은 공연한 말씀이옵니다. 허물할 것이 무엇입니까? 이렇게 우리를 생각해주시는 분은 고향을 떠나 처음입니다. 이 은혜를 어찌 갚겠습니까?"

"사람이 제 집을 떠나면 그 고생은 모두 한가지입니다. 그런 말씀들 마시오."

춘화 내외는 며칠을 굶은 사람처럼 허겁지겁 밥을 우겨넣었다. 저녁식사를 마친 후 아버지는 조용히 여자 옷을 건네주었다. 그들이 젊은 부부였으며, 아내가 남장을 한 사실을 알아차린 것이다. 또 건넌방을 한 칸 내주어 이부자리와 베개까지 갖추어 주며 편히 잘 수 있도록 해주었다.

그들은 그 다음 날, 또 그 다음 날도 우리 집을 떠나지 않고 계속 머물렀다. 춘화는 아버지를 도와 농사일을 거들었음은 물론이요, 땔감을 준비해주고 물을 길어다 주고 집안 곳곳 필요한 곳을 손봐주었다. 춘화 아내 금옥은 우리 집 살림을 도맡아 해주었으며 금석이를 제 자식 돌보듯 돌보아주었고 나와 마리아도 거두어주었다. 어느덧 그들 내외와는 친밀한 사이가 되어 아버지는 그들을 피붙이로 생각하게 되었다.

아버지는 바깥 일이 있으시어 근 한 달간 집을 비우게 되었는데, 그때 아버지는 춘화 내외가 있어 다행이라며 마음껏 일을 보고 오셨다. 우리는 그 즈음부터 그들을 숙부와 숙모로 여기고 '아주버니, 아주머니'로 불렀다. 아버지는 몇 해 만에 처음으로 집 걱정 없이 외유(外遊)를 하셨다며 돌아오실 때는 춘화숙부 내외에게 줄 의복과 모자, 신발을 사오셨다. 숙모에게는 여자 정장을 사다주시며 숙모가 기뻐하니 덩달아 즐거워하셨다.

춘화숙부 내외는 우리 집 일을 거들어주며 우리들과도 퍽 정이 들었다. 태어나자마자 어머니를 잃은 금석이는 숙모를 엄마처럼 따랐고, 마리아와 나도 엄마 없는 아이처럼 보이지 않게 깔끔하게 하고 다녔다. 먹는 것도 훨씬 나아졌다. 하지만 그러한 편안함도 오래 가지 않았다. 하루는 아버지가 춘화숙부 내외를 앉혀놓고 심각한 표정으로 말을 꺼내셨다.

"자네 내가 이렇게 말한다고 서러워들 마세. 절대로 내쫓는 것이 아니네."

춘화숙부와 숙모는 무슨 말씀인지 몰라 어리둥절한 표정이었다.

"조선 품팔이들이 강동으로 돈벌이를 오는 것을 보고 일본 수비대들이 혹 독립군인가 하여 샅샅이 뒤지고 다니며 조사를 한다네. 일본 수비대의 심사가 이렇듯 삼엄하니 어찌 견디겠는가. 잘못 붙잡히면 없는 죄도 만들어내니 걱정이네. 공연히 고생할 터라 더 머물지 말고 내일 당장 피신하는 것이 좋겠네. 동생들 생각은 어떠한가?"

"형님께서 벌써 아시고 이리 일러주시는데 어찌 그 뜻을 거역하겠습니까?"

"철모르는 우리들을 살 길로 인도하여 주시니 아주버님 말씀대로 하겠습니다."

두 내외가 공손히 대답하였다. 사실 그들은 아버지를 도와 독립군 일을 하고 있었던 것이다. 아버지는 잠시 무언가 생각하시다 말을 이으셨다.

"내 지금 편지를 써줄 터이니 이 편지를 가지고 여기에서 한 팔십 리 거리에 다원령이라는 곳이 있으니 거기로 가게. 그곳은 일본 수비대도 없고 지인들이 사는데 인심이 후하니 가면 편안히 잘

지낼 수 있을 것이야. 이 편지를 전할 집은 내 종씨 동생 집이니 편지를 받으면 후히 대접할 터이오. 내 자네들을 살 수 있도록 지시할 터이니 내일로 행하시오."

"이 집을 떠난다니 섭섭한 마음은 이를 데 없으나 환경이 그러하니 어쩔 수 없지요. 형님 분부대로 받잡겠습니다."

아버지는 두 사람을 위해 편지를 써주었고, 우리는 헤어지는 것이 아쉬워 밤새 눈물바람이었다. 숙모님은 금석이를 업고는 엉엉 울음을 터트리셨다. 금석이도 제 부모와 이별하는 모양으로 흐느껴 울었다.

"동생네, 과히 설워 마세. 살러 가는 것이니 쓸쓸한 마음 품지 말고 부디 편히 잘 가서 사시게. 좋은 때가 돌아오면 서로 한 곳에 와서 같이 사시게."

숙모님은 여전히 흐느끼며 금석이를 손에서 놓지 못했다.

"우리는 실로 시형님과 어린 조카들을 보지 못할 것이 서러워 걸음이 떨어지지 않습니다."

"그러지 마시게. 이보게, 춘화. 거기 가서 남의 집에서 고생을 하지 말고 가까이에 제 집을 잡아서 사시게. 저기 자네를 주어 보내려고 은전 일백마흔 냥을 묶어 놓았으니 가지고 가서 편안히 있게나."

춘화숙부와 숙모는 펄쩍 뛰면서 사양을 했다.

"아주버니도 어린 아이들을 데리고 돈 쓸 일이 태산 같을 터인데 어찌 우리에게 금전을 이리 많이 주어 보내신단 말입니까?"

"그냥 받아주시게. 동생네를 그냥 보내기 애석해서 그러하니. 금전이란 것이 사람까지 산다 하였지만 어찌 내게 있으면서 빈손에 자네들을 내놓겠는가? 형의 정리만 잊지 말게. 한 번 좋은 때 돌아오면 한곳에서 살아보세."

아버지는 방으로 들어가 일백마흔 냥을 넣은 돈 뭉치를 춘화숙부 앞에 내어놓고, 따로 준비한 돈 사 원 오십 전을 내놓으셨다. 나중에 내놓은 돈은 차비로 쓰라고 하신다.

　우리는 그날 밤을 잠도 자지 못하고 울며불며 이야기를 나누며 보내다가 아침이 되어 함께 밥을 먹고는 춘화숙부 내외를 떠나보냈다. 그들을 다원령으로 떠나보내고 난 후 마리아와 나, 그리고 금석이는 거의 며칠 동안 숙모를 생각하고 울었으며, 그들의 눈에도 또한 우리의 모습이 삼삼하였을 것이었다.

　그렇게 이별한 춘화숙부가 병자가 되어 소 수레에 실려 왔던 것이었다. 우리는 달려 나가 숙부를 맞이하였다.

　"아주버니, 아주머니는 어찌 같이 오지 않았습니까?"

　춘화숙부는 눈도 뜨지 못한 채 기운 없는 목소리로 대답했다.

　"아주머니는 아니 온다."

　춘화숙부는 금석이의 손을 잡고는 하염없이 운다. 우리는 무슨 일인지 알지도 못하면서 함께 울었다. 다시 만나서 반갑고, 뭔가 불길한 이야기를 듣게 될 것만 같아 두려웠다.

　춘화숙부의 얼굴은 떠나던 그때보다도 훨씬 여위었다. 소 수레에서 내려서는 막대를 짚고 몸을 겨우 운신하여 집으로 들어간다. 그리고 아버지 앞에 엎어지며 그대로 엉엉 울어버린다.

　"야, 이 사람아. 이것이 웬 울음인가? 대관절 어찌 된 것이야? 말을 하게. 제수는 어찌하여 같이 오지 않았는가?"

　"형님!"

　하고는 더 말을 이어가지 못하고 끝내 통곡을 하고 마는 춘화숙부다. 한참이 지난 후에야 겨우 울음을 그친 춘화숙부가 겨우 말을 토해낸다.

　"금옥이는 그만…… 세상을 떠났습니다."

　"무엇이라? 이 사람 그게 무슨 말인가? 제수가 죽었다는 말인가?"

　"예, 형님. 금옥이가 우연히 이 세상을 떠난 지 며칠 됩니다."

　아버지는 크게 낙심하여 풀썩 주저앉았다.

　"이 사람아, 죽은 지 며칠 된다니 그게 무슨 말인가? 어찌히여 나에게 편지 한 장도 없었는가? 이 무정한 사람들, 대관절 무슨

병으로 얼마나 고통을 겪다가 그렇게 세상을 떠났는가?”

“후산으로 앓다가 병을 이기지 못하고 그만 세상을 잊었습니다.”

“이 사람아, 그러면 정말로 죽었단 말인가? 아깝기도 하다. 그 고운 행동, 그 품은 상식 반세상도 살지 못하고 불쌍히도 죽었구나. 그런데 자네는 어찌하여 이 모양인가? 그 곱던 형용이 전부 없고 피골이 상접하였으니 어쩐 일인고? 울지 말고 나에게 말 좀 하오.”

“형님 말씀대로 다원령에 가서 집을 잡고 무사히 시간을 보내다가 우연히 등에 부스럼이 시작하더니 그것이 낫지 않고 끝내 등창으로 변하여 이 모양입니다. 그 와중에 금옥이는 아이를 낳고 내 병수발을 드느라 산후 조리를 하지 못하여 그만 후산병으로 미처 손 쓸 사이도 없이 그 아까운 청춘을 잃었습니다. 이 어찌 애통하지 않겠습니까?”

“허……. 이 사람아, 그 팔십 리 걸음이 그리도 무심히 지났는가? 말로 통지를 하였더라면 달려가지 않았겠나? 참 아깝구나, 아까워. 그런데 아이는 살았느냐, 죽었느냐?”

“아이가 무엇입니까? 아이도 나서 십여 일만에 죽었습니다. 제 몸이 이러하여 돌보지 못하고 젖도 먹지 못하여…….”

“아이고, 이런 기가 찬 일이……. 여기에 있었더라면 아이라도 살렸을 것을…….”

“살아 무엇 하겠습니까? 누가 그 아이를 기르겠습니까? 죽기를 잘하였지.”

체념하듯 말하는 춘화숙부와, 그 말이 틀리지 않았기에 어쩔 수 없이 수긍하는 아버지의 모습이 쓸쓸하였다.

“금옥이가 죽고 아이도 죽고 마음이 심란하여 살기가 싫기로 병은 점점 위중하여지고 날마다 혼자 울며 형님을 불러댔습니다. 그러니 이웃 사람 중에서 어떤 이가 제가 너무 불쌍한지 자기의 소 수레를 내놓으며, 형님 댁으로 보내준다기에 이리 온 것입니다. 형님의 집으로 가다가 죽더라도 한이 없겠다 싶어 죽을 각오로 왔지요. 나는 오늘 죽더라도 형의 얼굴과 여러 조카들을 보니 한이 없습니다."

"그래. 이리 왔으니 이제 염려 말게. 의사에게 보이고 좋은 약도 쓰면 잠깐 아프다 나을 것이네. 아무 근심도 말게나. 지금 신식으로 난 약이 많으니 아무 근심도 없네. 산 사람은 살아야지. 일절 죽은 사람 생각지 말고 살 생각을 하시게. 내 서둘러 소왕령 일본 병원으로 데리고 가야겠네. 가서 상처도 씻어내고 약도 새 것을 쓰면 곧 나을 것이야."

아버지는 마리아에게 방에 자리를 펴라고 명하셨다. 춘화숙부는 마리아의 어깨를 어루만지며 또 울먹인다.

"나는 너희들이 보고 싶어 날마다 울음으로 보냈다. 그래도 이리 목숨이 붙어 있으니 만나보는구먼. 금옥이는 죽으면서도 금석이를 부르더니 눈도 감지 못하고 죽어버렸다."

우리는 모두 슬픔에 잠겨 춘화숙부를 방으로 모시고 자리에 눕히었다. 마리아는 부지런히 죽을 쑤어서 가지고 들어왔다. 그러는 사이 숙부는 금석의 손을 어루만지고 놓지 않았다.

"우리 금석이가 이리 훌쩍 컸구먼. 내 조카 금석이는 큰 의사가 될 것이야."

"그래, 어루만져보니 그리 보이는가?"

아버지가 웃으며 대꾸를 한다. 마리아가 춘화숙부 앞에 죽 사발을 내밀었다.

"아주버니, 이 암죽을 다 잡수십시오."

춘화숙부는 적당히 식힌 암죽을 천천히 먹기 시작했다.

"그런데 제수 시신은 어디에 썼는가?"

"고려사람 북망산에 썼습니다."

"그래, 그 불쌍한 것을 염(殮)이나 잘 하고 장사(葬事)는 잘하여 주었는가?"

"염이나 장사가 무엇입니까? 농사철이니 사람들이 추수가 바빠

서 금옥이를 내가 안고 나가 사람들 두엇이 같이 가서 힘쓴 것이
다입니다. 겨우 몸뚱이나 가렸을 것입니다."
　"그럼 관도 못하고 시신을 묻었는가?"
　"관이 다 무엇입니까? 헝겊으로 대강 감싸 묻었지요."
　아버지는 안타깝고 한탄스러워 연신 애달파하신다.
　"야, 불쌍도 하구나. 외로이 살다가 죽어도 불쌍히 파묻혔구나.
내 좀 몸이 나으면 가서 보고 도로 파다가 여기 북망산에 묻어주
어야 하겠다."
　"그러는 형님께서는 무슨 지병(持病)이 계시기로 그 몸이 그리
대단히 축나셨습니까?"
　"말을 마세. 앞으로 차차 이야기하면 알 수 있으리."
　며칠이 지나자 아버지와 마리아의 지극정성과 간호로 인해 춘화
숙부의 상태는 전보다 좋아졌다. 아버지 몸도 이제는 거의 완쾌되
어 전과 같이 바깥출입을 하실 수 있게 되었다. 어느 하루, 아버
지가 일찍 나가시더니 마차를 삯을 내어 불러왔다.
　"이 사람, 수레에 나와 앉게나. 오늘은 소왕령 일본 병원에나 가
보세. 나날이 병을 자라게만 해서는 아니 되는 것이니."
　춘화숙부는 힘겹게 몸을 일으켜 수레에 나와 앉았다. 호전되었
다고는 하나 여전히 숙부의 몸은 빨랫줄에 빨아 널은 옷가지처럼
축 늘어졌다.
　"너희들이 혹 밤에 무섭거든 뒷집 노인들에게 좀 나와 자달라고
부탁을 하여라. 내 소왕령 일본 병원에 춘화를 진찰하고 약을 지
어 오자면 며칠 걸릴 것이야. 마리아, 아이들 되는 대로 먹이지
말고 닭을 잡아서 잘 먹이도록 하여라."
　아버지는 우리에게 이르신 후 춘화숙부를 수레에 태우고 소왕령
으로 떠나셨다. 아버지가 가시고 난 후 뒷집 최 영감 내외더러 저
녁이면 나와서 동무해 달라 청하여 며칠 밤을 보내었다. 아버지는
춘화숙부를 데리고 나흘 만에 집으로 돌아왔다. 하지만 숙부는 병
원을 가던 날보다도 더 낯빛이 창백했다. 아버지는 숙부를 방에

눕히며 혀를 끌끌 차셨다.

"사람이 못쓰게 되었구나. 어찌 명이 길어 숨만 남아 있지 다 죽은 송장이나 마찬가지니라. 너는 모스크바 사관을 욕심냈었지. 나는 저의 욕망에 일심으로 후원하려 했고."

아버지는 춘화숙부의 적삼을 벗기고 상처를 고쳐 싸매면서 우리더러 가까이 오지 말라고 하신다. 우리는 조금 있다가 암죽을 데워서 가지고 들어갔다. 아버지는 보따리를 푸시더니 소가 박힌 떡을 내놓으신다. 춘화숙부는 품에서 뭔가를 꺼내더니 마리아에게 내어 준다. 영초(英綃)34)로 겉을 꾸민 작은 빗이다.

"나를 잊지 말고 이 빗을 드리고 다녀라. 너는 나를 보듯이 내 죽어도 이 빗을 꼽고 다녀라."

"아주버님도 너무 헛소리 하지 마세요. 병이 곧 달아날 터입니다."

춘화숙부는 희미하게 웃더니 한숨을 길게 내쉬었다.

"형님이 내 병을 치료하기 위해 힘쓰는 걸 생각해서라도 달아나야지. 그래야 네가 시집가는 것을 보지. 많이 무엇이든지 먹고 살아나야지. 마리아, 금석이를 여기 들여다 놓아라. 기어 다니며 놀게."

이제 겨우 걸음마를 떼는 금석이를 방에 들여 놓으니 아이는 좋다고 한다. 춘화숙부는 또 자기 짐을 뒤지더니 여러 가지 놀잇감을 내놓는다. 금석이는 놀잇감을 굴리며 잘 논다. 나는 그 놀잇감을 보며 퍽 부러웠다. 내가 한 번도 가지고 놀아본 적이 없는 것이었다. 춘화숙부는 내게는 책을 내주신다.

"금동아, 이 책을 읽어라. 내 죽어도 이 책을 나를 보는 듯이 두고 보아라."

그날 이후로 우리는 춘화숙부의 병수발을 극진히 하였다. 숙부의 병세는 크게 좋아지지는 않았으나 우리의 정성 덕분인지 더 나빠지지는 않았다.

---

34) 1.중국산 비단의 하나 2.모초(毛綃)와 비슷하나 질이 좀 낮다

6.

가을이 무르익었다.

나는 벌써 달포가 넘도록 쓰레기 주우러 다니지 않았다. 그러나 오늘은 일찍 일어나서 동네 아이들과 함께 일본 군대 쓰레기장으로 달려갔다. 그런데 이상했다. 군부대에 다다랐는데 대문이 활짝 열려서 바람에 흔들리며 기분 나쁜 소리를 내고 있었다. 힘차게 펄럭이던 일장기도 보이지 않았고 일본 군인이 한 사람도 보이지 않았다. 튼튼하던 토성도 모두 허물어졌고 쇠줄을 걸쳐놓았던 말뚝은 모두 뽑혀 불에 태워져 있었다.

나는 물론이고 함께 갔던 아이들도 영문을 몰라 허둥댔다. 부대 안으로 점점 더 깊이 들어가도 군인은 한 명도 보이지 않고 물건도 거의 없었다. 쓸 만한 것들은 이미 전부 태워서 그 흔적만 남아 있었다. 아이들은 군대 병영 안에서 맘껏 군사 놀음을 하며 놀았다. 그러다가 각자 흩어져 남아 있는 헌 옷이며 쓸모가 있는 것들을 주워서 집으로 돌아왔다.

집에 오니 나를 찾느라 애를 태운 아버지가 호통을 치신다.

"너는 다시는 헌 옷 주우러 다니지 않겠다 하지 않았니? 그러다가 통역 놈들의 어름에 넘어가 아무 말이나 하면 어쩌니? 그러다 네 아비가 잡혀가서 주리를 틀면 어쩌자고 그러느냐?"

나는 오늘 보고 온 것을 아버지에게 소상히 일렀다.

"아버지, 그런 게 아니라 군부대에 가니 일장기도 없고 토성도 다 허물어지고 쇠줄말뚝도 모두 뽑혀서 태워졌습니다. 군인들도 하나도 없습니다."

"정말 일본 군인들이 없더냐?"

"정말 없습니다."

아버지는 기쁜 기색이 완연했다.

"그리하였구나. 그들이 철수한다고 한 것이 거의 몇 달 되더니 이제야 철수를 한 모양이로구나.35) 그거 정말 속 시원히 잘 되었

---

35) 일본군이 러시아 땅에서 철수를 시작한 것은 1921년 워싱턴 회의 이후였으며, 1922년 6월 완전철수를 발표한 후 10월에 완전철수를 한다.

다. 이제는 고려 사람들이 숨을 좀 돌리게 되었구나. 그러나 금동
아, 다시는 그 근처에 가지 마라. 그러다 그들이 파묻어 놓은 폭
탄을 잘못 밟아서 그것이 터지면 너는 죽는다. 다시는 가지 마라.”
　나는 아버지 말씀에 놀라서 그 뒤로 다시는 그 근처에 가지 않
았다. 일본 군대가 철수한 지 한 일주일 쯤 지났을 때, 하루는 우
리 집으로 손님들이 찾아왔다. 그들은 모두 키가 크고 몸집이 우
람해서 그 기운이 우렁찼다. 일행이 마당 대문을 열고 들어섰다.
그 중 제일 앞선 사람은 구레나룻이 나서 험하게 생겼다.
　“이 집이 문승열네 집이 옳은가?”
　그 목소리가 집안을 쩌렁쩌렁 울렸다. 마침 집안에서 손님을 맞
을 사람이라고는 나밖에 없었다. 춘화숙부는 방에 누워계셨고 마
리아는 금석이를 재우느라 역시 방에 들어가 있었다.
　“너의 아버지 집에 계시냐?”
　“아버지는 동네로 외출하였습니다.”
　“너의 아버지 성명을 네가 아는가?”
　“예, 우리 아버지 성명을 압니다. 우리 아버지는 문승열입니다.”
　“그래, 옳게 찾았구나. 세월 참 오래 되었다. 그 몇 해 전에 나
는 이 집에 다녀간 적이 있는데 그때 저놈이 출생하여 젖을 물고
있었지. 그런 것이 저렇게 크게 자랐구나. 네 이름이 금동이지?”
　나는 깜짝 놀라서 구레나룻이 난 어른을 똑바로 쳐다보았다. 얼
굴은 험했지만 눈빛은 거칠지 않았다.
　“아주버니, 어찌 내 이름까지 그리 잘 압니까?”
　“나는 너의 이름까지 잘 알 만한 일이 있다. 네 형 금봉이는 어
디 갔느냐?”
　나는 또 놀랐다. 그는 죽은 형의 이름까지 알고 있었던 것이다.
　“우리 형님 말입니까?”
　“그래. 네 형 말이다.”

"우리 형님 금봉이는 연변에서 죽었습니다."

"아, 무정하구나. 내 이번에 볼일도 있거니와 금봉이를 볼 일이 있어 이리 찾아왔더니 그만 그리 되었구나. 그 고운 얼굴, 그 고운 행실이 죽다니 그 무슨 말이냐? 승열이도 싹 망하였구먼. 에고, 기가 찬 일이다."

그러는 사이 외출하셨던 아버지가 돌아오셨다. 아버지는 의아한 표정으로 마당으로 들어서서 손님들을 살폈다.

"이 사람이 아주 못쓰게 되었구나! 승열이, 정말로 나를 모르겠는가?"

구레나룻이 난 어른이 고함을 치자 한참을 그 얼굴을 살피던 아버지가 마치 아이처럼 와락 그의 품에 안기며 엉엉 울음을 터트렸다.

"형님!"

나는 아버지가 그리 흐느껴 우는 것을 처음 보았다. 우리를 안고 구슬피 울 때와는 다른 울음이었다. 우리에게는 지붕과도 같이 든든하기만 했던 아버지도 누군가에게 안겨 울 때가 있었다.

"이 사람, 좀 참게나. 여기 이분들에게 인사를 올리게나."

아버지는 일행들 한 사람, 한 사람과 인사를 나누었다. 손님들은 일일이 아버지와 악수를 한다. 아버지는 사람들을 정주간으로 안내하더니 밖으로 나가신다. 한참이 지난 후 돌아온 아버지 손에는 아랫마을에서 사온 술 항아리가 들려 있었다.

"마리아, 김치나 내놓아라."

"야, 마리아. 너도 그렇게 자랐구나. 내가 왔을 때에는 네가 네댓 살이 되었지? 지금은 큰 색시 몰골이 나는구나."

구레나룻 어른이 호탕하게 웃으며 말씀하신다. 아버지는 그 어른과 술잔을 기울이며 기쁜 기색이 완연하다.

"형님, 그래도 이 아이가 있다 보니 겨우 세간이라고 열어 무엇이라도 끓여서 먹습니다. 이 아이마저 없었더라면 내 세상이 어찌 되었겠습니까?"

"이 사람아, 이만하여도 자네는 제 집에서 제 새끼를 끼고 사니 나보다 좋은 세상일세. 나 같은 것은 제 식솔들을 다 일본 놈들의 불 속에 집어넣고 해외로 동서남북 돌아다니며, 낮이면 수림(樹林) 속에, 밤이면 수풀 속에 헤매고 다니니 마음이 어찌하겠는가? 그러나 내 죽기 전에 나의 목적을 성공하려 하네. 자, 자네가 부어 주는 술은 단술이니 같이 술을 드세. 동생과 같이 술을 들어 우리가 서로 형제결의하고 그간 섭섭하게 따로 떨어져 살고 있다가 만난 상봉주이니 다들 드시게."

구레나룻 어른은 일행에게도 모두 술을 따라주며 함께 들고 즐겼다. 아버지는 마리아를 불러 귓가에 대고 뭔가를 이르셨다. 마리아는 나에게 닭 다섯 마리를 잡아 오라고 시켰다. 내가 닭을 잡아 와서 마리아가 털을 뽑고 막 솥에 안치려 할 때 구레나룻 어른이 젊은 청년 두 사람을 불렀다.

"이 사람들, 아이들이 우리 시중을 들겠네. 자네들이 나서서 시중하여 보세."

젊은 청년들은 벌떡 일어나 군 식으로 경례를 붙이더니 하며 팔을 걷어붙이고 나섰다.

"색시는 다른 일을 하소. 닭은 우리가 삶으리다."

나와 마리아는 할 일이 없어서 아버지 곁으로 가서 앉았다.

"마리아, 네 범도 대장님을 모르니?"

"약간 눈에 익습니다."

구레나룻 어른이 바로 그 유명한 홍범도 장군이라는 것을 그제야 나는 알았다. 홍범도 장군은 몇 해 전 봉오동 전투와 청산리 전투를 대승리로 이끈 주역이었기에 나도 익히 그 이름을 들어서 알고 있었던 것이다. 홍범도 장군은 호탕하게 웃었다.

"너희들 정신이 좋다. 그때는 말을 겨우 떼던 때더니만. 그나저나 나의 금봉이는 어디 가고 종적이 없니? 있었으면 나에게 안겨 나를 극진히 반겨줄 터인데."

술이 한 잔 들어간 탓인지 아버지는 참았던 설움을 홍범도 장군

에게 모두 토해내었다. 아버지가 너무 슬피 우는 까닭에 곁에 있
는 사람들의 흥도 가라앉았다.

"이 사람, 그만 우시게. 사람이란 것은 생하는 법이 있고 사하는
법이 있는지라. 우리만 있는 일이 아닐세. 제수나 생존하여 이 이
런 것들을 잘 키워줬더라면 얼마나 좋겠는가? 자네도 팔자가 사나
운 사람이지. 아니, 팔자가 사나운 것이 아니지. 시국이 이러한
걸. 이제는 이런 말을 싹 거두고 우리 산 사람이나 행할 일을 서
로 의논하여 보세."

홍범도 장군은 좌중에 일어섰다.

"나와 이 여러 사람이 온 것은 큰 상론(相論)이 있어서이니 우리
서로 머리를 맞대고 토론하여 보세. 우리는 해외에 나와서 독립의
정신이 가득한 청년을 많이 모으고 나선 독립군이오. 우리들은 한
결 더 좋은 의지를 취하여 성공을 향해 나아가야 되겠습니다. 또
한 우리들은 일층 더 강렬한 정신을 젊은이들에게 불어넣어주어야
성공할 수 있고 원수들과 싸워 승리할 것입니다. 내가 여기를 근
본으로 삼고 온 이유는 상해임시정부가 해산되어36) 그 일꾼들이
여기로 왔다는 소식을 들었기 때문입니다. 허나 그들은 아직 오지
않았기에 여기 나와 함께 온 여러분만 이렇게 모이게 된 것입니
다. 이제 우리는 뿔뿔이 흩어져 각개전투로 싸울 것이 아니라 독

---

36) 홍범도가 봉오동전투를 치른 것은 1920년 6월이며, 봉오동 전투에서 대패한
　　일본의 보복으로 그해 10월 2일 경신대참변(훈춘 사건, 자유시참변)이 일어난
　　다. 이 참변으로 인해 간도 주변에 살던 1만 여명에 달하는 조선인들이 참살
　　을 당한다. 경신대참변 이후 20여 일만에 홍범도와 김좌진이 연합한 청산리
　　전투가 대승을 거두게 되자 일본군은 '창장하오(長江好)'라는 중국인 마적을
　　매수해 훈춘을 급습하게 된다. 이후 독립군은 근거지를 러시아 자유시(스보보
　　드니)로 옮기게 된다. 하지만 일본이 철수조건(1922)으로 한국독립군의 해산을
　　요구하자 러시아 볼셰비키는 강제로 한국독립군을 해산시키려 한다. 이 결과
　　로 김좌진, 이청천 등은 만주로, 홍범도는 블라디보스토크에 영영 주저앉게
　　된다. 또한 상해임시정부는 어려운 상황을 타개하기 위해 1923년 신채호의
　　주도로 국민대표회의를 열게 되지만 합의는 결렬되고 임시정부의 주요 인사들
　　은 각기 뿔뿔이 흩어지게 된다. 여기에서 말하는 상해임시정부의 해산은 이
　　시기를 상황을 가리키는 것이다.

립군과 의병, 붉은 군대[37]가 모두 힘을 합쳐 원동에 주둔한 일본 군대를 박멸해야 합니다. 그렇지 않고 불쌍한 청년들이 여기저기에서 울쑥불쑥 일어나 싸우는 것은 아까운 청년들을 불 속으로 거저 집어넣는 것과 같습니다. 왜 그렇게 해야 합니까? 이제는 힘을 하나로 모으십시다."

한 사람이 벌떡 일어나 묻는다.

"만약 우리 독립군들이 그들과 힘을 합쳐 일본 군대를 몰아낼 수 있다면 과연 자유롭게 될 수 있을까요?"

"물론입니다. 우리는 모두 단결하여 싸운다면 승산이 있습니다."

또 다른 사람이 일어나서 질문을 한다.

"범도 장군님 말씀이 당연합니다만, 우리가 지금 몇 백 명씩 집군(集軍)되어 싸운다 하더라도 일본군은 힘이 강하고 무력이 드세어 우리보다도 몇 갑절은 더 센 강군(强軍)인데 어찌 이길 수 있겠습니까? 나도 그들과 많이 싸워봤습니다. 분을 못 참아 혹 대전할 때도 있어 일본 군인을 몇 백 명씩 혹은 몇 십 명씩 살해하여 보았으나 그들은 그것을 대수롭지 않게 여깁니다. 오히려 황소에게 털 한 대 뽑힌 것쯤으로 생각하고 더 분노하여 조선 사람들을 학살해대니 그것이 무엇입니까? 공연히 젊은 사람들을 고생시키는 일에서 넘지 못하니 많이들 생각하여 보십시오."

"다른 사람들도 말씀하여 보시오."

"그래도 우리가 모두 힘을 합친다면 승산이 있지 않겠소? 세계 각지에서 따로이 싸우는 것보다 훨씬 더 큰 힘이 생길 것입니다."

"그렇습니다. 범도 장군님 말씀이 옳습니다."

사람들의 의견이 하나로 모아지자 홍범도 장군이 술잔을 들고 일어섰다.

"자, 이로써 우리 의견이 하나로 모였소. 우리 모두 의지가 충만하여 반드시 승리할 것이오. 원수들은 우리에게 항복할 것입니다.

---

37) 소비에트 사회주의 노동자 군대 또는 사회주의 노동자 군내로 1946년 2월 25일 이전 소련의 정식 군대이다. 1946년 2월 25일 소비에트군으로 개명되었다.

나는 벌써 올긴[38], 수청[39] 등지에 있는 독립군들과 다 상의되었습니다."

홍범도 장군 이하 독립군들은 마음이 하나로 합쳐진 것이 기쁜 듯 했다.

"참, 자네 방에서 앓는 병자는 누구요?"

마리아가 방에 죽을 들이는 것을 보고 홍범도 장군이 아버지에게 묻는다.

"예, 내 동생이올시다."

"동생이라니? 자네에게 동생이 없는 것을 내가 아는 것인데, 처갓집 쪽으로 동생인가?"

"그런 동생지간이 아니라 형제지의(兄弟之義)를 묶은 동생지간입니다."

"자네와 나와 같이 결의한 그런 동생지간이군?"

"그렇습니다. 그러한 동생이 병이 들어 저렇게 앓으니, 참 살아나면 좋으련만 안타깝게도 나아질 것 같지가 않습니다."

"세상에 우리 동생 승열이처럼 마음이 후한 사람은 없을 걸세. 결의한 동생을 저렇게 생각하고 병든 것을 지키니 참으로 기특함이 이를 데 없네. 자네 동생이면 내 동생이기도 한데 빈손이라도 내가 어찌 인사치 않겠는가?"

홍범도 장군은 성큼 병자의 방으로 들어선다. 춘화숙부는 애써 일어나려 하였으나 아버지가 말리시어 그대로 누워 있었다.

"먼 데서 형님이 나를 보려고 찾아왔으니 손을 들어 인사나 하세."

"평안히 와 계십니까? 박춘화라 합니다."

"나는 독립군 대장 홍범도일세. 우연히 몸에 병이 나 고통이니 그 참 아니 되었네. 얼른 나아야지. 그리고 나는 자네 형 승열이

---

38) 올가군 니콜라예프카 마을로 지금의 파르티잔스크 지역
39) 수찬(Suchan, 水淸)은 연해주 한인집성촌을 말한다. 지금의 파르티잔스크 지역

와 결의한 사이일세."

갑자기 춘화숙부가 홍범도 장군의 손을 잡고 엉엉 울음을 터트린다. 익히 들었던 명성도 대단한데다 그 유명한 독립군 대장을 직접 만나고 보니 고향을 등지고 조국을 잃은 슬픔이 더욱 뼈에 사무치는지라 절로 울음이 터진 것이었다.

"이 사람, 자네의 마음을 내 다 아니 서러워 말게나. 병이 들었다고 다 죽을까? 빨리 병이 달아나야지. 금방 달아나서 전처럼 총칼 쥐고 원수와 싸울 수도 있고 다시 고향에 갈 수도 있을 것이야."

홍범도 장군은 몸을 돌려 정주간으로 나왔다. 장군은 아버지의 어깨를 툭툭 두드렸다.

"동생은 마음이 후하여 아무 때고 잘 될 터이네. 헌데 자네도 보니 낯에 병색이 도졌으니 몸을 잘 보신하여야겠네. 좋은 약도 쓰고. 어떻든지 자네가 튼튼해야 이 어린것들을 잘 자라게 하지. 자네만 어떻다 하면 큰 낭패이지 않나? 자, 저녁상이 준비되었으니 우리 어서들 저녁을 먹고 담화를 나누세."

저녁을 먹으면서도 대화는 끊임이 없었다. 홍범도 장군은 그동안의 무용담을 털어놓으며 좌중을 휘어잡았다. 노령과 중국에 고려 사람이 사는 곳이라면 다니지 않은 곳이 없다 한다.

"형님은 독립을 위하여 무관으로 동서사방으로 다니는 동안 이 동생은 무심히 새끼를 끼고 집에서 한가히 있었음이 죄송한 일입니다. 나는 늘 형의 성공을 뒤에서 일상 돕고자만 하였지요. 그리하여 형님에게 선물로 드리려고 중국 단총 하나를 사 두었지요. 오늘 형님을 만났으니 여러분들 앞에서 형님에게 선사하겠습니다."

아버지는 방으로 들어가더니 작은 나무상자를 들고 나왔다. 그것을 양손으로 받들어 홍범도 장군에게 내어준다.

"동생이 이와 같이 생각하여 이 권총을 선사하니 나는 이제 큰 원수와 싸워 나의 씩씩한 힘을 세상에 발해야 하겠소. 나는 붉은 군대와 의병대와 우리 독립단의 힘을 합하여 원동에 웅거한 일본 군대를 파멸하고 대 승리를 얻은 후에, 조선 식민지 해방 운동에 적극적으로 참가하려 합니다.”

그날 밤 홍범도 장군의 일행들은 늦게까지 먹고 마시며 회포를 풀고 즐겼다. 다음 날 아침에 되자 홍범도 장군은 떠날 준비를 하는 일행들을 불러 세웠다.

“이 댁에 와서 그냥 얻어먹고만 가기가 미안하니 우리 일을 좀 해주고 갑시다. 이 집 마당에 아직도 조가리40)가 그냥 있으니 언제 타곡(打穀)을 하겠습니까? 쥐들이 좋아라고 조가리를 들고 갈 형편인데 주인은 일본 놈들에게 당한 형벌로 맥을 못 쓰고 있으니 우리가 그냥 넘어갈 수 없지요. 오늘 우리 한번 공동 노동을 함이 어떠시오?”

모두들 그 말에 동조하여 각기 마당으로 내려선다. 청년 두 사람이 낟가리에 올라가서 낟단을 마당에 내려친다.

“젊은 게 좋은 게지. 저 사람들 보시게. 우리들이 말하는 사이에 낟가리는 벌써 절반이나 헐어졌네.”

여러 사람이 달려들어 한쪽으로 이삭을 자르며 한쪽으로 두들기니 점심 전에 벌써 낟가리 밑굽을 들게 되었다. 마당질꾼은 삼십여 명에 달하였다. 홍범도 장군이 ‘천하의 홍범도 장군’이 왔다는 소식을 듣고 구경을 온 사람들까지도 전부 공동 노동에 참여시켰기 때문이었다. 덕분에 점심을 쓴 후 한 시 조금 넘으니 마당질이 끝나고 곡식가리는 짚가리로 변하였다.

오후에는 수십 명이 지각질41)을 하니 불과 몇 시간 지나지 않아 금빛 나는 조알이 마대에 들어가기 시작한다. 저녁도 되기 전에 타곡하여 넣은 조 마대가 육십 여 마대가 되었다.

“금년에 반작 농사가 잘 되었네. 육십 여 마대에 조이를 넣었으

---

40) 조낟가리. 낟가리는 낟알이 붙은 곡식을 그대로 쌓은 더미를 말한다.
41) ‘지각질하다’가 원형으로, ‘바람에 곡식의 검불을 날리다’는 뜻. 함북 지방의 방언이다.

니 아마 두 해 이어갈 양식은 될 것이네."

홍범도 장군이 흐뭇한 표정으로 조 마대를 바라보며 말했다.

"형님 잘 모르시는 말씀입니다. 이 조이를 다 찰떡으로 먹으면 삼 년 먹을 양식도 넘겠지만 주인을 주고 나면 무엇이 남을 것이 있겠습니까? 저기 넣은 마대는 다 주인들 집으로 갈 곡식입니다."

"무엇이라고?"

"우리가 지금 짓는 것이 삼분 병작 아닙니까? 그러다 보니 제게 떨어지는 것이 별로 없습니다."

"원래 토지 소유자는 소작농들에게 그렇게 주고 여름에 그늘 속 에서 장구와 수천을 놀다가도 가을이면 그들의 뒤주간은 터질 지 경이니⋯⋯. 그렇기에 이 세상이 뒤집혀야 하네. 이런 억울한 일이 또 어디 있는가? 그러면 오늘 우리는 토호를 위하여 공동 노동을 한 것이구먼."

홍범도 장군이 허탈한 표정을 지었다. 아버지는 마대에 담긴 자 루를 소 수레에 실려 주인집으로 보냈다.

"여러분들 덕분으로 오늘 마당질도 끝나고 시름을 놓았으니 참 감사합니다. 그러한 고로 당신들을 위로하고 또한 수년간 보지 못 하였던 범도 형님도 뵈오니 내 가만히 있을 수가 없겠어요. 내가 따로 길러온 돼지 한 마리가 있으니 오늘 이 돼지를 역사하여 잡 아 여러분들을 대접하겠습니다."

"이보시게. 돼지를 잡아준다는 마음은 고맙기는 하나 그것은 잡 지 마시게. 먹은 것만큼이나 기쁘네. 자라는 돼지를 잡지 말고 그 만 두게나."

"아닙니다, 형님. 내가 형님과 여러 대장님들을 위함이니 말씀을 마십시오. 내 이 돼지를 잡아 대접치 않으면 마음이 편치 않아 그 럽니다. 대장님들이 좀 도와서 잡아주십시오."

"동생 의사가 정 그러하다면 돼지 튀할 물을 끓이시오. 돼지 한 마리 잡기는 일도 아니지."

마리아는 어느새 돼지 끓일 물을 준비하고 있었고 장정 몇 사람이 돼지를 잡으러 달려 나가고 있었다.

"이보시게들. 오늘은 이 총을 시험해 보겠네."

홍범도 장군은 돼지를 잡으려는 장정들을 물리치고 직접 돼지우리로 갔다. 돼지 두 마리 중에서 작은 것이 오늘 잡을 돼지였다.

"이 작은 돼지도 잡으면 그 양이 오륙 부대는 되겠네. 어떻게 잘 먹여 이리 잘 키웠는가?"

"저 어린 계집애가 있으며 제 동생을 돌보고 또한 가축까지도 잘 돌보느라 고생이지요."

"참 그 애가 제수의 본을 꼭 받았네. 제수가 그리 어진 마음에 세간에 물이 못 나게 하더니 참 기특하다. 어미 본을 꼭 받았구나. 집을 보니 어디 아이의 세간이라 하겠는가? 참 제수만 있었으면 나를 보고 얼마나 반가워하며 즐거워할까? 동생이 있어서 하는 말이 아니라 제수는 실로 순양한 사람이었지. 참 아까운 사람이 고생하다 세상을 떴지. 자, 그러지 말고 돼지우리 문을 열고 내쫓게나."

아버지가 돼지우리 문을 여니 돼지는 신이 나서 밖을 마구 뛰어다녔다. 홍범도 장군은 사람을 시켜 돼지를 사람들이 없는 곳으로 몰고 나가라고 시켰다. 청년 한 사람이 돼지를 옥수수 밭으로 몰고 나갔다. 사람들은 총을 잘 쏜다는 홍범도 장군이 총으로 돼지를 잡는다고 하여 구름처럼 몰려들었다.

돼지가 거의 밭 끄트머리에 이르렀을 때 홍범도 장군은 침착하게 총집에서 총을 내어 돼지를 쏘았다. 사람들이 본 것은 번쩍 하는 빛이요, 들은 것은 한 번의 총소리뿐인데 돼지는 이미 그 자리에 꼬꾸라져 있었다. 지켜보던 사람들이 모두 놀라 서로의 얼굴만 쳐다보고 있었다.

"자, 다들 가서 돼지를 끌어오시오."

"형님은 불질을 아주 묘하게 하여 들고 떨어집니다."

아버지가 놀라고 감탄하여 홍범도 장군을 칭찬하였다.

"하, 이 사람 이만한 불질도 대단하다 하는가? 내 총소리에 일본 놈들이 벌벌 떨었네. 앞다리 맞았으면 총 조준하는 것을 노리쇠를 고쳐야 하고, 만약에 잡아봐서 심장에 맞았으면 총이 길이 잘 든 것이라. 어디 돼지를 가지고 오면 알겠지."

잡아끌고 온 돼지를 살펴보니 총알 들어간 자리는 없고 총알 빠진 자리밖에 없으며 피 한 방울 흘리지 않고 숨소리 한 번 치지 못하고 죽었다.

"이 총이 참 길이 잘 든 총이라 내 동생이 내 소원을 들어주었군. 염통을 조준하였는데 바로 조준한 대로 맞았어."

그 광경을 본 사람들의 입을 통해 홍범도 장군의 총 솜씨는 또 거창하게 소문이 났다. 사람들은 돼지를 잡아 한바탕 먹고 마시고 여흥을 즐겼다.

방안에 누워있던 춘화숙부는 밖에서 일어나는 모든 일들이 꿈결처럼 아득하기만 했다. 그도 마음은 그들과 함께 전장을 누비고 싶었으나 이미 몸이 상하여 말을 듣지 않았다. 서러운 마음에 꺼이꺼이 울음만 나왔으나 기력이 다한 몸에서는 울음조차 제대로 내어 주지 않았다. 춘화숙부는 홀로 아픈 가슴을 부여잡고 마른 눈물을 삼켰다.

향화(香花)의 바람이 부는 곳에는
침침한 그늘이 드리워 있고
좋다고 부르는 노래 터에는
울음에 눈물이 있는 법이라.

춘화숙부는 조용히 시 한 수를 읊으며 홀로 서러워했다. 그 모습이 불쌍하여 아버지와 마리아가 여러 음식을 권하였지만 춘화숙부는 모두 마다했다. 그렇게 마른 울음을 삼키던 춘화숙부의 빛이 천천히 사그라졌다. 뛰던 심장이 서서히 그 일을 거두고 원한이 가득한 눈결이 점점 희미해지더니 그는 온몸을 부들부들 떨며 '어머니!', '금옥아!', 그리고 마지막으로 '형님, 나는 죽소! 금석아!'

소리를 지르고는 숨을 거두었다. 아버지는 춘화숙부의 마지막을 지켜보며 대성통곡을 하였다. 우리 가족의 울음소리가 방안에 가득하니 정주간에서 술을 마시던 손님들이 모두 달려왔다.

"아이고, 참 젊은 청년이 불쌍히도 세상을 떠났구나!"

홍범도 장군 역시 아버지와 마찬가지로 춘화숙부를 위하여 눈물을 흘려주었다. 식민지 조선을 떠나 먼 이역만리(異域萬里)에서 이름 없는 독립군으로 살다 비참한 죽음을 맞이한 청년의 일이 남의 일 같지가 않아서였다.

"이 사람 춘화! 이 무정한 사람아! 내 너를 살리려고 그리 애를 썼건만, 살아서 이 세상에서 남과 같이 즐기는 것을 보고자 했더니 어찌하여 이리 무정히 죽었느냐? 기가 차구나!"

아버지는 춘화숙부의 몸을 잡고 흔들어댔다.

"야, 춘화! 숨 한 번 돌리고 정신을 차려라. 실로 너는 죽었단 말이냐? 야, 기가 차기도 하다. 이리 죽는 것이야?"

"이 사람 승열이, 이제 그만하시게."

누군가가 아버지를 춘화숙부의 몸에서 떼어내었다. 곧 춘화숙부의 사지가 차가워지고 가슴이 식어가니 사람들이 모여들어 가슴에 손을 모아 얹은 후에 새끼줄로 묶어 칠성판(七星版)42)에 올려놓았다. 이제 정말로 춘화숙부는 인간 세상을 잊은 사람이 되었다.

손님들은 우리 아버지와 우리를 위로하여 그날 밤을 새우며 그를 어떻게 장사지낼지를 토론하였다.

"산 사람은 살아야지. 이렇게 애통해 한다고 죽은 사람이 살아오지 못하는 법이지. 사람이 죽으면 흙이 비단이라, 저 사람을 어찌 행상할지43) 토론하여 보세. 이곳 풍속대로 내일 아침에 화장한 후 바람에 날리겠다고 풍장(風葬)44)에게 청하시게. 저 불쌍한 사람

---

42) 관(棺)의 바닥에 깔거나 시신 위에 덮는 얇은 널조각
43) 행상하다² : (사람이)시신을 산소로 나르다
44) 시체를 태워서 뼈를 추린 후 가루로 만들어 바람에 날리는 장사법(葬事法).
　　여기서는 그런 일을 하는 장의사를 일컫는 말로도 사용되었다.

을 결채에 모실 수는 없으니 향두(香頭)45)를 운거(運去)하여 봅시다."

홍범도 장군의 말에 아버지는 낙담한 표정으로 대답을 했다.

"내일 아침에 풍장 집으로 가보기는 하겠소만 행상할 것 같지가 않소이다. 여기 사람이 아닌데다 홑몸이라서……."

"그건 무슨 말씀이오? 향두라는 것은 사람이 죽으면 행상하라는 건데 어찌 될 것 같지 않다 하오? 홑몸은 사람이 아니고 짐승이란 말이오? 그렇다면 향두고 뭐고 막 불을 질러 버려야지! 내일 아침에 동생은 별말하지 말고 풍장을 청하시오. 또한 내일 아침에 이 동리의 머슴살이꾼들이 있을 터이니 일하러 나가는 것을 불러 그 사람들에게 품삯을 주어 저 불쌍한 시신이나 묻어줍시다."

"형님, 공연히 머슴꾼들에게 머슴살이도 못하게 할 것이 무엇입니까? 차라리 간단히 처리함이 좋을 듯합니다."

"여보, 동생. 뭐가 그리도 무섭소? 사람이 죽으면 사람으로 감장(勘葬)46)하는 법인데 하여튼 내일 아침에 풍장을 청하면 내가 말하오리다. 그런 법이 어디 있어?"

홍범도 장군은 화가 나서 씩씩거렸다. 정말로 풍장이 행상을 하지 않겠다고 하면 한바탕 경을 칠 기세였다.

다음 날 아침, 아버지는 일찌감치 동리 풍장의 집에 찾아갔으나 역시 예상대로 헛걸음을 하고 말았다.

"향두는 풍속에 공동한 것이니 나도 홀로 임의대로 할 수 없고 만약 향두를 필연코 쓰자면 동네 분들에게 소개가 있어야 하지요. 허니 일 만들지 말고 그냥 결채를 사용함이 좋을 것이오."

아버지가 돌아와 그 말을 전하니 홍범도 장군은 불 같이 화를 냈다. 홍범도 장군은 편지를 하나 써서 부하 청년에게 전하며 풍장에게 전하라고 하였다. 잠시 후 풍장이 두 말도 없이 청년 뒤를 따라왔다.

---

45) 상여꾼들이 상여를 메고 가는 행위, 또는 그런 일을 하는 사람, 혹은 상여를 말할 때도 사용되는 용어이다. 지금은 쓰이지 않는다.
46) 장례 치르는 일을 보살핌

“당신이 이 풍속에 풍장입니까?”

“그렇습니다. 어디의 누구십니까?”

“나는 동서사방으로 떠돌아다니는 독립군 대장 홍범도입니다.”

풍장이 깜짝 놀라며 고개를 들어 홍범도 장군을 자세히 살폈다.

“아, 그러십니까? 말씀은 많이 들었습니다. 안녕하십니까?”

“안녕이 다 무엇입니까? 풀 속을 헤치고 다니니 그것이 나에게
는 안녕이지요. 내가 풍장에게 할 말이 있어 이리 풍장을 모시라
하였습니다.”

홍범도 장군은 화를 억누르고 최대한 예를 갖추어 말을 이어갔
다.

“우리 독립군이란 것은 강적들 당이 아닙니다. 조국을 위하여
목숨을 바쳐가며 부모처자와 이별하고 해외에 나와 먹을 것을 못
먹고 고생을 무릅쓰며 사는 사람들입니다. 당신들은 우리와 같은
조선 사람이거늘 어찌 애국지심이 없겠습니까? 그렇다면 당신들은
따뜻한 온돌 집에서 부모처자를 놓고 무사히 고생 없이 행복을 누
리면서도 내가 금일 당신들에게 독립군 청년 행장 하나 해달라는
것도 마다하십니까? 우리 조선 강토를 위하여, 조선 사람을 위하
여 동서사방으로 떠돌다가 병이 들어 죽은 나의 독립군 청년이 그
욕망을 이루지 못하고 죽었은즉 그 죽은 시체라도 위로하고자 당
신에게 청한 것이오. 그런데 당신은 집에 앉아 말로 사람을 쫓아
내었으니 조선 사람의 용모를 하고 조선 사람의 탈을 썼거든 어찌
부끄럽지 않게 나를 볼 수 있습니까? 사람의 껍데기에 사람 탈을
썼거든 이 젊은 청년 시체를 풍속에서 거행하는 대로 행상을 거행
하시오. 오늘 아침으로 산지를 보아 땅을 팔 사람을 보내어 시신
을 묻을 땅을 넉넉히 파도록 하시오.”

“어찌 대장님의 말씀을 거역하겠습니까? 백으로 다 헤아려 실행
하고자 하겠습니다.”

홍범도 장군은 중국 상점에 가서 장례에 치를 헝겊을 사가지고
와서 풍장에게 건네주었다.

"대장님, 그러면 행장은 어느 날로 하는 것이 좋겠습니까?"
"내일로 장례를 하려 합니다."
　풍장은 곧 일에 착수하여 한편으로는 관을 짜고 한편으로는 뒷집 최 영감 부인으로 하여금 수의를 짓게 하였다. 수의를 입혀 입관을 하니 비록 홑몸 사람 시신이었지만 보기 좋게 되었다. 풍장이 보낸 사람들이 향두를 운거하여 비로소 상일(喪日)에 장례를 치르게 되었다. 향두꾼은 향두가(香頭歌)를 부르며 갈지자로 걸음을 걸어 향두를 운거하였다.

　얼자널차 불쌍하다.
　청춘 주검 웬 일이냐.
　얼자널차 불쌍하다.
　너는 죽어 모르지만 부모친척 그 마음이 어떠하랴.
　엘화널차 상여꾼아
　북망산이 멀다하나 뒷동산이 북망산이다.

　동리에 울려 퍼지는 향두가가 구슬펐다. 시신을 안장한 후 제를 지낸 후에 향두꾼들이 각자 제집으로 돌아가고 나니, 춘화숙부는 깊고 외진 골짜기에 시름없이 잠들어 그날 밤부터 산지와 동무하며 지내었다. 아버지는 춘화숙부를 생각하며 시를 하나 지어 읊었다.

　동산에 봄은 와 다시금 푸른데
　꽃 피기 전에 낙엽이 웬일이냐.
　청춘의 사랑이 다정도 한데
　청춘도 잊고 황천길이 웬일이냐.

　뜨거운 그 심장, 뛰놀던 그 청춘
　청춘에 죽어가니 애석도 하구나.

장중(掌中)47)에 보옥 같이 길러낸 그 부모
그 정상을 보면 가슴이 터지더라.

너는 무정히도 이 세상을 버리고 떠나
시름없이 길이길이 잠들었구나.
아깝기도 하다, 그 고운 얼굴과 그 마음
깊이 땅을 파고 넣는 일이
초로(草露) 같은 인간아48), 그 세상이 길다 말라.
한 번 실수하면 황천길이 멀지 않다.
너는 죽어 모르지만
나는 살아 애통하다.


아버지는 이토록 애통해 하시면서도 많은 이들 덕분에 장례를
치를 수 있어 감사하다고 인사를 했다. 아우를 잃은 아버지를 생
각해 며칠을 더 머물렀던 홍범도 장군은 드디어 떠날 때가 되자
퍽 아쉬워했다.
"동생, 동생의 집에 와서 숱한 폐단을 끼쳤고 대접이 컸으니 고
맙고 미안하오. 동생은 평안히 계시오. 나는 혁명을 위하여 나선
사람이니까 정처가 없을 것이고 시간이 없어 종종 대하지 못할 것
이오. 언제나 승리하여 행복의 세상이 돌아오면 그때에 또 다시
만나기로 언약하세. 나는 지금 이번 길로 전쟁터로 뛰어들 터이니
동생은 어린 아이들을 잘 기르며 불쌍한 것들을 잘 키워 일취월장
하여 새 세상에 영웅의 인물을 만들어주세. 그리고 동생도 언제까
지고 이렇게 홀로 세월을 보낼 터인가? 좋은 여자 배필을 얻어 어
린 아이들 기르는데 근심을 덜었으면 좋겠네."
홍범도 장군은 우리에게 금 십 원씩을 각각 나누어주며 옷 한

---

47) 손 안에. 움켜쥔 손아귀 안이라는 뜻으로, 자신의 뜻대로 일이 되는 범위 안
   을 비유하는 말
48) 풀잎에 맺힌 이슬 같은 인간, 즉 나약한 인간을 이르는 말

벌씩이라도 만들어 입으라 하였다.

"형님, 평안히 돌아가세요. 형님은 사회에 바친 몸이라 오래오래 모셨으면 얼마나 좋겠습니까마는 오래 머물지 못하니 더 붙잡지 않겠습니다. 모쪼록 형님 먹은 마음이 성공하기만을 나는 믿습니다. 덕택에 큰일을 치렀으니 이 은혜를 어느 시절에 갚겠습니까?"

"동생, 동생은 세상에 마음이 후하기를 더없는 사람이라, 그와 같이 의리로 묶은 동생에게 내가 더없이 고맙네. 자, 자네 말과 한가지로 나는 꼭 승리를 얻으려 하네."

두 사람은 뜨거운 포옹을 하고는 이별을 하였다. 아버지는 홍범도 장군과 함께 온 사람들과도 일일이 악수를 나누고는 근 오 리는 되는 거리까지 나가서 배웅하였다. 그리하여 그들은 각각 자기 갈 길로 흩어졌다.

- 끝 -

아부지와

# 홍범도

2026년 3월 28일 인쇄
2026년 3월 31일 발행

**저 자** | 문금동
**발행인** | 윤영수
**발행처** | 한국학자료원
**등 록** | 제12-1999-074호

**주 소** | 서울 은평구 연서로 37길 40-1
**팩 스** | 02.3159.8051
**E-mail** | eksung@naver.com

**ISBN** 979-11-7417-146-7(03810)

**정가** 35,000원